KB236205

러브호텔에서의 하룻밤

그림이 있는 산문집

러브호텔 에서의 하룻밤

최전승 글
오경안 그림

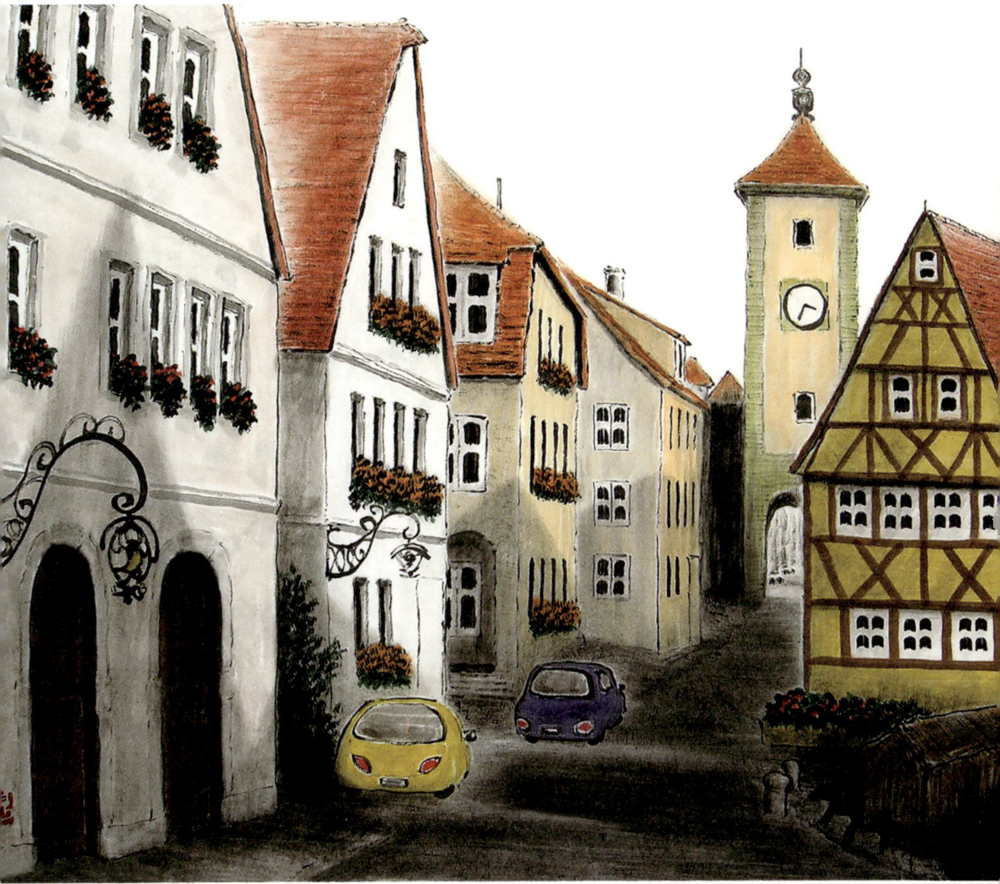

역락

벌둘히 심히 모두락 흐르락 ᄒᆞ니

슬프며 즐거우미 날로 하마 니르나ᄂᆞ다

곧 이젯 이를 모다셔 그를 짓노니

人生ᄋᆞᆫ 믄드시 어제 곧도다

(朋之苦聚散 哀樂日己作

卽事會賦詩 人生忽如昨)

〈西閣曝日〉 일부, 初刊 杜詩諺解 卷 14, 2ㄱ.

머리말을 대신해서

삶의 골짜기 사이로 흐르는 계곡 물소리

언젠가 우리는 모처럼 어린 애들을 데리고 섬진강 근처 산장에서 하룻밤을 묵은 적이 있었다. 숙소 바로 앞에는 마당을 사이하고 산그늘에 반쯤 몸을 담근 드넓은 시냇물이 굽이져서 흐르고 있었다. 저녁나절에는 애들과 바지를 걷어 올리고 냇물 얕은 곳에 조심스럽게 들어가 이리저리 훑으며 투명한 바닥 조약돌에 붙어있는 다슬기를 잡기도 하였다.

밤에 자려고 자리에 누웠어도 열려진 들창 사이로 그 시냇물 소리가 끊임없이 따라 들어왔다. 오랜만에 들어보는 자연의 도란거리는 소리가 내가 어릴 적에 보냈던 고향 우리 초가집 마루를 연상하게 했다. 거기에 이윽고 구성진 개구리 합창단도 끼어들어서 천연의 교향곡이 자연스럽게 어우러진 합주가 시작되었다.

애들은 시끄러워서 도무지 잠을 못 이루겠다고 하면서 몸을 뒤척였지만 낮 동안에 피곤했던지 어느 새 깊은 잠에 빠져 들었다. 모두 평화스러운 얼굴들이었다. 나도 잠들기 전에 한참동안이나 시냇물이 도란도란 흘러가는 정거운 이야기 소리와 개구리들의 요란한 반주를 평온한 마음으로 귀 기울이고 있었던 것이다.

내가 이번에 처음으로 펴내는 '그림이 있는' 산문집 『러브호텔에서의 하룻밤』은 나의 삶을 관통해서 흘러가는 푸른 계곡의 물소리와 개구리들의 합창을 여기에 풀어놓은 것 같은 생각이 든다. 나는 한참 젊었을 때에 생각지도 않았던 연좌제에 한동안 고생한 적이 있었다. 그래서 어떤 사상이나 이념 등은 체질적으로 아주 싫어한다. 따라서 내가 이 산문집에 실은 소품 같은 선별된 글들은 전적으로 개인 중심적이고 사적인 생각과 체험에서 나온 내용이다. 그것은 주로 나의 지나간 삶의 흔적인 추억과 연관되어 있다.

이 산문집의 <야경>에서 중학생시절의 이야기에서부터 시작하여 <제인 에어는 나의 사랑>에서와 <한 겨울의 왕십리>에서는 정말 어려웠던 고등학생 시절을 추억하였다. 그리고 <윤오영 선생님의 회상>에서는 어린 내가 존경했던 마음의 스승을 그려본 것이고, <카프카는 내 친구>에서는 고단했던 기차통학생이었던 시절, 잊을 수 없는 대학 어느 강의에 관한 짧은 이야기이다.

그리고 그 나머지 대부분은 내가 학교에서 정년으로 물러나면서 교외 황방산 기슭에 사무실을 구해서 "골방"(골 때리는 방)으로 이름 붙이고, 집에서 출퇴근을 부지런히 하며 퇴임 후 전반전 15년을 보내면서 주로 페이스-북에 써서 올렸던 실없는 글들의 모음집이다. 이 산문집에 따라 붙어 있는 우리말에 대한 몇 편의 단상들은 내 직업이 지금도 여전히 국어선생이기 때문이다.

그 동안 나는 여기 골방에서 국어학 중심의 전공 공부를 지속하면서 논문과 책, 그리고 번역서 등을 퇴임 이전처럼 열심히 작성하였다. 그래도 이런 산문집은 낼 생각은 감히 한 번도 해 본 적이 없었다. 내 능력은 내가 잘 알기 때문이었다.

그렇지만, 예전부터 내가 페이스-북에 쓴 글에 맞춤법 교정을 전담해왔던 아내가 지금까지 쓴 글을 묶어서 한 권의 책으로 읽어보기를 여러 번 원했다. 그가 값나가는 금강석이나 보석 반지 하나 사달라고 하는 부탁도 아니었다. 나는 선뜻 그 소원에 응해 주었다. 그만을 위한 특별한 책 한 권을 만들어 주었던 것이다.

그 때까지 쓴 원고를 대충 선별해서 책의 규격에 맞추어 탁상편집하고 복사 제본하여 서너 권 만들어 내었다. 그 산문집의 제목은 『환상여행』(2019)이라 붙였다. 마침, 미국 앵커리지에서 지인 한 분이 골방을 방문하면서 그 책 한 권을 10불에 구입해 가지고 돌아간 적이 있었다. 단연 외화획득도 한 보람이 있었다.

이번에는 이 산문집 『러브호텔에서의 하룻밤』은 정말 우연하게도 정식으로 출간되는 것 같다. 그래도 이것은 『환상여행』(2019)의 최신 개정판이다. (우리 집 둘째가 산문집 제목을 듣더니 "사기 치는 것 같은 느낌"이라는 소감을 전해 왔다. 그래도 좋다. 지금까지 내가 살아왔던 공간이 바로 러브호텔이었음을 젊은 그는 아마도 모를 것이다).

몇 달 전에 출판사 사장님하고 전공서 출간 문제로 이야기가 오고 가다가, 문득 산문집이 화제로 올랐던 것이다. 집에 와서 아내에게 언뜻 그 이야기를 전하니, 자신의 한국화 그림 몇 점도 첨가해서 책을 만들면 더욱 좋을 것 같다고 했다. 그러면서 그는 해방둥이인 내가 맞이하는 팔순 기념도 개인적으로 될 것 같다고 부추겼다.

나는 언제나 아내 말은 잘 듣는다. 그래서 지금까지 손해 본 일은 없다. 나는 오래 전부터 그에게 산문집 한 권을 만들어 주기로 약속을 했으며, 그는 또한 정식으로 간행되는 이 산문집을 독자로서 한번 읽어보기를 오랫동안 원했다.

내가 이 세상에서 내일이라도 없어진다고 해도, 좁쌀영감과 함께 지금까지 거의 50년 살아왔던 추억과 인연으로 그는 이것을 가슴에 오래 간직할 것이다. 내가 그에게 보내는 그동안의 따뜻한 감사와 위로인 동시에, 내가 나에게 내밀어보는 어색한 악수인 것이다.

2024. 9.
황방산 골방에서
최전승

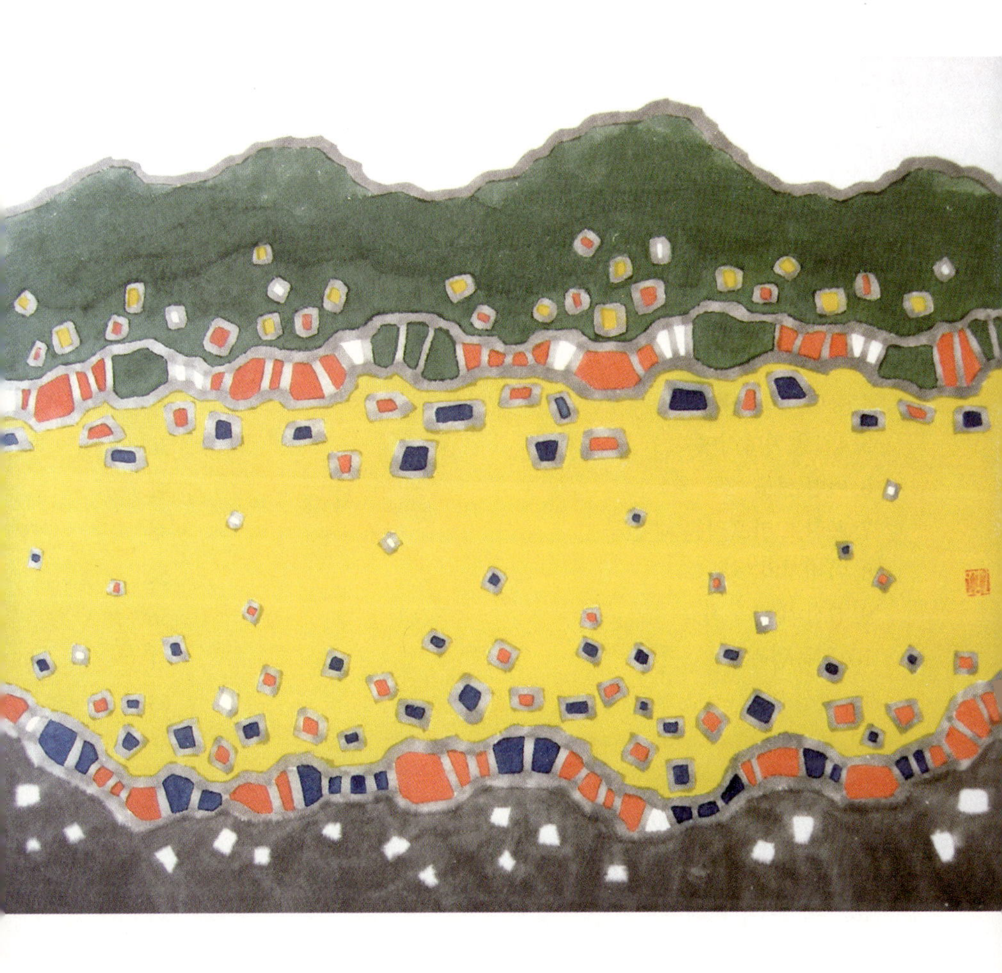

제1부: 환상 여행

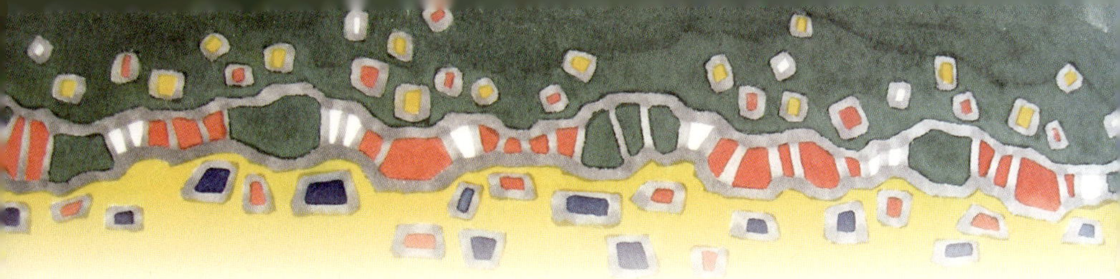

제2부: 초대받지 않은 손님

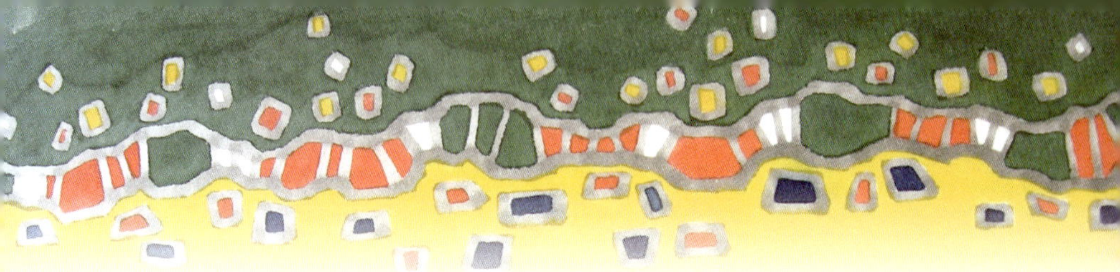

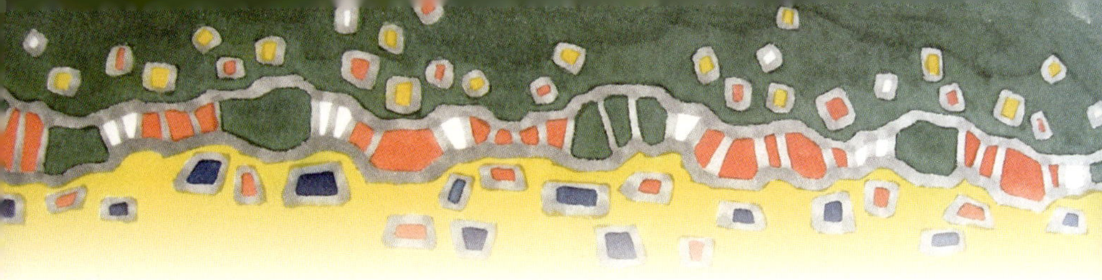

제4부: 하느님과 하나님

부록

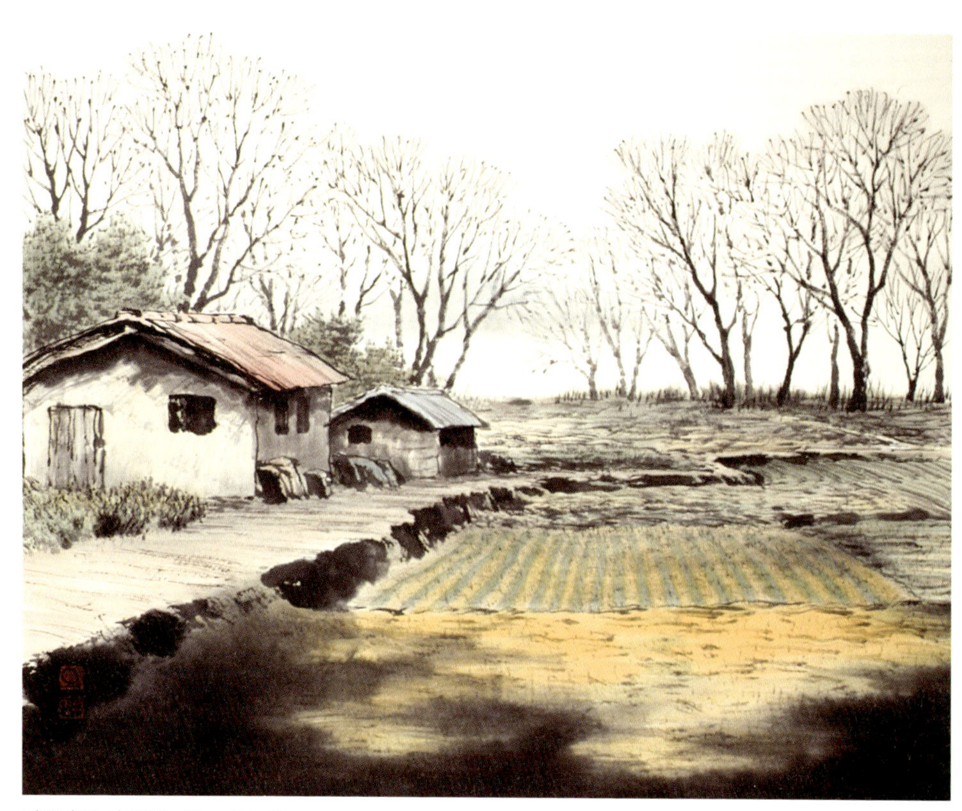

겨울과 봄 사이(53×43cm 2001)

제1부
—
환상 여행

1. 야경(夜警)

17세기 네덜란드 국민 화가 렘브란트의 대표 작품 <야간 순찰 / 야경>(1642년)은 우선 화폭의 크기로 우리를 압도한다. 암스테르담 국립미술관 한 쪽 벽 사면을 거의 독차지하고 있다(세로 3m, 가로 4m가 넘는다). 미술관 입구에 설치된 렘브란트 광장에는 그의 야경에 나오는 단체 초상화 속 인물들이 모두 동상으로 제작되어 세워져 있다.

몇 년 전 5월, 유럽 미술관 탐방 중에 그의 <야경> 작품 앞에서 어떤 감동에 앞서, 내가 중등 시절 겪었던 '야경'(夜警)을 정말 오랜만에 문득 어제처럼 회상해 내었던 것이다.

아주 예전, 내가 당시 수원에서 중학교 1학년이었을 때였다. 나는 우리 집 장남이었고, 어린 동생들은 올망졸망했으며 부모님은 한참 젊은 40대였던 것 같다.

어느 날 집으로 찾아온 동장 영감님은 마당에 서서 담배를 피우며 한참이나 푸념하다가 돌아갔다. 그 사연인 즉, 요즈음 동네 야경비가 계속 걷히질 않아서 도모지 사람을 사서 쓸 수 없다는 것이었다. 그래서 동회에서 논의를 거듭한 끝에, 부득이 이번에 비상 대책을 세우게 되었다고 했다. 그 대책이란 차라리 동민 자신들이 스스로 야경꾼이 되어서 차례에 따라서 지정된 날에 동네 야경을 돌기로 결정되었으며 우리 집은 이번 주 목요일 순서로 배정되었으니, 모두 그리 알라는 일종의 최후 통고였다.

그러자 우리 집에서는 삽시간에 큰 고민에 휩싸이게 되었다. 식구들 중에 과연 누가 지정된 날 밤에 야경꾼으로 뽑혀서 나갈 것인가. 우리는 식구가 물론 많은 셈이었지만, 야경꾼으로 나설만한 정작 실용적인 일꾼은 하나도 없었다.

우리에게 야경 순번으로 배정된 목요일에 아버지는 보따리 장사라는 야간 강의를 마치고 밤늦게 서울에서 기차를 타고 피곤한 몸으로 내려올 참이었다. 어머니는 다음 달 막내 동생을 출산 예정으로, 잡다한 집안 일에 늘 힘들어 하였다. 그렇다고 치매 증세가 있는 7순 넘은 할머니가 야경꾼으로 우리 대신에 나설 수는 더더욱 없는 형편이었다.

그러자 나는 야경을 내가 나가서 돌고 오겠노라고 흔연히 자원을 했다. 우리 집 장남으로서 무거운 책임감을 느꼈다는 것보다는, 남들이 모두 잠든 깊은 밤중에 동네 골목을 딱딱이를 치며 돌아다니며 야경을 해보는 것도 무척 신기하고 재미있는 일이 될 것 같다는 스스로의 충동이 일었기 때문이었다. 한 집에 식구 한 명씩 차출해서 야경꾼으로 나와야 된다는 통고는 있었지만 딱히 나이 제한을 두지 않았으니, 아무라도 구성원이라면 자격이 충분하다는 것이 나의 생각이었다.

우리 집에서는 나의 이러한 제안에 모두 놀라고 대견스러워 했다. 그러나 어린 첫째 장손을 늘 노심초사 하는 할머니가 거듭 완강하게 반대하고 나섰기 때문에, 일이 다시 어려워졌다. 나이 들면서 노파심이 많아진 할머니는 정신이 혼미한 가운데에도 우리의 집안 일 걱정을 언제나 수시로 하는 것이그분의 일이었다. 예전 고향에서 난리 통에, 그분이 말하는 인공시대(6.25 동란 때, 빨치산이 우리 동네를 며칠 간 점령하고 군경과 대치했던 시절이었다.)를 거쳐본 분이었기에 할머니의 지나친 기우를 우리는 그런대로 잘 이해하는 편이었다.

그렇지만, 나 이외에는 다른 대안이 전혀 없는 것도 또한 사실이었다. 내가 밤에 야경꾼이 한번 되어 본다는 것을 동생들은 모두 흥분하면서 부러워했다. 우리 모두가 할머니에게 달라붙어서 설득작업을 그날부터 목요일 저녁나절까지 거친 후에야 할머니는 어거지 떼를 쓰는 손자들에게 밀려서 마지못해 허락은 하였다. 그래도 그분은 못내 못 미더워 하며, 걱정만 태산같이 하기 시작하였다.

드디어 목요일 저녁 10시에 이르자, 각자의 집에서 그날의 임시 야경꾼으로 선정된 인원들이 하나 둘씩 매산동 3가 동사무소 숙직실로 집결하였다. 좁은 숙직실을 그득 채운 사람들은 동서기 김 씨를 포함해서 도합 9명 정도였다. 내가 이날의 야경꾼으로 신고하자, 좌중에서 모두 난감해 하면서 나의 참여 자격에 대한 시비가 한참이나 벌어졌다.

자칫 상황이 나에게 불리하게 돌아갈 무렵에, 시장 골목에서 대장간을 하는 왕균이 아저씨가 나를 적극 옹호하고 나섰다. 야경 도는데, 나이 제한이 어느 나라 법에 나와 있는가 하는 것이 그분의 주장이었다. 그리고 이 아이랑 같이 야경을 돌겠노라고 친절한 자원까지 해주었다.

야경 도는 시간은 12시 통금 시작을 알리는 사이렌이 울린 직후부터 1시간씩 두 명이 한 조가 되어 시작해서 임무를 완수하고 다시 동사무소 숙직실로 돌아와서 다음 차례의 조원들을 깨워서 내보내기로 약정했다. 동금해제 사이렌이 울리는 새벽 4시 정각에 이날의 야경 임무는 자동적으로 종료된다고 하였다. 왕균이 아저씨와 내가 마지막 한 조가 되어 야경으로 나가는 시간은 새벽 3시부터 모든 임무가 완료되는 4시 정각까지였다.

늦은 가을철이라 밤 날씨는 선뜻했으나, 무척이나 조용하고 그윽한 달밤이었다. 큰 골목길을 사이로 하여 매산동 2가와 3가가 갈린다고 왕균이 아저씨는 나에게 알려 주기도 했다. 온 동네가 고즈넉하게 잠 들어 있는 어두움에 잠긴 거리를 마치 제 세상처럼 발자국 소리를 크게 내면서 휘젓고 돌아다니는 기분은 상쾌하고 좋았다. 왕균이 아저씨는 비록 왼쪽 다리는 심하게 절었으나, 떡 하니 대장처럼 어깨를 펴서 앞장을 서고 내가 그 뒤를 강아지처럼 따라 붙으며 가끔씩 생각나면 딱딱이를 치는 것도 심심치 않은 일이었다.

아무런 일도 없이 순조롭게 동네 매산동 3가 구역을 거의 다 돌고 우리는 다시 반환점에 접어들었다. 어느 길 모롱이 담장도 없는 허름한 집 앞에서 왕균이 아저씨는 나에게 몸을 돌리면서 갑자기 눈을 찡긋하며 이렇게 말했다.

- 전번 달에 장가 간 춘보 신랑 좀 놀려주자.

그러면서 그는 그 집 들창문 밑으로 슬며시 다가가서 연신 딱딱이를 치면서, 작은 소리로 누구를 불렀다.

- 여이, 춘보! 시방 자네 자는가?

그러자 한 참만에 들창문이 벌컥 열리면서 머리 하나가 불쑥 나왔다. 그 머리의 주인은 얼핏 상대를 어둠 속에서 용케 알아보고는 기다렸다는 듯이 벌쭉 웃었다.

- 앗다, 성님이로구만. 오늘 밤 야경 돈다고 허길래 아무 때나 이리 올 중 알았소. 얼른 들왔다 몸 좀 녹이고 가써요.

- 자네는 암시랑토 않지만…새색시 제수씨헌티는 찌끔 지송헌데…

- 글안해도 나가 수원 미군 비행장 일찍 경비 나가야 해서 시방 집사 람도 일나서 준비하려는 챔인디…

춘보네 비좁은 신혼 방에서 소주 한 병을 주거니 받거니 걸친 왕균이 아저씨를 힘겹게 부축해서 다시 동사무소 숙직실로 향하자, 마침 통금해제 사이렌이 온 동네에 우렁차게 울려 퍼지고 있었다. 나는 무사히 임무를 완수하고 숨이 턱이 차게 집으로 돌아와서 닫힌 우리 집 대문을 호기롭게 흔들었다.

그러자 밤새 한 숨도 못 주무시고 내내 손자 걱정을 해쌓던 할머니가 자리에서 서둘러 방문을 열고 허겁지겁 나오다가, 문득 뒷마루에 놓인 사기요강 속에 발 한쪽이 빠지고 말았다. 잠에서 놀라 깨어난 온 식

제1부 — 환상 여행

구가 달려들어 아무리 애를 써도 엉겁결에 한 번 들어간 할머니의 오른
발은 요강 속에서 다시 빠져 나오려고 하지 않는 것이었다.

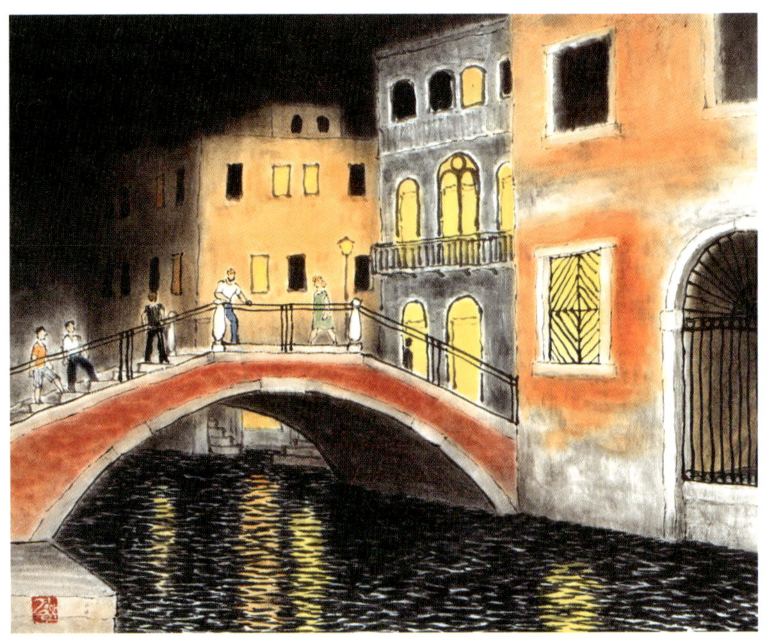

베네치아의 야경(53×43cm 2004)

러브호텔에서의 하룻밤

2. '모개'(木瓜)의 비밀

나는 어릴 적부터 '모개'란 말은 집에서 가끔 들어왔다. 그래서 모개가 도대체 무얼까 하는 궁금증을 한참 나이가 들어서까지 혼자 비밀스럽게 가슴에 지니고 있었다. 그러면서 미지의 '모개'를 꿈속에서도 찾아 혼자 한참이나 헤매기도 하였다. 마치 동화속의 주인공이 파랑새를 찾아다니는 것처럼…

지금의 우리 부모님은 고향에서 서로 얼굴도 못 보고 가까운 친척의 중매로 부부의 연을 맺은 전형적인 옛날 구식 분들이었다. 이웃 마을 시골 면장 부농의 둘째 딸과 가난한 과부의 외아들 사이의 인연은 우여곡절 끝에 어렵게 성사되었다. 별로 가진 것 없는 어려운 살림 속에서 집안을 일으켜야 하는 젊은 새댁의 고심과 고생은 이루 말 할 수 없었을 것이다.

그래도 정확히 3년 터울로 아들 낳고 딸 낳고…여섯이나 번갈아 낳아서 좁은 울타리 안에서 키우면서 어려운 형편에서도 부모님은 금실이 좋아서 화평한 가정을 줄곧 꾸려 왔다고 나는 생각한다.

예전에 부모님은 일 년에 서너 번 정기적으로 공공연히 부부싸움 공연을 우리들 앞에서도 펼치기도 했다. 사실 싸움이라고 해보았자, 그렇게 살벌하거나 치열하지는 않았다. 우리는 이러한 정기 행사를 곁에서 공짜로 간간히 구경하면서 무슨 연속극 보듯 재미있어 하며, 간혹 킥킥거리며 우리끼리 웃었다.

먼저 어머니가 쌓이고 쌓였던 어떤 사건이 계기가 되어 드디어 한풀이 겸 고된 시집살이 넋두리를 판소리 사설로 풀어내기 시작하면, 아버지는 풀이 죽어서 그저 묵묵히 들으면서 가끔 추임새를 넣기도 하였다. 그러다가 끝내 방죽이 넘치면 급기야 일이 커져버리는 경우도 있었다.

사건의 발단은 언제나 똑 같았다. 외아들 하나만 오로지 의지하고 고생하면서 평생 과부로 살아온 외롭고 한 많은 우리 할머니가 당신의 아들을 두고 벌이는 며느리와의 치열한 쟁탈전에서 비롯된 오래 묵은 갈등과 오해, 그 결과로 인한 고부간의 심각한 불화가 발화점이었다. 내가 보기에 시어머니에게 언제나 일방적으로 당하는 쪽은 만만한 어머니였다. 그러면 이번에는 어머니의 복수의 화살은 집요하게 아버지에게 향했다.

개전 중에 인내심 충만한 아버지는 점점 스타카토 전입 가경으로 들어서는 어머니를 이리저리 살살 달래보다가, 그래도 막판에는 당신의 가슴을 한 번 쿵! 치면서 어머니한테 이렇게 늘 같은 말을 볼멘소리로 집어 던지곤 했다.

- 이 빡빡한 모개!

러브호텔에서의 하룻밤

모개가 도대체 무엇이기에 우리 엄마 닮아서 그렇게 빡빡하다는 말인가. 우리 어머니는 완고한 외할아버지 밑에서 초등교육도 제대로 못마친 학력이었다. 처녀 때에는 일본군한테 난리 통에 전쟁터로 붙들려간다면서 문밖출입을 일체 못하게 했다는 것이 어머니가 우리들한테 단골로 들려주는 변명이었다.

그렇게 우리는 잘도 믿었으나, 때때로 아버지가 답답한 때도 있을 것 같다고 아버지 편에서 이해하기도 했다. 그래도 이날 이때까지 살아온 인생살이에서, 지금 돌이켜 보면, 어머니는 외골수인 아버지보다 지혜와 인생철학에서 언제나 박사였으며, 한 길 윗수였다.

그러다가, 내가 대학생이 돼서야 비로소 오래 묵혀두었던 예의 '모개'의 정체에 관한 비밀이 어느 날 일시에 풀리게 되었다. 나는 그 순간 오래 묵은 세계적 난제를 해결한 저명 수학자처럼 무한히 감격하였다.

3학년 가을 학기 전공 선택과목으로 개설된 <국어 방언학> 강의를 수강할 즈음이었다. 그 학기 중간에 그 과목의 필수 이수과정인 방언조사에 수강생들은 조별로 참여하게 되었다. 내가 속한 조사팀이 배정 받은 지역은 전남 무안군에 있는 면단위의 한적한 농촌 마을이었다.

그 동네 나이 많은 면장님의 친절한 안내를 받으며 연락을 받고 황송하게도 우리 조사팀을 나와서 기다리고 있던 수더분하고 말하기 좋아하는 70대 영감님 댁 사랑채로 우리는 들어섰다. 두어 시간 후에 초짜 솜씨로 정신도 두서도 없었던 엉터리 방언 조사 일정이 그런 대로 대충 마무리 되자, 우리는 감사의 인사를 올리면서 넓은 마당으로 나왔다.

25

앞마당에는 감나무, 배나무, 대추나무 등이 무성한 숲을 이루고 있었다. 한 쪽 구석에 있는 몇 그루의 모과나무에서 떨어진 잘 익고 탐스러운 노란 모과 열매가 이리저리 땅바닥에 뒹굴고 있었다.

그러자 영감님이 이렇게 우리들한테 말했다.

- 요로코롬 서울서 나려옴시롱 욕 많이덜 보겠을 텐디, 여그 달린 쭉쟁이 단감이나 많이 좀 따가지고 가고, 저그 뒹구는 모개도 몇 개 주워들 갓쑈, 잉.

그 이후, 해마다 가을이 되면 나는 시중에서 잘 익은 모과 열매 몇 덩이를 사다가 책상머리맡에 겨울 내내 놓아두고 틈만 나면 바라본다. 때로는 코를 벌렁거리며 접시에 담긴 노란 모과의 향기도 가만히 맡으며 눈을 감아 본다.

그러면 어디서 옛날의 그 목소리가 내 귀에 들려오는 것이다. 이번엔 그 소리가 나한테 향하고 있는 것이다.

- 이 빡빡한 모개!

러브호텔에서의 하룻밤

3. 월급봉투

- 가불하는 재미로 출근~하다가

월급날은 남~몰래 쓸쓸해~진다

이것저것 제~하면 남~는~건 남는 건 빈 봉투

한숨으로 봉투~속을~채워나~ 보자

외상술을 마시면서 큰 소~리 치고

월급날은 혼자서 가슴을~ 친다

요리조리 빼앗기면

남~는~건 남는 건 빈 봉투

어떡허면 집 사~람을~ 위로해~줄~까.

이 노래 가사는 70년대 당시 인기가수 최희준 씨가 불러서 크게 유행시켰던 〈월급봉투〉의 전문이다. 그 절실한 가사와 편안한 멜로디, 그리고 최희준 특유의 서민적인 풍모와 허스키한 음색이 삼박자로 잘 맞아서, 그 당시 수많은 가난한 월급쟁이들의 애환을 고스란히 담고 있는 노래였다고 생각한다. 그 때 그 시절을 반영하는 유행가들은 세대와 풍물이 바뀌면, 이내 우리들의 기억과 입술에서 사라지고 만다.

요새 월급을 제대로 받을 수 있으면 무척 행운아들이지만, 월급을 받는다고 해도 예전의 그리운 월급봉투는 이제는 우리 주위에서 잊혀진지 오래 되었다. 언제부턴가 월급은 각자의 통장으로 자동 입금되어 버렸기 때문이다. 따라서 이제는 봉급날을 손꼽아 기다렸던 아슬아슬한 재미도, 쥐꼬리만 하지만, 그래도 그 봉급봉투를 만져보던 순간적인 기쁨도, 이걸 들고 저녁에 동료들과 술집에서 어울려 한 달 동안의 노고를 스스로 위로하던 호기도, 아내에게 이 날만큼은 제법 큰소리칠 수 있었던 남편의 조금은 당당했던 위세도 모두 바람과 함께 사라져 버리게 되었던 것이다.

예전, 월급날 아침이면, 아내는 학교 버스 타고 출근하는 나에게 각별하게 상냥하게 굴었다. 그리고 월급봉투를 타면 저녁에 친구들하고 어울려 술 한 잔하지 말고, 조심해서 제발 일찍 들어오라고 신신 당부했던 것이다. 월급봉투를 손가방에 넣고, 혼잡한 시내 퇴근버스를 타고 오다가 소매치기 당하던 일도 흔하게 있었던 시절이었다. 살림은 아내가 알뜰살뜰 도맡아 하였지만, 월급날 며칠 전만 되면 신기하게도 살림 밑천은 언제나 바닥나 있었다.

그러니 내가 봉급을 타가지고 온전하게 귀가하기만을 아내는 눈이 빠지게 기다릴 수밖에 없었다. 전주에 장사 나갔던 남편이 돌아오기를 달님에게 간절하게 기원하며, 지금까지 기다리고 있는 정읍사의 어느 백제 여인처럼….

아내가 지시한 대로 월급봉투를 들고, 의기양양하게 집으로 돌아오면, 아내는 저녁밥상에서 조촐한 파티를 준비하곤 하였다. 그러면 물정 모르는 어린 아들까지 아빠가 봉급 타왔다는 것을 알아차리고 신이 나서 뛰어 다녔다. 엄마랑 시장 따라갔다가 눈독만 들이며 지금까지 참고 있었던 장난감 트럭을 잘만 하면 손에 넣을 수 있다는 걸 간파하였기 때문이었다.

그 때, 나는 조교 신분이어서 비록 박봉이었지만 나는 이 날만큼은 아내 앞에서 조금 당당했던 것이다. 봉급이 나오기를 기다리는 사람은 우리 식구만 아니었다. 학교 서무과에서 봉급 수령 지시가 떨어질 때쯤이면, 외상장부를 손에 든 수많은 군중들이 학과 사무실 근처에 와서 미리 진을 치고 있었다. 이 날만큼 학과에서 조교의 힘이 위대하고, 막강한 적은 없다. 외상 장부를 들고 학과 교수님들을 찾아온 방석집의 마담에서부터 중국집 우동 배달 아저씨까지 내가 다 적절하게 상대해 주었기 때문이다. 나중에 알고 보니, 조교는 이런 일에도 뛰어난 수완을 발휘하여야 되었다.

연구에 바쁘고 고귀하신 교수님들은 천하게도 직접 자신의 봉급은 서무과에 가서 타오지 않는다. 조교인 내가 주머니에 교수 열 두 분의 도장을 들고 가서 일일이 날인을 하고, 대표로 한 묶음 단체로 타오는 것이다.

그러나 사실 교수님들이라고 해서 봉급날에 초연할 리가 있겠는가.

그날 오후가 될 때까지 나는 사무실에서 잡무에 바쁜 것처럼 버티고 있는 것이다. 그러면 제일 먼저 인내심이 떨어진, 내 또래 젊은 전임강사가 슬쩍 사무실에 들어와서 내 눈치를 살피며 "최 선생…" 하면서 은근하게 내 이름을 부르며 서무과에 가 줄 것을 독려한다. 그러면 나는 엉뚱하게 딴청을 피우며 바쁜 척한다. 이윽고, 두 번째로 인내력이 바닥난 조교수 한 분이 들어와 앉으며, 나를 간절하게 쳐다본다. 그러면 나는 이제야 생각이 났다는 듯이 씨익 웃으며 사무실 전화 당번을 전임강사에게 위임하고, 서무과를 향해서 느릿느릿 나간다. 오랜만에 거드름을 피우며.

그 날은 상여금과 정근수당이 같이 나오는 날이라, 모처럼 교수님들의 봉급봉투들이 제법 두툼하였다. 묵직한 봉급봉투 12 뭉치와 내 몫을 조심스럽게 양손에 껴안아들고 학과 사무실로 돌아 와서, 학수고대하고 있던 두 교수님들에게 먼저 우선적으로 배분하였다. 그리고 각자의 연구실에 와 있는 분들에게 일일이 돌아다니며 봉급봉투를 호기 있게 전달하는 순서가 시작된다.

어느 교수님 한 분은 씀씀이가 너무 많아서 언제나 봉급봉투가 빈약한 편이었다. 그러면 나는 봉투를 드리면서, "선생님, 이걸 가지고 한 달 어떻게 사세요?" 하고 시건방지게 참견한다. 그러면 그 교수님은 "아이고, 자네 걱정이나 하소. 우리 마누라가 나보다 더 잘 번다네." 하면서 웃었다. 그러면 나는 "아, 부럽습니다!" 하면서 얼른 나온다.

또 다른 교수님 한 분 연구실에 가면, 미리 약속한 대로 내가 서무과에서 슬쩍해온 새 봉급봉투 한 장을 원래의 봉급봉투와 함께 내놓는다. 그러면 그 교수님은 내 필치로 새 봉투에다가 적절하게 금액을 써넣도록 나에게 지시한다. 자신의 글씨는 사모님이 당장 알아차리니까… 이러한 봉급봉투 위조 사실은 공범인 나와 그 교수님만 아는 1급 절대 비밀이다.

그런데 서무과에서 타온 교수님들의 봉급봉투를 이렇게 배분하는 과정에서 예기치 않은 심각한 문제가 불시에 발생하였다. 봉투 하나가 모자라는 것을 나중에야 발견한 것이다. 서무과에서 교수님들의 각자 도장 날인을 서류에 꼬박꼬박 한 다음, 월급봉투 하나씩 착실하게 확인해가면서 학과 사무실로 들고 와서 책상 위에 쌓아놓고 배분하고 있는 중이었다.

그러다 보니 어느 겨를에, 호봉이 제일 높은 학과장의 두툼한 월급봉투가 없어진 사실을 뒤늦게 알아차린 것이다. 그 순간, 가슴이 쿵 하니 내려앉으며, 앞이 노래졌다. 아니 이럴 수가… 별별 생각이 다 들었다. 그러나 정신을 차리고 모든 가능성을 차근차근 점검해 보기로 하였다. 우선, 서무과에서 봉투 13개를 한꺼번에 껴안고 학과 사무실에까지 왔던 코스를 되밟아 보기로 했다. 혹시 오다가 쌓인 봉투 하나를 도중에 길에 떨어뜨렸을 가능성을 생각한 것이다.

주체할 수 없이 두근거리는 가슴을 안고, 좁은 복도를 따라 인문대 본관에 있는 서무실 입구에까지 두리번거리며 도달하였지만, 애타게 찾는 월급봉투 뭉치는 어디에도 없었다. 문이 열려진 서무과 앞에서 낭

제1부 – 환상 여행

패해서 서 있으려니, 책상에 자리를 지키고 앉아있던 대머리 남궁 서무 과장이 나를 슬쩍 올려다보며, 능글능글하게 이렇게 운을 떼는 것이었다.

- 아니, 최 선생, 여긴 다시 웬 일이여…

근디, 시방 최 선생 얼굴빛이 어찌 저렇다냐. 귀신 만난 표정이랑게에…

그러자 서무과 직원들이 일제히 나를 쳐다보며 음흉한 미소를 지었다. 무엇이 재미있어 죽겠다는 표정을 서로 감추지 못했다. 무슨 꿍꿍이 음모를 꾸미고 있는 것이 분명했다. 그러나 그런 모습이 지금 내 눈에 들어 올 리는 없었다. 내가 지금 봉착해 있는 커다란 불상사, 일대 위기에 대한 자초지종을 떠듬거리며 말하자, 그들은 슬슬 웃기 시작하는 것이었다.

이윽고, 남궁 과장이 책상 밑에서 월급봉투 한 뭉치를 꺼내서 나에게 들어 보이며, 이렇게 말하는 것이었다.

- 아까 그 많은 봉급봉투를 한꺼번에 들고 가는 것이 최 선생이 너무 힘 들 것 같아서, 여그 슬쩍 하나 빼어 놓았네..

러브호텔에서의 하룻밤

4. 용머리 고개의 회상

지금으로부터 36년 전, 내가 이삿짐 트럭을 타고 서울에서 전주 시내를 거쳐 완산교를 건너 용머리 고개를 넘어 올 때, 그 근처에 펼쳐져 있는 시골스러움에 좌절했던 기억이 지금도 새롭다. 이제 내가 살고 있는 효자동 교외 일대에도 고층 아파트들이 뒤덮고 있어 제법 도시다워졌으나, 용머리 고개는 세월의 흐름에 개의치 않고, 지금도 여전히 변함이 없다.

전주에 와서 조교로 근무한지 운 좋게 1년 반 만에 전임 시험에 붙어서 발령 나기를 이제나저제나 하고 기다리고 있었던 8월 하순 어느 토요일 오후. 나는 퇴근하는 학교버스 안에서 우연히 본부 교무과 최 과장과 같이 앉게 되었다.

그는 내가 다니는 조그만 교회의 집사이기도 해서 친근하다는 표시로 반말로 나에게 말을 걸었다.

- 어이, 축하 혀. 교수, 좋은 것이여…

그러자 나는 아직 발령도 안 났기 때문에 축하 인사는 이르다고 사양했던 것 같다. 그는 손사래를 치면서, "염려허들 말어, 내가 오늘 공문 기안해서 올렸으니 다음 주초엔 날 것이여." 하면서 대뜸 한턱내라고 채근하였다. 나는 막연하게 다음에 내겠노라고 하였으나, 그는 쇠뿔도 단김에 빼란다는 엉뚱한 속담을 대면서 다음 정류장에서 같이 내리자고 서둘렀다.

그리하여 반강제적으로 그가 나를 끌어 같이 내린 곳이 용머리 고개가 시작하는 시외버스 정류장이었다. 그곳 골목에는 시외버스를 기다리는 뜨내기손님을 위한 선술집들이 진을 치고 있었다.

그전에도 저녁에 퇴근버스를 타고 이 근처에 이르러 몇몇 젊은 동료들과 의기투합하게 되면 이곳에 내려 한 잔씩 적당히 걸치고 귀가하곤 하였다. 그래서 나는 이곳 술값의 시세를 대충 알고 있었다. 내 주머니에는 비상금으로 거북선과 충무공 초상이 그려져 있는 지폐 500원한 장이 소중하게 네 번 접혀져 간직되어 있을 뿐이어서, 마음이 조마조마하기만 했다.

우리는 고구마, 배추꼬랭이, 고추장 등으로 구성된 기본 안주에 소주 한 병을 시키고 쭈그러진 둥근 식탁에 마주 앉았다. 최 과장이 한 병더 시키자고 하면… 몇 달 전에 450원이었는데, 그 사이에 값이 올랐다고 하면… 걱정이 태산 같아서 그때 무슨 말을 서로 주고받았는지 통기억이 없다.

술은 나는 마시는 시늉만하고 최 과장에게 적극 권하는 작전을 구사하였다. 소주 한 병을 거의 혼자 다 마신 최 과장은 만족한 표정으로 자리를 털고 일어섰다. 휴우… 하고 나는 일단 안도했다. 다행스럽게도 술값은 예전과 그대로 450원이었다. 나는 다시 한 번 무한히 감격했다. 둘이서 바로 앞에 있는 시내버스 정류장으로 걸어 나왔다.

그러자 또 다른 고민이 나를 사정없이 엄습해 왔다. 거스름돈으로 받은 50원이 지금 나의 전 재산이었고, 우리 둘이 낼 차비는 합계 160원 이었기 때문이었다. 내가 절망에 빠지기 직전에 번개 같은 아이디어가 내 머리에 튀어 나오는 것이었다. 그 당시 유일한 책 복사 제본점이 용 머리 고개 건너편에 있을 때었다. 마침 여기 온 김에 그 전에 맡겨 둔 복 사 제본을 나는 찾아서 갈 터이니 최 과장님은 먼저 버스 타고 가시라 고 적극 권했다. 그는 순순히 응낙하면서, 다음 버스가 굴러오자 오늘 대접 잘 받았다는 치사를 나에게 하면서 먼저 올라탔다.

그 버스가 용머리 고개를 넘어 사라지자, 나는 부지런히 집으로 걷 기를 시작하였다. 8월의 늦더위 태양을 얼굴에 쬐면서 허위단심 용머리 고개를 걸어 올라오려니 그 전에 허수로 보았던 고개가 어찌 그리 길던 지 모르겠다.

나중에 알았지만, 용머리 고개는 예전에 동학군이 파죽지세의 기개 로 김제에서 전주성으로 진격하여 올 때 통과했던 요긴한 길목이었다 는 유서 깊은 곳이다. 그리고 언제나 마음씨 좋은 형님 같았던 최 과장 은 나보다 먼저 가 있는 하늘나라에서 이번에는 누구의 등을 쳐서 소주 한 잔을 즐기고 있는지, 가끔 궁금하기도 하다.

5. 4월을 기다리며

　- 인생은 빈 술잔, 카펫 깔지 않은 층계,
　　사월은 천치와 같이 중얼거리며 꽃 뿌리고 온다.”
　　이러한 시를 쓴 시인이 있다.
　　“사월은 가장 잔인한 달”
　　이렇게 읊은 시인도 있다. 이들은 사치스런 사람들이다.
　　나같이 범속한 사람은 봄을 기다린다.

(피천득의 수필 <봄>에서 부분)

　　1964년도, 그 해의 3월 새 학기 봄날 오전 시간이었다. 나는 대학에 입학한 첫 학기 교양국어 시간에 참석해서 늙은 교수님의 지루한 강의를 듣고 있었다. 그 날의 수업 내용은 교과서에 실려 있는 피천득 선생의 수필 <봄>의 전문이었다.
　　전날 밤 늦도록 지속되었던 신입생 환영회 자리에 끼어서 동아리 선배들로부터 맛도 모르고 연신 받아 마신 싸구려 막걸리 사발 덕분에 아침 강의실에 들어올 때까지도 머리가 심하게 지끈거렸다. 불행하게 도 맨 앞자리에 앉아서 세상에서 제일 무겁다는 눈까풀과 힘겹게 씨름 하고 있자니 문득 나를 호명하는 우렁찬 소리가 무아지경 상태에서 혼 비백산하게 만들었다.

수필 <봄> 서두 부분에 나와 있는 "인생은 빈 술잔…." 운운하는 구 절은 어느 시인의 시에서 인용되어 나오는 것인가 라는 날카로운 교수 님의 질문이 좌석 맨 앞에서 노골적으로 졸고 있는 나에게 던져진 것이 었다.

그것을 내가 알 턱이 있는가. 그걸 내가 모르니까, 비싼 등록금을 내 고 이렇게 고생하면서 교양국어 강의실에 수원에서 새벽밥 먹고 통학 기차 타고 찾아 들어온 것이 아닌가. 이런 생각이 순간 들었지만, 다행 스럽게도 입 밖으로 튀어 나오지는 않았다. 그 대신, 겉으로는 예의상 부끄러운 척 얼굴이 빨개져서 예습을 못했노라고 뒷목을 긁으며 사죄 하면서 고개를 숙였다.

그러자 그 교수님은 짐짓 엄숙한 표정을 지으면서, 수업 예습을 철 저하게 미리 해오지 않은 학생은 이 강의실에 들어올 생각을 하지 말라 고 엄포를 놓았다.

그리고 지금 일어선 학생은 다음 시간까지 그것을 공부해 와서 발 표하라고 다짐을 두었다. 그러나 "인생은 빈 술잔…." 운운의 황당한 시 의 구절에 대한 나의 예습은 그 다음 주까지 이루어지지 못하고, 한 학 기가 허무하게 끝나버리게 되었다. 그 당시 전국의 대학교를 휩쓸었던

"한일국교정상화 반대" 데모의 열풍으로 그만 학교가 조기 방학에 일제히 들어가 버렸기 때문이었다.

피천득 선생은 수필 <봄>에서 "봄이 사십이 넘은 사람에게도 온다는 것은 참으로 다행한 일이다." 라고 토로하고 있다. 봄이 올 때면 이미 잃어버렸던 자신의 젊음이 다시 오는 것 같기 때문이다. 그렇다면, 예의 "인생은 빈 술잔, 카펫 깔지 않은 층계, 사월은 천치와 같이 중얼거리며 꽃 뿌리고 온다." 라고 멋을 부렸던 시인은 이 시를 자신이 새파랗게 젊었을 시절에 쓴 것이 분명하다는 생각이 든다.

이 시 구절이 1920년대 활동했던 급진적인 여성운동가 에드나 세인트 밀레이(1892- 1951)의 초기 대표작 <봄>에서 나왔다는 사실을 알게 된 것은 내가 신입생으로부터 2년이나 지난 한참 후였다. 그리고 이 구절은 영국의 대문호 세익스피어의 희곡 <맥베스>(Macbeth)에 나오는 유명한 대사의 한 구절에서 적당히 따온 것이라는 사실도 나중에 알게 되었다.

3학년 2학기에 설강된 <영미 시 강독> 강의 시간에 나는 문득 그 여류시인의 존재와 조우하게 되었던 것이다. 그녀는 한 시대를 앞선 페미니스트로 활동하면서 그 당시 사회적 편견에 맞선 치열한 삶을 살았던 풍운아였다. 그 시인은 1950년 눈보라 심하게 몰아치는 겨울 어느 밤에 자기 아파트로 올라오다가 계단에서 굴러 떨어져 심장마비로 일생을 마감하게 되었다고 한다.

불행하게도 그녀가 실족하여 떨어진 층계는 어쩐지 융단이 깔리지 않았을 것 같다.

나의 젊었던 대학생 시절로부터 세월이 이렇게 물처럼 지난 후에도, 다시 봄을 맞이한다는 것은, 피천득 선생이 중년의 나이에 <봄>에서 설파한 것보다 몇 배나 더 다행한 일이다. 중년을 넘어서 이제 노년의 가파른 비탈에 서 있으니 더욱 그렇다. 그리하여, 다투어 피어오른 먼 옛적의 서귀포의 노란 유채꽃 무더기 속에서 안개 속의 젊음을 희미하게 찾아보는 것이다.

그래도, 밀레이 시 <봄>의 구절구절이 늙어버리고 굳은 나의 가슴 속에서 단편적으로 비틀리고, 깨진 거울조각같이 엉망으로 이렇게 조금 남아 박혀 있는 것이 신기한 일이다.

⟨봄⟩

에드나 빈센트 밀레이

4월이여! 너는 무얼 하려고 다시 오는가?
너의 아름다움은 내게 다 쓸 데가 없다.
피어나는 찬란한 장미꽃의 색감으로도 너는
나를 더 이상 꼬시지 못하리라.
나는 너의 못된 정체를 다 알고 있다.

인생? 흥, 그것 자체는 별 거 아닌 거여
다 마셔버린 빈 술잔이지… 융단 깔리지 않은,

쪽 팔리는 낡은 아파트의 좁은 층계일 뿐이어.

해마다 이 언덕 아래 골짜기로
사월이 속없는 바보처럼 흥얼흥얼
꽃을 뿌리며 온다 한들, 그게 별 것인가?
나도 알 것은 다 알거든, 죽음까지도!

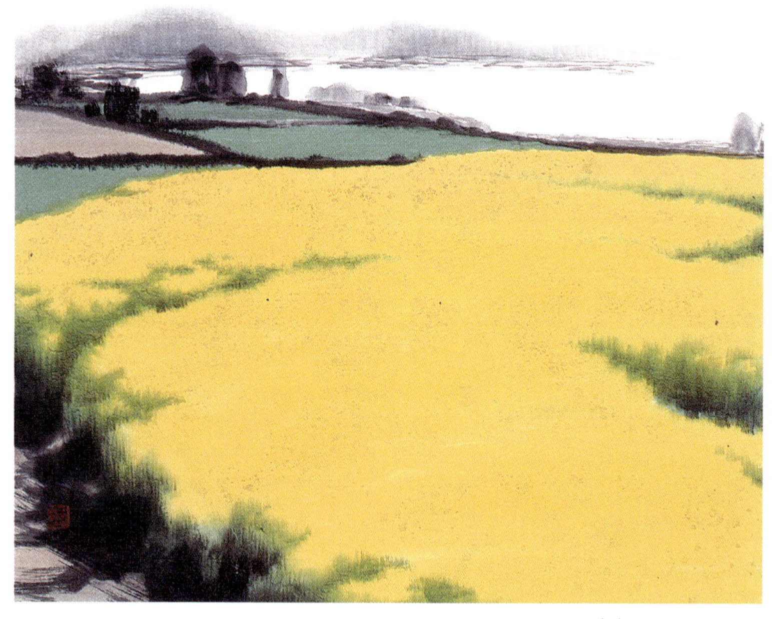

유채밭(54×42cm 1999)

러브호텔에서의 하룻밤

6. 어떤 선물

선물은 내가 남에게 주기도 좀처럼 쉬운 일이 아니고, 또 남에게서 받기도 어렵다. 선물의 본질과 그것의 변질을 잘 나타내는 말로 독일어를 따를 수 있는 예는 없다. 독일어에서 선물을 의미하는 말 가운데 예전에 '기푸트'(Gift)가 있었는데, 이 단어가 갖고 있는 또 다른 의미는 '독약'이다. 원래는 '주다'를 뜻하는 geben 동사에서 유래하였으나, 오랜 시간을 거쳐 오면서 의미가 어느덧 그렇게 변한 모양이다.

그래서 나중에 '베쉐룽'(Bescherung)이라는 말로 옮겨 갔지만, 이 단어 역시 '증여'라는 부정적 의미가 첨가되었다. 이 단어가 들어간 관용구에 '난처하다'는 말까지 생겼다. 그 이후에, '게쉥크'(Geschenk)라는 듣기 좋은 표현도 생겼으나, 역시 '선물'이라는 의미 이외에, '뇌물'이라는 파생적 의미가 부차적으로 따라 붙게 되었다.

우리나라에서도 선물이라는 의미로 '인정'(人情)이라는 한자어가 중국어에서 들어와 오래 전부터 문헌 기록물에 등장하고 있다. '인정'과 같은 좋은 단어가 어느새 뇌물의 뜻으로 변질되어 버린 것은 이미 중국어에서부터 비롯된 것이라 한다. 따라서 선물에 첨가된 뇌물이라는 의미의 피할 수 없는 2차적 발달은 인지상정이고, 동·서양에 공통된 경향으로 보인다. 그런데 특이하게도 우리말에서 예전에 쓰이던 '션물'의 1차적 의미는 원래 '뇌물'(賂物)이었다.

나는 지금까지 염치도 없이 주로 학생들에게서 가끔씩 선물을 받았다. 그런 일은 1년에 한번 있는 스승의 날에 집중되어 있었다. 선물의 내용은 간단한 손수건에서부터 꽃다발, 양말, 커피, 그리고, 아주 드물게는 고급 볼펜 또는 만년필에 이르기까지 다양하였다. 물론 그때 그 학생들은 나에게 순수한 마음으로 이런 선물들을 주었을 것이고, 나는 어쩔 수 없이 그것들을 감사하게 받았다.

내가 예전에 학생들에게 받았던 수많은 선물들은 이젠 대부분 없어졌고, 또 기억에서 사라졌으나, 그래도 지금까지 잊을 수 없는 것이 있어 가끔 생각나기도 한다.

80년대 8월 중순, 여름방학 어느 일요일이었을 것이다. 초인종 소리에 문밖으로 나와 보니, 내가 지도교수로 있는 사대 어문교육 계열 1학년 여학생이 온 얼굴에 땀을 흘리고 서 있었다. 튼튼하게 생긴 그녀는 왼쪽 팔로는 전형적인 시골 씨암탉 한 마리를 보자기에 싸서 거추장스럽게 끼고, 다른 한 팔로는 바구니에 가득 찬 나물과 채소를 안고 어색하게 서 있었다. 집안으로 같이 들어오자, 지금까지 갑갑했던 걸 간신히 참고 있었던 암탉이 탈출하고 싶은지, 요동을 치며 푸드득 거렸다.

그녀는 그 암탉을 가만히 진정시키느라고 한참동안 애를 먹고 있었

러브호텔에서의 하룻밤

다. 그러자 그 암탉은 주인의 엄한 지시를 받고 어느 정도 안심하였는지, 고개를 이리저리 돌리다가 진정해서 이번엔 데룩데룩 눈알을 굴리며 초면인 나를 탐색하기 시작하였다.

그녀가 집에서 기르던 씨암탉 한 마리와, 텃밭에서 정성스럽게 뜯어온 채소와 나물을 양손에 꼭 껴안고 고향인 정읍에서부터 두 시간 가량 시외버스를 타고 나를 찾아 온 사연은 대략 이러 했다.

그녀 집안의 유일한 기둥이요 희망인 큰 오빠가 군복무를 마치고 전주에 있는 국립대학 법대에 합격해서 다니게 되었다고 한다. 그러자 농사꾼인 아버지는 집안에 경사가 났다고 좋아하면서, 고등학교 졸업반인 그녀에게 같이 전주에 나가서 공부하는 오빠에게 시중을 들며 밥이나 해주라는 지시를 내렸다는 것이다. 그녀는 아버지의 엄명에 따라서 전주에 나와 방을 구해 오빠랑 자취하면서 자신도 대학에 가고 싶어, 틈틈이 시험공부를 하여 몇 번 실패 끝에 이번 봄에 드디어 입학시험에 합격하게 되었다고 한다. 나중에 훌륭한 선생님이 되고 싶어서 사범대에 지원했다고 한다.

자기에게까지 대학 입학금이 마련될 수 없는 집안의 형편임을 잘 알면서도 그녀는 아버지에게 합격 통지서를 앞에 놓고, 울면서 통 사정을 했다고 한다. 한 번만 이 딸자식에게 입학금을 대어 주시면 그 다음부터 대학은 자신이 알아서 다니겠노라고… 처음엔 펄쩍 뛰었던 아버지도 나중에 할 수 없이 허락을 하면서, 기회는 단 한번이고, 나중에 등록금을 댈 수 없으면 학업을 미련 없이 포기해야 된다는 약조를 자신과

43

단단히 했다는 것이다.

이런 우여곡절을 거쳐 대학에 들어와서 당장 아르바이트를 시작하였으나, 상황은 자신이 생각했던 것보다 녹록치 않아서 이제 2학기 등록일이 다가오는데 아직은 역부족이라고 한다. 등록금이 부족해서 학업을 그만 두어야 된다고 생각하니 밤에 잠이 오지 않더라는 것이다. 그러다가 우연히 같은 반 친한 친구에게 이런 고민을 털어놓자, 그 친구가 지도교수를 한번 찾아가서 자신의 사정을 알리고, 농촌 장학금 수혜 가능성을 타진해 보라고 했다는 것이다.

아버지에게는 말을 못 꺼내고 어머니에게만 2학기 등록금 때문에 지도교수와 면담하러 전주에 나간다고 하였다고 한다. 그 어머니는 나가는 딸을 불러서 선생님께 드리라고 씨암탉 한 마리를 아버지 몰래 보자기에 싸 주었다는 것이다. 자신은 앞마당에 있는 텃밭에서 채소와 나물 몇 가지를 더 보태서 들고 왔다는 것이다.

그 자리에서 나는 그 학생을 안심시키고, 가능한 한 장학금 수혜 혜택을 볼 수 있는 쪽으로 노력을 해 보겠다고 하면서, 여기에 한 가지 조건을 붙였다. 나에게 들고 온 것 가운데, 채소와 나물은 고맙게 받겠으나, 씨암탉은 집안의 재산이니 다시 들고 어머니께 돌려 드리라고 하였다. 그리하여 우리 둘이서 한참 동안 씨암탉 건으로 실랑이가 벌어졌으나, 무엇보다도 정읍에서 씨암탉을 들고 오면서 시외버스 차장한테 받았던 구박을 다시 받을 수 없다고 우기는데 당황스럽기만 하였다.

그 학생이 돌아 간 다음에, 내가 당시에 살고 있던 13평 주공 아파트에서 불청객인 이 암탉이 우리 식구의 큰 두통거리가 되었다. 아내는 여기서 닭을 키울 수는 없는 노릇이고, 당신이 한번 잡아보라고 했으나, 도저히 그럴 용기는 나질 않았다. 생각 다 못해, 아내는 마침 김제에서 농사를 짓다가 손주를 돌봐주려고 잠시 아들집에 와 있던 3층 할머니에게 잡아서 드시라고 어렵게 양도를 하게 되었다. 그 할머니는 위층에 사는 새댁한테서 난데없는 씨암탉을 막무가내로 받고 나서 한참이나 고민한 모양이었다.

이어서 2학기가 시작되면서 나는 마음을 졸이면서도 그 여학생을 무사히 장학금 수혜를 받도록 노력하였다. 내가 그 학생에게서 씨암탉 뇌물을 받았기 때문이었을까?

이 이야기의 후일담으로, 그 여학생은 2학년 학과 진입 때 영어 교육과를 선택하였고, 지금은 경기도 영어 교육에 매진하고 있다. 들리는 풍문에 의하면, 성실한 남편과 만나서 맞벌이를 하여 알부자가 되어 있다고 한다.

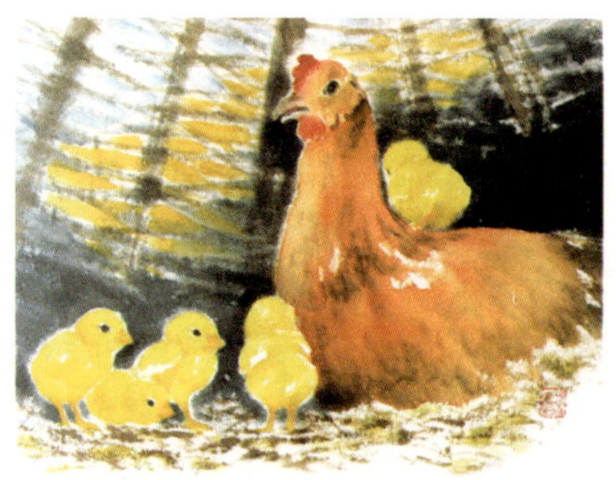

어느 봄 날(35×25cm 2013)

7. 프란츠 카프카는 내 친구

지금으로부터 5, 6년 전, 아내가 동부 유럽으로 스케치 여행을 혼자 떠날 때, 프라하에서 카프카 생가(生家)를 방문하게 되면 잊지 말고 사진이나, 아니면 스케치 한 장을 그려달라고 부탁한 적이 있다.

카프카는 내 대학 시절에 외롭고 고단하기만 한 기차통학생이었던 나를 불시에 찾아온 고마운 친구였기 때문이다. 그는 1883년 3월에 보헤미안 가문의 유태계 부유한 상인의 아들로 프라하에서 출생하였다. 따라서 해방둥이로 태어나서 1960년대 초입에 서울서 대학을 다닌 나와, 이국의 작가 카프카와의 사이에는 시대적, 공간적 거리가 개입되어 있다. 그럼에도 그와의 최초의 만남은 그 당시 내 삶의 커다란 충격이었다.

그해 2학년 2학기가 시작되고, 나는 내가 부전공 가운데 한 과목으로 수강 신청한 <20세기 독문학 강독>의 첫 시간을 위해서, 금요일 6교시 낡은 학교 건물의 북쪽 우중충하고 조명도 어두운 506호실 강의실에 혼자 앉아 있었다. 강의 시간이 이미 10분이나 넘었으나, 응당 이곳에 같이 있어야 할 독문과 2학년 학생들도, 담당 교수도 아직 나타나지

러브호텔에서의 하룻밤

않았다.

　내가 필시 강의실을 잘못 들어온 것 같아서 다시 확인하려고 했을 때, 복도에서 둔탁하게 뚜벅거리는 구두 소리가 나더니 육중한 몸집의 독문과 이 교수님이 강의실에 들어 왔다. 그분은 혼자 앉아 있는 나를 일별하더니, 교탁 옆 빈 의자에 털썩 앉으면서 출석부를 폈다. 나는 자동적으로 자리에서 일어나면서 출석부를 들여다보았다. 거기엔 수강생으로 내 이름 하나만 달랑 기록되어 있었다. 아니, 이럴 수가… 이 교수님의 강의는 이미 전번 학기 때 번번이 골탕 먹은 <독일어 작문>과 <독산문 연습>을 통해서 수강 한 적이 있었다.

　당황한 나는 그 교수님에게 수강생이 나 하나뿐이라면, 정상적인 강의가 어려울 터이니 강의 신청을 이번 주에 변경하겠다고 말씀드렸다. 교수님을 위해서가 아니라, 순전히 나를 위해서였던 것 같다. 그러자 그 교수님은 씩 웃으면서, 유일한 수강생인 내가 이번에 이 강의를 들어주어야 자신의 강의 책임시간을 맞출 수 있으니 그런 생각은 하지도 말라고 하면서, 어깨를 눌러 나를 자리에 앉혔다. 나는 불안하기만 하였다.

　독문과 학생들을 통해서 익히 들은 바 있으며, 나의 직접 경험으로 보아도 그분은 학생들에게 매우 무섭고 어려운 존재였다. 조선의 석학이 퇴계 선생의 직계 후손으로, 당당한 유학자의 강골과 기개가 대단한 독문학자이며, 그 당시의 사회 문화적 시류나 학생들의 학습 태도에 엄격한 비판적 태도를 노골적으로 가지고 있었다. 이러한 자신의 못마땅한 견해를 강의 시간 중에도 학생들 앞에서 그대로 거침없이 쏟아내곤 하였다.

무엇보다도 그분은 학생들에게 부여하는 학점이 엄격하고 짜기로 정평이 나 있었다. 나중에 알고 보니, 같이 강의를 수강해야 할 독어과 2학년 학생들은 이 강의를 공동으로 일부러 피해버렸던 것이다.

강의 교재는 프란츠 카프카의 단편집이었다. 1학기 때『독일인의 사랑』과『청춘은 아름다워라』,『황야의 늑대』등을 헤매면서 읽은 어설픈 독일어 실력으로 처음 접하는 카프카의 단편집을 교수와 1:1의 단독 강의를 통해서 무사히 읽어낼 것인가 못내 걱정스럽기만 하였다. 교재를 구해서 그곳에 실린 단편집의 제목들을 대충 훑어보니, 더욱 막막하기만 한 것이었다.

교재에는 먼저 그의 단편 <선고>가 앞에 나와 있었고, 그 뒤에 <변신>, 이어서 <시골의사>, <法 앞에서>, <학술원 회원에게 보고>, <유형지에서>, <굶주린 광대>, 등의 9편이 빽빽하게 수록되어 있었다. 그 교수는 다음 시간까지 제1과 <선고>를 읽고 나오라고 나에게 지시를 하였다. 일주일 내내 사전과 씨름하면서 단편 <선고>를 대충 읽어낼 수는 있었지만, 그 단편 전체가 당시의 나에게 전달하려는 이야기의 의도는 요령부득이기만 하였다.

<선고>의 주인공 그레고리가 어느 봄날 일요일 오전에 러시아에 추방되어 나가있는 오랜 친구에게 자신의 약혼 소식을 알리기 위해서 편지를 쓰는 것으로 이야기가 시작된다. 그리고 그는 아버지의 방으로 찾아가서, 그 친구와의 지금까지의 관계의 소원함, 아내를 잃고 의기소침

러브호텔에서의 하룻밤

해 있는 아버지 사업을 대신하지만 원만하지 못한 부자와의 갈등 등으로 아버지로부터 심한 질책을 받게 된다. 동시에 아버지로부터 마지막으로 "물에 빠져 죽어버리라"는 익사 선고를 받게 된다. 그러자 그레고리는 밖으로 뛰쳐나와, "아버지, 어머니, 저는 당신들을 사랑해 왔습니다!" 하면서 다리 밑으로 몸을 던지는 것이었다.

한 마디로 나에게 이해되지 않는 기괴한 이야기였다. 이 교수님은 이 작품에서 그레고리의 친구와 아버지와의 관계를, 죽음을 초래한 죄의 의미를 설명한 것 같았으나, 역시 난해하기만 하였다. 그러나 이 단편이 갖고 있는 난해함이 한편의 복잡한 추상화를 감상하는 것처럼 어쩐지 멋이 있기도 하였다.

제2과 <변신>은 나에게 특히 커다란 충격을 주었다. "어느 날 그레고어 잠사가 불안스러운 꿈에서 깨어났을 때, 자신이 한 마리의 흉측한 곤충으로 변해버렸음을 알았다…"와 같은 언급으로 <변신>은 시작된다. 그러나 카프카는 과연 인간이 어느 날 갑자기 곤충으로 변해버릴 수 있는가, 왜 그렇게 변해야 하는가, 겉은 비록 곤충으로 변했지만 왜 주인공 그레고어 자신의 의식세계는 그대로인가 등의 당혹스러운 질문에 답을 제시하지 않는다.

새벽 4시에 자명종을 맞추어 놓고 5시 통근 기차를 타고 외지에 나가 의류 견본 품목을 건방진 고객들에게 보이며 회사를 위해서 뼈 빠지게 판매 활동을 해야 되는 주인공 그레고어는 성실하고 투철한 의식을 갖고 있는 모범 직장인이었다. 그러나 내면엔 일상에 염증을 느끼며, 해방을 갈구하는 한 마리의 일 벌레에 불과한 존재이었다. 그의 삶은 철저히 회사와 가족을 위한 것이었고, 은퇴한 부친을 대신한 가장의 역할에 충실해 왔으며, 사랑하는 누이동생의 재능을 위해서 경제적으로 어렵지만 음악학교에 보낼 기쁨에 차 있었던 그였다.

그러나 그가 하루아침에 한 마리의 곤충으로 변해 버리자, 그를 대하는 집안에서 가족들의 태도 변화가 서서히 나타나기 시작하는 것이다. 연민과 동정에서 시작되어, 시간이 흐름에 따라 점차 귀찮은 존재를 거쳐 증오의 대상으로, 이어서 집안의 평화를 위해서 제거되어 버려야 할 대상으로 전락한다. 처음 아버지로부터, 다음 사랑하는 누이동생으로부터, 마지막으로 어머니로부터 버림을 받게 되는 그래고어 잠사는 파국이 오기 전에 스스로 죽음의 길을 택하는 것이다. 그러나 그는 마지막 호흡을 거두기 전에도 가족의 행복을 비는 것이다.

그래고어 잠사의 마지막을 확인한 그의 가족들은 홀가분한 마음으로 심신을 전환하기 위해서 따뜻한 어느 봄날 가족 소풍에 나서며, 새로운 계획과 희망으로 마음이 한껏 부풀어 오른다.

요즈음 나는 대학 때 읽었던, 그리고 나를 당황케 했던 손 때 묵은 정든 카프카의 단편선을 꺼내 들고 다시 <변신>을 음미한다. 그래고어 잠사의 흉측한 곤충으로의, 어느 날의 변신이 나에게 주는 의미를 이렇게 오랜 세월이 흐른 다음에 어렴풋이 이해하게 되었다.

그의 변신이 바로 나의 슬픈 변신의 모습으로 전환되어 서서히 접근해 오는 것을 느끼기 때문이다.

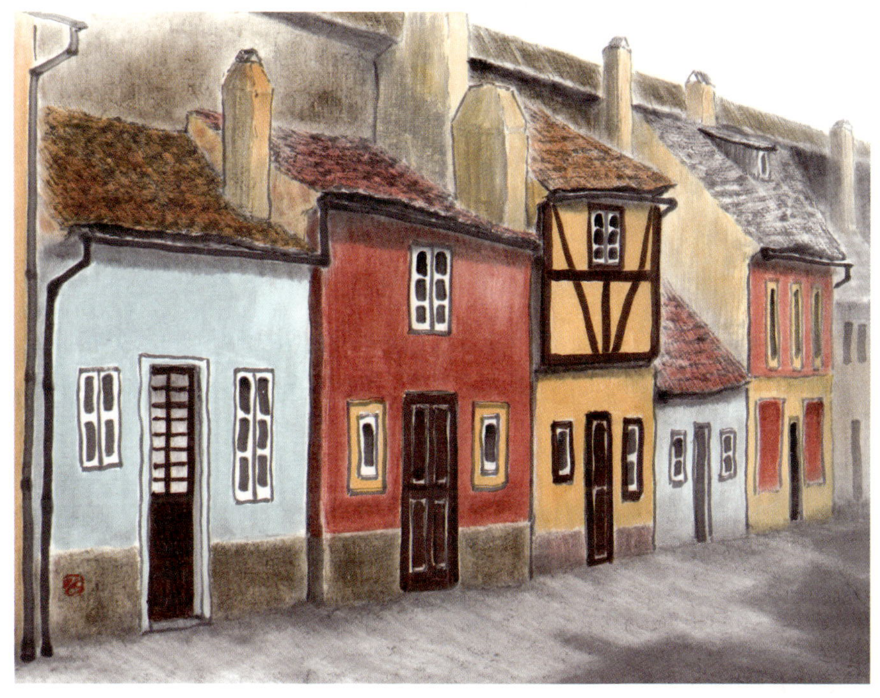

카프카의 생가(46×35cm 2007)

제1부 — 환상 여행

8. 아버지의 뒷모습
주자청의 〈背影〉을 흉내 내서

내가 고등학교에 입학한 바로 그 해에 4.19 학생 혁명이 일어났다. 그 날 4월 19일에 분위기가 사뭇 뒤숭숭한 가운데, 우리는 오후 수업을 무사히 다 마쳤다. 종례 시간이 되어서 우리는 담임 선생님을 술렁거리며 기다리고 있는데, 그 대신 3학년 학도호국단 간부들이 갑자기 교실에 들어오더니 국가에 비상사태가 벌어졌으니 모두 학교 운동장에 집합하라고 명령하였다.

우리들이 꾸역꾸역 운동장으로 몰려 나가는 도중에, 학교 담장 너머 멀리에서 까만 연기가 솟아 올라오고 있었다. 누군가가 서울신문사가 지금 불타고 있다고 큰 소리로 외쳤다. 그러자 우리 학교 위에 있는 경신학교 학생들이 스크럼을 짜고 혜화동 로터리 쪽으로 뛰어 나가면서, 아직 이러지도 저러지도 못 하고 교정에 몰려 있는 우리들을 향해 우렁찬 야유를 쏟아내었다. 담장 넘어로 보니 앞장 선 경신학교 학생 하나가 깃발처럼 펄럭거리며 장대에 들어 올리고 있는 것은 피 묻은 교복인

러브호텔에서의 하룻밤

것 같았다.

그 때, 어디선가 경찰들이 쏘는 카빈 총 소리가 콩 볶듯이 울렸다. 그러자 우리들은 흥분해서 벌떼들처럼 웅성거리고 어쩔 줄 몰라 우왕좌왕하였다. 성급한 학생들의 일부는 학생주임이 재빨리 잠가 놓은 육중한 교문을 어렵사리 넘어서 탈출해 데모대에 합류하기도 하였다. 나도 모르는 사이에 나는 성난 학생들의 스크럼 사이에 굴비처럼 끼어 들어가 있어서 빠져 나올 수가 없었다.

교장선생님이 운동장 연단에 올라와서 지금은 계엄령이 전국에 걸쳐 선포되었고, 데모대에게는 무차별 발포하라는 명령이 떨어졌으니 여러분은 부디 자중하라고 간곡히 당부했다. 그러나 그 말이 학생들의 귀에 들어올 리가 없었다. 그러자 우리를 에워싸고 있던 선생님들이 어깨동무를 하고 일제히 교문 앞에서 벌렁 누워서, 제군들이 학교 밖으로 나가려면 먼저 우리를 밟고 지나가라 하고 외쳤다.

이렇게 성문과 같이 굳게 잠긴 교문을 사이하고 선생님들과 학생들이 일진일퇴를 거듭하고 있는 동안에, 또한 교문 밖에서는 자기 자식들의 안위를 걱정하는 학부형들이 구름같이 몰려 와 있어서 이름을 연신 안타깝게 부르며 찾고 있었다.

그러자 학교 당국은 학부형이 신고해오면 그 해당 학생은 부모의 보호 아래 귀가 시키는 조치를 취하였다. 정의감에 불타서 금방이라도 학교 담을 뛰어 넘을 것 같은 열혈 학생들이 부모의 손목에 일단 잡히면 그냥 순한 양이 되어 풀이 죽어 뒤따라가는 모습이 내게는 신기하기도 하고, 한편으로 부럽기도 하였다. 나는 부모님이 수원에 계시기 때문에, 이러한 사정을 알리도 없거니와, 설령 알았다고 해도 멀리 떨어진 서울하고도 혜화동에까지 이 난국에 찾아 올 리도 없다고 스스로 확신하였다.

나중에는 저녁 땅거미가 지기 시작하자, 자취나 하숙하는 지방 출신의 학생들이 몇 명밖에 남지 않게 되었다. 학교 당국은 우리들에게 집으로 안전하게 바로 갈 것을 신신당부하며, 교문을 열어 풀어 해방시켜 주었다. 모든 대중교통은 완전 마비가 되어 있었으며, 혜화동 로터리에는 경찰서가 습격 받은 것처럼 부서져 있었다. 경찰 백차는 뒤집혀 맹렬하게 불타고 있어서 마치 전쟁터에 들어온 것 같기만 했다.

나는 성난 물결 같은 데모대의 전열을 헤치고 혼자서 명륜동을 지나서 창경원 긴 돌담길로 들어섰다. 그러자 멀리서 어떤 중년의 남자가 반대편에서 혜화동을 향해서 부지런히 걸어오는 모습이 우연하게 눈에 들어왔다. 그 사람의 걸음걸이나 어렴풋한 얼굴 윤곽이 어쩐지 아버지와 비슷하기도 했다. 그러나 수원에 계신 아버지가 지금 창경원 정문 앞에서 내 앞으로 걸어 나올 수는 없다고 스스로 생각했다.

이윽고 어둠 속에서도 서로 상대를 알아볼 수 있는 가까운 거리에 이르자, 그 사람은 틀림없는 아버지였다. 내가 놀랍고 반가워서 걸음을 멈추어 서자, 아버지는 비로소 나를 알아보고 크게 내 이름을 부르며 다가왔다. 그리고 내 손을 덥석 잡았다. 이제야 안도하는 표정이 역력하였다.

아버지는 수원에서 오전 강의를 마치고 아들을 찾아 서울로 허위단심 올라온 것이었다. 서울역에서 혜화동까지 교통편이 끊어져서, 내가 있는 학교를 향하여 지금까지 한 시간 넘게 무작정하고 걸어오고 있는 중이었다. 그날 아버지는 라디오에서 반복적으로 흘러나오는 긴급 뉴스 특보를 듣고, 다른 학부형들과 마찬가지로 서울 시내 학생들에게 닥친 위기 상황을 알아차렸다고 하였다.

아버지는 내 손을 꼭 잡고 걸으면서 내 하숙집 입구까지 바래다주었다. 그리고 모든 학교에 휴교령이 떨어졌으니 집에서 내내 꼼짝하지 말고 다시 등교할 때까지 근신하고 공부하라는 당부를 하고 다시 수원으로 내려가기 위해서 서울역 쪽으로 걸어 나가셨다.

나는 걸어 나가는 아버지의 뒷모습을 어둠 속에서 오래 동안 지켜보고 있었다. 지금까지 나의 삶에 가장 큰 영향을 직접적으로 끼친 사람은 아무래도 아버지일 수밖에 없다. 나의 전공 선택이나, 삶의 방식과 사고의 유형에 이르기까지 아버지의 그늘이 안 미치는 데가 없을 정도이다. 나는 또한 그 만큼 아버지의 영향권에서 벗어나려고 의식적이건 무의식적이건 애써 노력해왔다. 아버지와 큰 아들인 나와는 짙은 애증의 갈등구조를 형성하여 왔다.

그렇지만 4.19 저녁 때, 창경원 앞에서 부자간에 이루어진 극적인 상봉은 내가 아버지를 회상할 때마다 언제나 그날의 뒷모습과 함께 따뜻하게 가슴 속에 떠오르는 것이다.

9. 신정 세배 풍경

60년대 후반, 내가 학교를 졸업하고 서울 시내 청량리 한 쪽 구석에 있던 신설학교 시립농대(지금의 시립대학) 병설중학교 국어 교사로 의무 발령을 받아 근무한지 1년 후에 중학교 무시험 평준화 정책이 군사작전과 같이 서울에서 먼저 일제히 시행되었다.

어린 초등학교 졸업생들이 그 당시 "무즙 사건"이나, 치맛바람과 같은 사회적 문제로 심각하게 대두되었던 중학교 입학시험에 시달리지 않고 자동으로 중학교 진학의 문이 열려진 것이었다. 그러나 교육적 의도는 좋았으나 시행 첫 해인지라, 그 과정에서 수많은 시행착오가 발생하였던 것으로 기억한다.

그 가운데 하나가 학생들의 학교에 대한 선호도나, 통학거리를 무시하고 드넓은 서울 시내를 서너 구역으로 설정하여 글자 그대로 완전히 획일적으로 평준화시켜 배정해 버린 것이었다. 그 당시 내가 맡은 1학년 학급에서도 시내 돈암동이나 혜화동에서 가장 멀리 떨어진 변두리 청량리에 있는, 이름도 처음 들어보는 여기 신설학교에까지 억지춘향

러브호텔에서의 하룻밤

으로 배정받아온 학생들이 많이 있었다. 당연히 해당 학생들과 학부형들의 원성이 끊이질 않고 자자하였다.

교무실에서 새 학기에 학생들이 제출한 <가정환경 조사서>를 받아 정리하면서 그들의 면면을 슬쩍 살펴보다가, 문득 학생 보호자로 가족 중에 "이희승" 이라는 성함이 기재되어 있는 것이 눈에 띄었다. 마침 나는 그분 밑에서 대학원 강의를 받고 있었던 터였다.

나는 그 해에 중학교 교사로 근무하면서, 두 번째 눈물 나는 시도 끝에 간신히 대학원 입학시험에서 어학 전공 합격생 2명 중에 한 명으로 끼었다. 그래도 공부를 계속하기 위해서 직장을 내 의지대로 당장 그만 둘 수가 없었다. 나는 사범대학에서 저렴한 등록금 특혜를 받으면서 4년 다녔기 때문에, 졸업과 동시에 의무기간 3년 동안 중등교사로 규정에 따라서 일단 우선적으로 근무해야만 했다.

이런저런 우여곡절 끝에, 중학교 당국으로부터 비공식적으로 눈감아 주는 임시 허락을 어렵게 받아서 온갖 눈치를 요리저리 보면서 일주일 두 번씩 대학원에 나와서 강의에 건성으로 참석하고 있었다. 그러나 대학원에서 전공공부만 전념하기를 원하는 학과 분위기 속에서 나는 선배들과 교수님들의 따가운 시선에서도 자유롭지 못해서 그저 좌불안석으로 불안하기만 했던 것이다. 전공 진도도 제대로 못 따라오며 터덕거리는 사대 출신 학생들을 학과에서 미운 오리새끼처럼 취급한다는 사실도 차차 뼈아프게 터득했다.

나중에 국어 수업을 끝내고 교실에서 나오면서 이희승 씨가 가족이라는 그 학생을 찾아서 조심스럽게 확인해 보니, 그분은 자신의 친할아버지라고 자랑스럽게 응답했다. 그러자, 나는 활짝 웃으면서 너의 할아버지는 바로 나의 대학원 선생님이고 내가 지금 그분 강의를 듣고 있다고 하면서 반가운 김에 이런 말을 불쑥 해버리게 되었다.

　- 그래, 너는 지금 나에게서 국어를 배우고 있으니, 너의 할아버지께서 나에게 나중에 학점을 잘 주셔야 나도 너에게 좋은 국어 점수를 주겠노라고 내가 그러더라고 집에 가서 잘 전해 드려라…

그러는 순간 나는 즉시 후회했다. 그렇지만 이미 그 학생 앞에 생각 없이 쏟아놓은 즉흥적인 농담 같은 말은 어쩔 수 없었다. 틀림없이 그 학생은 집에 가서 할아버지에게 신이 나서 자신의 국어 담당 선생이 할아버지의 제자라는 사실과, 내가 철없이 한 협박을 그대로 전할 것이 분명했다.

그러한 사건이 있은 후에, 일석(그분의 호) 선생님은 강의 끝내고 가진 사석에서 내가 당신의 귀여운 손자의 국어 선생이라는 사실을 다시 확인하시며 상당히 반갑고 흡족해 하셨다. 그러나 손자가 전한 예의 협박 내용에 대해서는 일체 아무런 내색도 하지 않으셨다. 나는 그저 조마조마할 따름이었다.

그래도 일석 선생님은 나의 그런 치기에 찬 협박에 꿈적하실 분이 아니었던 것이 분명했다. 그 학기 마지막에 그분은 나에게 B 학점을 당당히 내려주셨다. 나는 선생님이 제시한 학기 말 과제도 충분한 여유를 가지고 제출 못하였거니와, 학기 중 수시로 열리는 중등학교 장학검열로 인해서 무단결석도 자주 하여서 그냥 B 학점도 감지덕지였다.

그럼에도 불구하고, 나중에 해마다 신년 초 일석 선생님 댁으로 세배하러 갈 때에는 나는 예의 손자의 국어 선생님의 신분으로 언제나 각별한 예우를 받는 귀하신 몸이 되었다.

해마다 새해 1월1일에는 각처에 흩어져 있던 제자들이 은사님 댁을 무리지어 찾아서 오랜만에 문안드리고, 신년 세배를 올리는 전통적인 의식이 있어왔다. 조교수, 시간강사, 조교, 대학원생 일단으로 구성된 한 무리 세배꾼들은 먼저 동숭동 학교 앞 다방에 모여서 기다리다가 우선 첫 번 차례로 일석 선생님 댁으로 향했다.

아침부터 하나 둘씩 여러 곳에서 모이기 시작한 무리들이 일정한 정족수에 이르게 되면 대개 점심시간에 이르렀고, 마침 동숭동에서 일석 선생님 댁이 제일 가까웠으며, 그 선생님 댁에서는 세배꾼들에게 언제나 점심으로 떡국상이 차려져 나왔기 때문이었다. 선생님에게 세배를 끝내고 물러나서 집안에서 정성스럽게 차려 내놓는 떡국 점심을 대접 받으면서 그곳에서 이미 와있던 낯익은 세배꾼들과 조우하게 되어 의기투합하면, 따로 한판 섰다판이 치열하게 벌어지기도 했다.

일석 선생님은 새로 현관에 도착한 일단의 세배꾼들 가운데 내가 섞여 있는 것을 발견하시면, 먼저 큰 소리로 집안에 있던 손자를 불러 내었다.

- 아무개야, 네 선생님이 오셨다. 이리 내려와서 선생님께 얼른 세배 드려라.

일석 선생님은 손자가 나에게 먼저 세배를 하고 나면, 그 후에 나의 세배를 받으시곤 하였던 것이다.

그 해 다음 가을학기. 대학원 학과장이 조교를 통해서 이런 절체절명의 양자택일을 하라는 최후통첩을 나에게 통고하였다.

- 공부를 계속하고 싶으면 공부에만 전념하고, 직장을 계속 다니려면 공부는 단념하시오.

나는 공부를 계속하려는 선택을 어렵게 하고, 그 후로 학과장 연구실 지킴이로 아침 일찍부터 도시락 싸들고 출근하게 되었던 것이다.

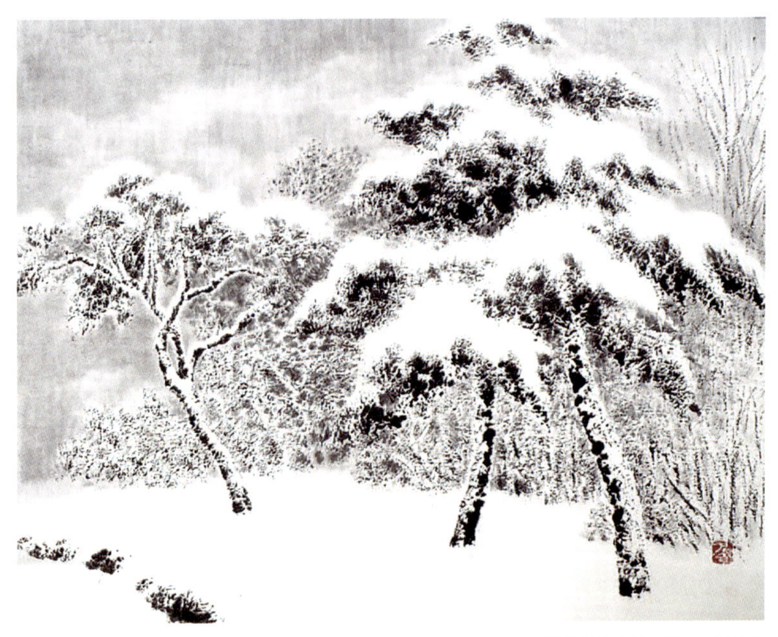

새해 아침(60×46cm 2002)

러브호텔에서의 하룻밤

10. 진품명품

지금은 학교 어느 곳이나, 교사가 교실에 분필통을 직접 들고 들어
가 수업을 하지는 않는 것 같다. 그러나 내가 다니던 고등학교에서나
대학시절에만 해도 선생님들이 그걸 들고 교실에 들어왔던 모습이 생
각난다. 내 골방의 책장 선반 위에도 오랜 된 나무 분필통 하나가 누워
있다. 이것은 아버님이 남겨 주신 분필통인 동시에, 나의 강철 밥통인
셈이다. 이것은 주인을 따라 두 번씩이나 정년퇴임을 맞이하였고, 어느
백제 시대의 유물처럼 고색이 창연해 보인다. 누구에게 그냥 주어도 안
가져갈 낡은 물건일 뿐이다.

내가 아버지의 학교 연구실에서 이 분필통을 처음 본 것은 중학생
무렵이었던 것으로 기억한다. 나는 방학 때나 일요일에는 숙제 한다는
핑계로 아버지 연구실에 나가서 놀았다. 학교 연구실 생활을 꽤 일찍부
터 경험한 셈이다.

아버지 서재 한 모퉁이에서 먼지를 쓰고 뒹굴고 있는 이 분필통을
다시 내가 발견한 것은 그분이 돌아가시던 해, 그러니까 14년 전이었다.

제1부 – 환상 여행

우리 형제 가운데 누구도 이 분필통에 관심을 기울인 바 없었다. 나는 이 분필통을 한눈에 알아 볼 수 있었다. 그것은 오랜 사용으로 원래의 갈색 옻칠이 조금 벗겨지고, 흰 페인트로 표시된 원 주인의 이름도 거의 지워져 있었다.

원 주인의 손때가 곱게 베여 있는 그것을 알라딘 램프처럼 가만히 비벼보았더니 아버지의 체취가 나는 것 같았다. 뚜껑을 살짝 밀어 열어 보니 흰 분필 몇 자루와, 정년을 맞으면서 연구실에서 철수할 때 떼어 낸 아버지의 이름표가 담겨 있었다.

나는 이걸 들고 전주로 내려와 거의 12년 동안 다시 분필통으로 교실에서 사용하기 시작하였다. 이 분필통에 대를 이어 제2의 생명을 부여한 셈이다. 이것을 나는 언제나 편안한 마음으로 내 연구실 곁에 두고 있었고, 수업을 할 때마다 어김없이 들고 교실에 들어갔었다. 혹시 시간에 쫓겨서 서두르다가 이걸 빠트리고 들어 갈 경우가 있을 때에는 다시 들어가서 찾아 나오기도 하였다. 그러면 학생들은 웃었다. 혹시라도 내가 수업을 끝낸 후, 이걸 챙기기를 잊고 교실에서 나오면, 나중에 학생들이 전해주기도 하였던 것이다.

이것 역시 2년 전에 나와 함께 퇴임을 고하였다. 지금은 내 골방 책장 위에 잘 모셔져 나와 같이 낡아만 가고 있다. 언젠가 아내가 내 골방에 놀러 와서 시찰하더니, 잘 모셔져 있는 낡은 분필통을 신기하게 만져본다. 그가 이 낡은 분필통의 내력을 알 리가 없을 것이다.

그러나 이것은 아버지가 나에게 남겨주신 최고의 진품명품이다.

11. 환상 여행

적어도 나에게만 한정된 이야기일지도 모르지만, 나이가 조금씩 들면서 삶에 대한 호기심도 비례해서 줄어드는 것 같다. 어쩐지 슬픈 일이다. 그러나 나는 그 전에 한 번도 가본 적이 없는 에밀리 브론테의 <폭풍의 언덕>(워더링 하이츠)을 혼자 찾아나서는 꿈을 요새 자주 꾼다.

런던 워터루 역에서 북상 기차에 올라서 리즈에서 내려 다시 기차를 바꿔 타고, 아담한 키슬레이 역을 지나서 비바람이 불고 안개가 자욱이 끼여 있는 한적한 시골 역 호워스에 도착하는 것이다. 역 구내에 있는 관광안내소에서 얻은 지도를 펴 들고 마을 입구 가파른 오르막길을 올라, 브론테 기념관으로 쓰이는 2층 석조건물 목사관을 찾아가노라면, 길 옆 양쪽으로 브론테의 이름을 딴 기념품 가게들이 즐비하게 진을 치고 있다. 다양한 가게 가운데 어느 브론테 책방에 들어가서, 독일어와 프랑스어로 번역되어 있는 『제인 에어』와 『폭풍의 언덕』 양장본을 1권 씩 구입하였다. 예전부터 브론테 문학의 다양한 판본들을 수집하는 취미를 여기서도 억제하지 못했던 것이다.

에밀리가 쓰던 방에 놓여있는 낡은 나무 책상 넘어 창문으로 이끼 낀 음울한 묘석들이 내다보인다. 기념관 뒤로부터는 황야로 이어지는 무어 황무지가 한없이 펼쳐져 있다. 가볍고 부드러운 비단 같은 안개비가 흩뿌리고 있다.

무릎에 닿을 듯한 무성한 관목 사이로 청년 히스클리프와 어린 캐서린이 둘이서 손을 마주 잡고 즐겁게 웃으며 맞은 편 언덕으로 달려가고 있는 환영을 본 것 같았다. 자세히 보니, 브론테 둘레 길을 찾아 떠나는 일단의 관광객들이었다. 황량하고 춥고 쓸쓸한 히스 들판을 거닐며 그들의 그림자를 쫓다가, 하루를 묵고 다시 런던으로 돌아가려고 마을 근처 B&B(아침식사 포함된 여인숙)에 들어온다.

투숙객들도 별로 없는 호젓하고 어두운 2층 방으로 안내되어 가까스로 깊은 잠에 빠졌다가 폭풍우 치는 바람소리에 깨어났다. 그러자 침대 머리맡 위에 있는 창문이 요란한 바람에 벌컥 열리면서 삐거덕 거리는, 귀신같은 신음 소리를 내는 것이다. 차가운 비바람이 열린 창문으로 몰아쳐 들어왔다. 얼른 창문을 닫기 위해서 오른 팔을 밖으로 뻗었을 때, 별안간 어두움 속에서 불쑥 나타난 소녀 캐서린 언쇼 유령의 얼음 같은 차디찬 손이 내 팔을 움켜잡는 것이었다. 나는 기절할 듯이 놀라서 소리를 지르며 붙잡힌 손을 빼내려고 필사적으로 몸부림을 쳤다. 그러자 그 유령은 20년 동안이나 기다리고 있었으니 제발 들여 보내달라고 흐느끼며 나에게 애원하는 것이다. 그 때 방문이 벌컥 열리면서 히스클리프같이 거칠게 생긴 남자가 등불을 들고 황급히 뛰어 들어오는

러브호텔에서의 하룻밤

것이다. 깜짝 놀라 깨어보니 한낱 꿈이었다.

아주 예전 1990 년대의 어느 날, 나는 런던 대학교 가까이 있는 대영 박물관 안에 배치되어 있는 영국 대문호들의 기념관에서 우연히 발견한 샬롯 브론테의 『제인 에어』의 필사 원고 앞에서 오랫동안 서 있었다. 두꺼운 보호 유리 상자 안에 그녀의 원고의 일부가 펼쳐져 있었다. 그 원고는 출판을 위해서 준비한 것처럼 보였는데, 여성적인 정갈한 필체가 매우 인상적이었다.

그 다음 날, 학교에서 알고 지내던 우리나라에서 온 여자 유학생과 도서관 앞에서 만나게 되어 이야기 저 이야기 끝에 대영박물관에서 『제인 에어』의 필사 원고를 감명 깊게 보았던 말을 꺼내게 되었다. 그녀도 브론테 자매의 열렬한 문학 팬이었다. 우리는 급기야 의기투합해서 다음 주 토요일 브론테의 <워더링 하이츠>를 같이 보러 가기로 철석같이 약속까지 하게 되었다.

그러나 다시 하숙집으로 돌아와서 그 약속을 곰곰이 생각을 해 보니 내가 실수를 한 것이 분명하였다. 가족을 멀리 고국에 두고 혼자 공부하러 온 유부남의 처지에서 박사과정을 밟고 있는 묘령의 아가씨와의 동반 여행은 어쩐지 걱정이 되었기 때문이었다. 며칠 고민을 혼자 골똘히 하다가, 미리 그 유학생을 만나서 별안간 급한 사정이 생겨서 할 수 없이 이번 여행은 못 가게 되었노라고 둘러대었다.

따라서 내가 <폭풍의 언덕>을 찾아가는 꿈은 옛날의 이런 아쉬운 사연과 유관한 것 같기도 하다.

12. 새벽밥

요즈음은 학생들의 학기말 성적을 제출하려면 괴롭다. 상대평가가 강화되어 C학점을 40%나 수강생들에게 강제 배정해야 되는 이번 학기는 더더욱 그렇다. 대상이 사범대 학생들이라 하늘의 별 따기 같은 교사 임용 때문에, 점수에 누구나 신경이 날카롭다. 최선을 다해서 촘촘히 써낸 수많은 학생들의 답안지를 채점하여 B와 C를 추려내기는 사실 눈 빠지는 어려운 작업이다.

이번에도 성적 확인과 정정 기간에 학생들이 항의성 전화와 메일을 보내왔다. 혼자 속으로 걱정했던 일이기도 하다. 어떤 학생은 자신의 C학점에 대한 부당함을 호소하기도 한다. B 이상을 받아야 다음 학기에 원하는 학교 기숙사에 들어갈 수 있다고 한다. 또 다른 학생은 이미 받은 B에다가 +를 더 첨가해 달라고 한다. 그래야만 원하는 조기 졸업을 할 수 있단다.

내가 대학 시절엔 교사가 비인기직 이었고, 지금은 꿈같이 들리겠지만, 국립사대에 입학하면 자동 임용제여서 그런지 대체로 학점에 초월

했던 것 같다. 흔한 C는 common(무난), 어쩌다 받는 A는 abnormal(비정상), 사나이들의 긍지인 F는 fine(멋져!)이라고 했다. 나는 대학 때 시험을 잘 보려고 했던 것보다, 1교시 시험에 지각하지만 않으려고 무던히 노심초사해 왔다. 그러나 나만 발을 구르며 애쓴다고 되는 일은 아니었다. 세상 일이 늘 그렇듯이…

그 당시 나는 기차 통학생이어서, 오전 5시 50분 수원역에서 출발하여 7시 50분에 서울역에 도착하고, 이어서 용두동에 있는 학교에까지 버스로 따로 50분이 더 소요되었던 것이다. 그러니 편도만 꼬박 도합 3시간 걸리는 <천안 발- 서울 행> 기차통학을 4년간 한 것이다. 학교 갔다 오는데 왕복 6시간이 소요되었다. 그 덕분에 나는 학교를 졸업하고 나서는 오랜 시간이 흐른 지금까지 가능한 한 기차는 타려고 하지 않는다. 기차 통학을 하면서 나는 일찌감치 머피보다 먼저 "전승의 법칙"을 온몸으로 체득한 바 있다.

> 법칙 1: 내가 조금 늦게 수원역에 나가면, 통학 기차는 언제나 정시에 출발한다.
> 법칙 2: 내가 조금 일찍, 아니면 정각에 수원역에 도착하면, 기차는 언제나 연착한다.

이러한 "전승의 법칙"에 의해서 이렇게 통학 기차가 연발 연착을 수시로 하니, 1 교시 강의 시간에 지각을 밥 먹듯이 할 수밖에 없는 노릇이었다. 강의실 뒷문으로 낮은 포복으로 기어 들어오다가 깐깐한 교수에게 걸리면, 불호령 "학생, 나가시오!"를 등 뒤로 들으며 허무하게 쫓겨나기도 했다.

그러나 무엇보다 조마조마하고, 스릴이 넘치는 것은 1교시에 걸린 중간이나 기말시험이었다. 수원 집에서 학교까지 걸리는 내 통학 시간은 수학 공식대로 하면 8시 50분경에 도착할 예정이어야 한다. 그러나 어찌 우리 삶에서 수학 공식이 제대로 통한 적이 있던가.

한 번은 학생들에게 까다롭고 무척 잔소리가 많은 어느 노교수의 교직과목 첫 시간 기말고사에 10분이나 지각해서 시험장에 못 들어간 적이 있었다. 대망의 졸업을 앞둔 마지막 학기 시험이었다. 다급해진 나는 사정사정을 해서 재시험을 그분의 집을 찾아가서 응접실에서 쪼그리고 보았다.

그분의 댁이 처음 들어보는 동네인 서울 누상동이어서 묻고 물어서 어렵사리 찾아갔는데, 그러다가 운이 나쁘게도 반대 방향의 버스를 타서 그 시간에도 잘 대어가지 못했다. 그 때 반대 방향으로 누하동도 있다는 사실을 처음 알았다. 그러자 그분은 학생은 무엇보다 시간을 잘 지켜야 된다는 요지의 강의를 덤으로 나에게 20분 넘게 했던 기억이 난다.

결혼 후, 아내에게 내 대학생 시절 기차 통학의 무용담을 과장을 곁들여 떠벌려 자랑했던 적이 있었다. 한 번은 아내가 명절에 서울 올라와서 어머니와 차례준비를 하면서, 당신의 큰아들이 고생했다는 대학 시절 기차 통학의 애환에 관한 이야기를 했다고 한다.

러브호텔에서의 하룻밤

곁에서 묵묵히 그 이야기를 다 듣고 있던 어머니는 이 한 말씀을 아내에게 불쑥 던졌다는 것이다.

- 아범 기차 통학할 때, 그 새벽밥은 누가 해주었다고 안 그러대?

13. 당근마켓과 중고품 남편

　요즈음은 당근마켓 부류가 연일 치솟는 높은 물가에 시달리고 있는 가정주부들의 관심과 인기를 끌고 있는 것 같다. 그것은 예전의 벼룩시장과 유사하지만, 가까운 이웃들과 다양한 중고품들을 수수료 없이 편하게 직접 팔고 살 수 있는 인터넷 장터로 손 안으로 옮겨온 장치이다.

　예전에 집안에 꼭 필요해서 어렵게 장만해 두었어도, 이제는 더 이상 소용되지 않는 물건들이 어느 가정에서나 눈치꾸러기로 전락해서 널려 있기 마련이다. 이것을 미련 없이 그냥 버리자니 조금 아까운 생각이 들기도 하고, 더욱이 억울하게도 쓰레기 처리 비용도 만만치 않아서 비좁은 공간만 차지하고 있어 여간 신경이 쓰이는 것이 아니다.

　자신이 더 이상 필요하지 않는 이러한 집안 잡다한 중고 물건들이 가까운 다른 이웃들에게는 때로는 생활에 절실해서 당장 저렴한 비용으로 구입해 갈 용의가 당연히 충만해 있을 것이다. 이와 같은 소규모의 수요와 공급의 절묘한 틈을 파고들어서 동네 소비자들의 마음을 잡아끄는 당근마켓 부류 같은 손 안의 장치가 인터넷 직거래 장터 마당으로 편리하게 파생되어 나온 것으로 보인다.

그 장터에서 직거래되고 있는 품목들의 내용을 얼핏 살펴보니, 실로 다양하다. 소규모 패션에서부터 디지털 가전, 가구, 부엌세간, 아기 용품, 도서, 티켓, 운동기구, 액세서리 등등이다.

언젠가 아내는 대학 동창회에 나간 자리에서 어느 알뜰한 후배로부터 자신이 최근에 자주 애용한다는 당근마켓 거래에 대한 신나는 자랑과 정보에 무척이나 솔깃했다. 그는 예전에 신통치 않은 로봇청소기 등을 어렵사리 구매자를 몸소 수소문해서 적당한 값으로 팔아넘겼던 경험을 가지고 있었던 터였다. 그리하여 그 자리에서 자신의 아이- 폰에 해당 거래 장치를 설치하면서, 그 후배로부터 열심히 운용방법을 전수받았던 것이다.

제일 먼저 이 장치를 통해서 그는 자신이 오래 전부터 사용하고 싶어 했던 그럴 듯한 중고 실내 자전거 운동기구 한 벌을 신제품과 대비해서 아주 저렴한 가격으로 구입해놓고는 내내 대만족을 하였다. 이제는 자신이 급기야 적극적으로 판매자로 나서기도 했다.

그는 틈틈이 집안을 뒤져 이미 제 기능을 다한 오래된 물건들을 골라내어서 장터에 고객을 찾아서 합리적인 가격으로 내다 팔면서 쏠쏠한 재미를 보곤 했다. 그리고는 집까지 찾아온 고객으로부터 자신이 제시한 중고 물건 값을 건네받으며, 마치 불로소득을 취한 사람처럼 아주 신이 났다. 그곳 장터에 딸린 구입 후기를 통해서 때로는 구매자로부터 후한 감사 인사를 받기도 했다고 그는 더 좋아하기도 했다.

어제 저녁만 해도, 그는 인터넷 장터에 내놓은 묵은 교자상을 헐값으로 구입하려고 찾아온 고객에게 전달해 주려고 아파트 입구로 내려갔다가 다시 숨차게 올라왔다. 그러면서 그 동안 자리만 덩그렇게 차지하고 있던 애물단지를 돈까지 받으며 간단하게 처리해 버려서 그렇게 속 시원할 수가 없다면서, 거실에서 뒹굴며 신문을 보고 있던 나에게 자랑했다.

그러자 어떤 불길한 예감이 문득 나의 머리를 스치고 지나가는 것이었다. 그는 필시 다시 장터에 내다 팔만한 묵은 물건을 찾아서 눈에 불을 켜고 집안을 부지런히 뒤질 것이 분명하기 때문이었다.

나는 어색하게 씩 웃으며, 그에게 이렇게 한마디 슬쩍 던졌다.

- 집안의 중고품 다 팔려고 장터에 내놓아도, 남편은 절대 손대지 말아야지!

러브호텔에서의 하룻밤

14. 제인 에어는 나의 사랑

중학교를 수원에서 다니다가 고등학교는 서울로 진학하게 되자, 나는 고려대학 근처에 있는 종암동 버스 종점 부근에서 막내 외삼촌과 자취를 같이 하게 되었다. 외삼촌은 고향에서 올라 와 머리를 싸매고 사법고시를 준비하고 있었던 터라 편의상 조카랑 살림이 합치게 된 것이다.

자취하는 집에서 혜화동에 있는 학교까지는 터덜거리며 그냥 걸어 다녔다. 한 시간 반 이상 걸렸으나, 너무 거리가 멀다든가 힘 든다는 개념은 그 당시에는 없었던 것 같다. 직접 통과하는 버스 노선이 개설 안 된 탓도 있었을 것이나, 버스를 두어 번 갈아타고 통학해도 좋으련만 비가 오나 눈이 오나 지각 한번 하지 않고 꾸준하게 걸어서만 다녔다. 지금 생각해 보면 무던히도 미련했던 모양이다.

추운 겨울에 방과 후 자취집까지 털렁거리고 오면 연탄불은 싸늘하게 꺼져 있었고, 골목 옆 큰길로 트럭이 지나 갈 때마다 먼지가 온통 창문 틈으로 비비고 들어 왔다. 그 바람에 축 처진 천장은 뭐가 혼자 좋은지 엉덩이를 들썩거리던 것이 생각난다. 새로운 학교생활에 적응하는 속도가 더디어서 약간 겁을 먹고 있었으며, 얼굴이 희고 매끈하게 생긴 서울 출신 동급생들의 텃세에 어지간히 주눅이 들어 있었다. 영어와 수학 과목의 빠른 진도에 고통을 당하고 있었고, 음악과 체육 시간을 저주하며 지내곤 하였다.

더군다나 내 성격이 너무 조급하고 빨라서 중학교 이후에서부터 말을 심하게 더듬는 버릇 때문에 혼자 이것을 교정하느라고 애를 먹고 있었다. 토요일 오후마다 수원에 있는 부모님 집에 내려가는 것이 유일한 즐거움이었지만, 그 다음날 저녁에 다시 올라오는 일이 어찌나 싫은지 차라리 안 가는 것이 속이나 편했다.

그 즈음에 샬롯 브론테의 소설인 『제인 에어』 번역본을 우연하게 읽게 되었다. 잉글랜드 북부의 관목 숲 벌판을 몰아치는 황량한 비바람 소리가 배경을 이루는 그 소설의 침울하고 어두운 분위기가 이국적이었고, 부유한 숙모와 조카들로부터 학대를 받으며 고아로 자라는 여주인공에게 무한한 동정을 아끼지 않았다. 그날 밤을 꼬박 새우며 그 소설을 통독하고서도 그것도 부족하여 틈이 있을 때마다 읽고 싶은 장면을 찾아 펴 보곤 하였다.

그러다 보니 소설 속에 나오는 인물들이나 빅토리아 왕조의 우중충한 건물과, 안개 낀 창문을 두드리는 11월 저녁의 찬 빗방울 등이 마치 내 생활 속에 존재하듯이 느껴지곤 하였다. 키도 작고 스스로 예쁘다고도 생각하지 않는 제인 에어의 모습을 내 나름대로 상상해 보는 것도 지루한 하교 길에 작은 나의 위안 거리였다.

러브호텔에서의 하룻밤

그러던 어느 날이었다. 토요일에 집에 왔다가 그 다음 날 저녁에 다시 올라가기 위해서 시외버스 정류장으로 무거운 마음으로 나왔다. 여름 초입의 딸기 철이어서 서울서 온 행락객들로 붐비고 있는 속에서 어머니가 억지로 쥐여 준 김치 항아리를 주체스럽게 들고 있는 것이 부끄럽게 생각되었다.

시외버스가 굴러 오자, 나는 요행히 선착순으로 자리를 골라잡고 승강구에 아귀다툼하며 올라오는 불쌍한 중생들을 내려다보며 땀을 씻고 있었다. 그 때, 어느 묘령의 여인이 창 밖에서 내 쪽 유리창을 두들기며 웃고 있었다. 그리고 알록달록한 자기 파라솔을 나한테 들이밀고 뭐라고 이야기하는데 나는 너무 긴장해서 말귀를 얼른 알아듣지 못했다. 그러나 상황으로 보아 내 옆의 빈 좌석을 대신 잡아 달라는 부탁을 하는 것으로 해석되었다. 나는 얼결에 그녀의 파라솔을 보물처럼 소중하게 받아서 내 옆자리에 놓았다.

눈치 없는 어느 우락부락한 사내가 그것도 모르고 우람한 엉덩이를 내 옆으로 들이밀려고 하자 나는 완강하게 저지했다. 그는 눈을 부라렸지만, 예의 그녀가 다가와 내 곁에 앉자 별 수 없이 물러났다. 무거운 책임을 완수하고 난 것처럼 마음이 놓였다. 그녀는 나한테 고개를 돌려 고맙다는 눈인사를 하고 쌩긋 웃어 보였다. 언뜻 보이는 그녀의 하얀 덧니가 인상적이었다.

그런데 그녀의 약간 창백하고 청순한 얼굴의 윤곽이 매우 친숙하게 느껴짐을 깨닫고는 약간 놀랐다. 어디서 오랫동안 접하고 지냈던 얼굴

같기만 했다. 이윽고 버스는 출발하는데 이 여인을 내가 어디에서 보았을까 하고 골똘하게 생각하기 시작했다. 그러자 내가 늘 읽고 있었던 소설의 주인공인 제인 에어의 영상이 그녀의 얼굴 모습 위에 포개져 왔다. 내가 혼자 마음속에 깊숙하게 숨겨놓고 사량(思量)하고 있었던 여인이 현실 속에 나타나 바로 내 옆에 앉아 있는 것이었다.

현기증이 조금 나고 가슴이 탁 막히는 것과 같은 충격이 왔다. 그녀와 살며시 맞대고 있는 옆구리가 아리사리하게 느껴졌다. 다른 쪽을 보는 시늉을 하며 그녀의 옆모습을 얼른 훔쳐보았다. 그녀는 손가방에서 작은 책을 꺼내어 읽고 있었다. 책을 잡고 있는 바른 쪽 손의 엄지손가락이 자꾸만 커다랗게 내 눈에 확대되어 왔다.

나는 그것을 떨쳐 버리기라도 하듯이 눈을 감았으나 더 잘 보이기만 했다. 버스는 어느 덧 안양을 지나고 있었고, 둥근 보름달이 떠올라서 구름조각의 가장자리를 물들이면서 우리를 열심히 따라오고 있었다. 언제까지나 그녀와 둘이서 이렇게 나란히 앉아서 가고만 싶었다. 버스가 남의 속도 모르고 서울 근교로 가까워 올수록 내 마음은 초조해지기만 했다.

드디어 우리는 용산 시외버스 터미널에 도착하였다. 승객들이 부산스럽게 내리기 시작하였으나, 그녀는 피곤했던지 비교적 나중에 버스를 내려갔다. 바로 그녀의 뒤를 따라 내린 나는 나도 모르게 그녀 쪽으로 몸을 돌렸다. 그녀는 나와는 반대 방향으로 걸어가기 시작했다.

나도 그녀의 방향으로 발걸음을 머뭇거리며 떼었을 때, 누가 뒤에서

러브호텔에서의 하룻밤

"어이, 학생!" 하고 거칠게 불러 세웠다. 나는 도둑질하다 들킨 현행범처럼 소스라치게 놀라서 제자리에 움쭉 못하고 서 버렸다. 버스 차장이 내 김치 항아리를 동여 맨 보따리를 들고 투덜거리며 왔다. 나는 그동안 까맣게 잊고 있었던 그것을 멀거니 내려다보았다.

김치 항아리는 마치 항의라도 하듯이 밑이 약간 깨어져서 잘 익은 김치 국물을 조금씩 흘리고 있었다.

15. 첫 강의

내가 처음으로 어느 대학에 강의하러 가던 어느 날은 3월 첫 주인데도 한겨울 못지않게 추웠다. 이 첫 시간을 어떻게 하면 인상 깊고 그리고 멋있게 연기해 낼 것인가를 며칠 전부터 골똘하게 구상해 왔었다.

그리하여 서대문에서 버스를 바꿔 탈 때에는 몸 하나 제대로 움직일 수 없는 초만원이었지만 그것도 아랑곳없이 다시 그 생각에 빠져들었다. 초등학교 학예회 시절, 어떤 연극의 단역을 맡았던 때 무대에 등장할 차례를 초조하게 기다리며 대사를 수없이 되뇌면서 서성거렸던 것과 같은 흥분이 느껴왔다. 눈치 빠른 학생들이 내가 풋내기인 줄 알아차리고 시험해 보지 않을까 하는 걱정이 들기도 했었다.

대뜸 학생들에게 haben 동사의 현재 인칭 변화를 시켜보라고 해야지. 고등학교에서 배웠다고 하나 지금쯤 잊어먹고 변변히 대답할 학생은 없을걸. 그렇다면 예습을 해오지 않은 학생은 요 다음 시간부터 강의실에 들어올 생각도 말라고 엄포를 놓고 제 1과로 들어갈까. 그것보다는 독일어를 왜 배우려고 이 강의실에 들어 왔는가 하고 일침을 놓는 것이 효과적이겠군. 저희들이 물론 학점이나 따러 왔겠지. 학생들이 허점을 찔려서 어리둥절하고 있을 때, 이 기회를 잡아서 독일어 공부의 필요성과 그 나라의 훌륭한 문학전통에 대해서 열변을 토하면 나를 넘보던 학생들도 야코가 좀 죽겠지.

별안간 내가 탄 버스가 조리질을 하는 바람에 곤두박질치며 정신이 퍼뜩 들었다. 사람들 틈속에서 간신히 손을 빼어 손목시계를 보았다. 그 통에 내 손이 옆 승객의 윗주머니 근처를 건드리게 되었다. 그러자 턱수염이 새까만 그 승객은 단박에 의심을 품고 몸을 사리더니 나를 슬금슬금 째려보기 시작했다. 만약을 위해서 여유를 두고 나왔기 때문에 아직 30분 정도의 시간은 있었고 아무 일만 없다면 5, 6분 후에 내가 탄 버스는 대학 정문 앞에 도착될 예정이었다.

잠시 후, 내가 버스 출입구 쪽으로 비집고 나오기 시작했을 때, 앞쪽의 가죽잠바를 입은 뚱보 승객이 허둥거리면서 다급한 소리를 내어질렀다. "소매치기야!" 그리고 그는 둔한 체구에 어울리지도 않게 재빨리 출입구를 가로막더니 인근 경찰서로 빨리 버스를 대어줄 것을 차장에게 요구했다. 차장은 재수 없게 이런 일이 또 일어나다니 하는 심드렁한 표정을 지으며, 하품을 한번 싹 하더니 출입구에 맹꽁이자물쇠를 채워버렸다. 버스 속은 말벌 통을 건드려 놓은 듯이 웅성거리기 시작했다. 사방의 승객들은 소매치기 당한 그 재수 없는 뚱보 승객을 적의를 품고 노려봤다.

"이거보슈, 많은 현찰을 지니고 만원버스를 타는 놈이 바보지, 왜 애매한 사람들까지 골탕 먹이려는 거요. 난 시간이 없어서 여기서 내려야 겠수다!” 하고 한 늙은 승객이 막무가내로 밀치고 내리려 하자 다른 승객들도 여기에 동조하기 시작해서 차내 분위기는 살벌했다. 뚱보 가죽 잠바는 이래서는 안 되겠다 싶었던지 승객들에게 거듭 양해를 구하며 좀 전에 소매치기 당하던 상황을 되풀이하여 해설했다. 그리고 그 돈은 5만원인데 급한 일이 있어 5천 원짜리로 10장을 회사에서 가불해오는 길이라고 했다. 급한 일이 있어 ‘월급에서 가불해온 5만원’이라는 말이 승객들에게 어느 정도 동정을 일으킨 것 같았다. 그 돈은 아들 입학금 일지도 모르고, 병든 아내의 약값인지도 모른다. 사방에서 혀 차는 소리 가 일더니 급기야 이번에는 이런 나쁜 얌체족들은 반드시 잡아내야 한 다고 성토하기 시작했다.

일이 이쯤 발전하자 지금까지 사태를 관망하던 운전수는 한참 투덜 대더니, 오던 길을 되돌아 경찰서로 차를 거칠게 몰기 시작했다. 시간이 급해서 안달을 하던 승객들은 이제는 체념 했는지 주위를 두리번거리 며 의심 갈만한 인물을 찾다가 서로 시선이 마주치면 무안해서 웃기도 했다. 그리고 이 사건이 어떻게 해결될 것인가를 호기심을 갖고 기대하 는 것 같았다.

내 강의시간은 점점 다가오고 있었지만 속만 탈뿐 어쩌는 수가 없 었다. 그때, 아까서부터 나를 줄곧 감시해 오고 있던 그 턱수염이 새까 만 승객이 나를 빤히 보며 의미심장하게 웃었다. 네가 누군지 나는 알 고 있다는 득의만만한 표정이었다. 손목시계를 보기 위해서 손을 빼다가 그의 주머니를 건드린 조그만 실수가 엉뚱한 오해를 불러일으킨 것 같았다. 나는 안절부절못하면서 새삼스럽게 내주머니를 뒤져 자체 검사를 해 보았지만 휴지 몇 장이 나올 뿐 버스표 이외에는 돈 같은 것은 보이지 않았다. 나에게 돈이 없다는 사실이 이렇게 지금처럼 고맙게 생각된 적은 없었다.

한참 만에 버스가 경찰서 앞에 이르자, 승객들은 경찰서 안으로 양떼처럼 밀려들어가서 다시 그 안에서 초만원을 이루었다. 경찰관들은 극히 사무적인 태도로 여자와 남자 승객을 갈라놓더니, 여자 승객은 나가도 좋다고 선언했다. "여자라고 소매치기 아니란 법도 있나." 하는 불평이 군중 속에서 나오기도 했지만, 대체로 남자 승객들은 조용했다.

인구가 반으로 줄어들자 이번에는 재수생만 빼놓고 중·고등학생들은 나가라는 판정이 내렸다. 한 무리가 좋아라고 빠져나가자 나머지는 20명쯤으로 압축되었다. "흥, 재수생은 오나가나 설움만 받누나…" 하는 자조적인 소리가 옆에서 들리기도 했다. 그러자 군중들은 킥킥 웃었다. 지금부터 소지품 검사를 할 터인 즉 자기 물건은 몽땅 꺼내 들고 한 줄로 서라는데, 시간은 벌써 내 강의시간을 넘어서고 있었다. 나는 몸이 달을 대로 달았다. 그러나 운 좋게도 맨 먼저 경관 앞에서 복장 검사를 받게 되었다.

피로에 지쳐 보이는 젊은 경관은 내 소지품은 거들떠보지도 않고 대뜸 내 직업을 물었다. 나는 눈 하나 깜짝 않고 대학 강사라 했다. 그것은 오늘부터 사실이기도 했다. 그는 별 볼일 없다는 표정을 짓더니 그냥 나가라고 턱짓을 했다. 얼른 경찰서 안을 튀어나오면서 대학 강사덕을 공짜로 본 셈이구나 하면서 속으로 웃었담.

얼마 후에 대강 검사를 마친 승객들이 거의 다 타고, 의심스러운 몇 명만 아직 경찰서에 남게 되자 버스는 다시 만원이 되어서 슬슬 움직이기 시작하였다. 턱수염이 까만 승객이 맨 나중으로 차에 올라 왔다. 그리고 나와 눈이 마주치자 그는 미안한 듯이 웃었다.

6층 강의실에 헐레벌떡 뛰어 올라 갔으나 예상대로 그곳은 텅 비어 있었고 바닥은 담배꽁초와 휴지로 지저분했다. 시간은 20분이 지나 있었으니 당연하기도 했다. 온 몸에서 맥이 서서히 빠져나오는 것 같았다.

할 일도 없이 강사 대기실에 들르니 난롯가에서 동료들과 노닥거리고 있던 여드름투성이 여사무원이 이곳에 학생은 들어올 곳이 못 된다는 투로 노려봤다. 사실을 말하니 그녀는 내가 신임인가를 물었다. 그렇다고 하자, 원칙은 강의는 오늘부터 시작되지만 실질적인 강의는 다음 주부터니까 그때 나오라고 유치원생에게 설명하듯 친절하게 일러 주었다.

16. 강(江)이 관통해서 흘러가는 '그것'

전번 TV 일요 시네마에서 로버트 레드포드가 감독한 1992년 작품 <흐르는 강물처럼>(원제목: A River Runs Through It)을 아내와 같이 처음으로 보았다. 예전에 이 영화 제목과 광고 포스터를 극장가를 지나며 여러 번 본 적이 있었지만, 감상할 적당한 기회가 지금까지 없었다. 이 영화 우리말 제목 "흐르는 강물처럼"은 대체로 잘 번역한 셈이다. 그러나 원 제목의 마지막 부분 it을 적절하게 나타내지는 못했다고 생각한다.

이 영화는 미국 시카고 대학에서 은퇴한 영문학 교수 노먼 맥클린(Norman Maclean)이 70세의 나이에 처음으로 자신의 가족 이야기와 삶을 잔잔하게 서술한 자서전적인 소설을 대본으로 하고 있다. 영화 제목은 1976년에 간행된 그의 소설의 제목을 그대로 따온 것이다. 이 소설은 시카고대학 출판사에서 처음 간행되었는데, 당시 독자와 비평가들로부터 큰 호응을 받았으며, 결국에는 20세기 미국문학의 고전으로 자리매김을 하였다. 시카고대학 출판사에서는 2001년에 이 책 간행 25주년을 기리기 위해서 새롭게 기념판을 출간한 바 있다. 그러나 저자 노먼 맥클린(1902- 1990)은 이 영화가 제작에 들어가서 완성되기 이전에 세상을 떠났다.

영화 <흐르는 강물처럼>은 당대 명배우 로버트 레드포드가 감독으로 변신하여 만든 세 번째 작품이다. 그는 우리나라에서 상영된 영화 <아웃 어브 아프리카>, <스팅>과 같은 영화에 출연하여 우리들에게 매우 친숙한 배우이다. 그는 이 영화를 통해서 자신이 성취한 명배우로서의 입지에 못지않은 훌륭한 감독으로서 성공할 수 있는 굳건한 자리를 잡게 되었다고 한다.

이 영화는 큰아들 노만 맥클린의 시점으로 1910년경부터 가족과 함께 자라온 유년시절부터 청년이 될 때까지 집안에서 벌어지는 이야기가 잔잔하게 전개되어 간다. 서부 몬태나 주, 로키산맥 부근의 대자연 속에서 울창한 숲과, 은빛 송어로 넘치는 풍요한 강이 이 영화의 주된 배경이다. 그 대자연 속에서 작은 교회목사인 엄격한 아버지 리버런드 맥클린(톰 스커릿)은 어린 큰아들 노먼(크레이크 쉐퍼)과 막내 폴(브래드 피트)을 데리고 강가에 나가 플라이 낚시로 송어 낚는 여가를 즐긴다. 아버지에게 자식들과 함께 하는 송어 낚시는 종교와 다름없는 일종의 의식이고, 살아있는 자식 교육이었다.

이 소설의 첫 장에서도 이런 구절로 시작된다.

- 우리 집에서는 종교와 플라이 낚시와는 명료한 구분이
  없었다. 우리는 서부 몬타나에서 송어 때들로 넘쳐흐르

는 큰 강들이 합쳐지는 지점에서 살았으며, 우리들의 아
버지는 장로교 목사였고, 동시에 플라이 낚시꾼이었다.
아버지는 예수님의 제자들도 어부였다고 늘 말하곤 해
서, 나와 동생 폴은 그 어부 제자들도 갈릴리 호수에서
모두 일급의 플라이 낚시꾼들이었을 것으로 상상하게
되었다.

플라이 낚시는 우리나라에서는 제물낚시라고도 하는데, 낚싯바늘
의 미끼를 모기처럼 깃털로 만들고, 줄을 길게 휘감아 늘어트려 강의
수면으로 낮게 날게 하여 물속에 있는 송어들이 진짜 먹이가 날고 있는
것으로 착각하게 하는 수법이다. 아버지는 아들들에게 아홉시와 두시
방향 사이에서 몸자세를 잡고, 긴 낚싯줄을 요령 있게 던지는 네 박자
플라잉 낚시기술을 자신이 개발해서 자식들에게 가르쳐준다. 아들들도
낚시 기술을 아버지에게 배워 송어 낚시를 즐기며, 낚시를 통해서 서로
를 향한 형제로서 강한 유대감을 형성하게 된다. 화면 전면에 유려하게
펼쳐지는 아름다운 대자연과 은빛으로 흐르는 강물 속에서 삼부자의
플라잉 낚시 장면은 한 폭의 그림이나, 서정시 같기도 하다.
그러면서 자식들은 점점 성장하며, 각자 서로 다른 인생의 길을 걷
게 된다. 자연과 송어 낚시를 특히 사랑하며, 자유분방하고 감성적인 성
격의 동생 폴은 고향 근처에서 신문기자로 활동한다. 그리고 지적이고
착실한 성격의 주인공 노먼은 동부에 있는 대학으로 진학해서 영문학

을 공부하기 위해서 고향을 떠나 있게 된다. 노먼은 6년 동안의 학업을 마치고, 대학 여기저기에 취업을 신청해 놓고 다시 부모님 곁으로 돌아온다.

그는 다시 그리던 가족과 옛 친구들의 품에 안기는 기쁨을 온몸으로 맛보지만, 그 사이에 동생 폴이 자신에게 자랑해 보이는 송어 낚시 솜씨는 아버지를 능가하여 어떤 예술의 경지에 이르렀음을 알고, 동생에게 은근히 경쟁심을 느끼는 것이다.

마침 열린 마을 축제에서 노먼은 이웃 동네 예쁜 아가씨 제시(에밀리 로이드)를 만나 첫사랑에 빠지게 된다. 그러나 동생 폴은 인디언 처녀를 여자 친구로 삼기도 하고, 포커 도박에 빠지면서 경찰서에 자주 들락거리며 주위와 마찰을 일으키며 가족에게서 점점 멀어져 간다. 그러나 노먼과 폴은 언제나 강가에 나와 송어낚시를 같이 즐길 때면, 어느새 서로 우애 깊었던 어린 시절로 흘러들어 간다. 아버지가 가르쳐 준 플라잉 낚시가 그들을 형제로서 끈끈하게 묶어두고 있는 질긴 줄이었던 것이다.

노먼이 첫눈에 반한 아가씨 제시와 밀고 당기는 사랑이 익어갈 무렵, 그는 시카고 대학으로부터 영문학 교수로 임용되었다는 편지를 받게 된다. 노먼은 그 소식을 동생 폴에게 전하면서, 같이 시카고 큰 도시로 떠나자고 권해 보지만, 폴은 고향에 눌러 살기로 작정한다. 고대하던 노먼의 취업에 온가족의 축하와 기쁨도 잠시, 노름을 즐기던 동생 폴이 불의의 사고로 사망하게 되는 사건이 일어난다. 부모와 노먼은 사랑하던 자식과 동생을 잃은 깊은 슬픔에 빠지게 된다.

노먼은 자신의 청혼을 받아들인 제시와 함께 시카고로 떠나 도시 생활을 하게 되지만, 고향의 늙은 부모와, 세상을 떠난 동생 폴, 그리고 삼부자가 강에서 같이 즐겼던 플라이 송어 낚시를 그리워한다. 마치 먼 바다 연안으로 나간 송어가 옛날의 강가를 그리워하듯이.

아버지 리버런드가 교회에서 은퇴하면서 고별 설교를 하는 자리에 큰아들 노먼은 아내와 자식과 함께 고향에 돌아와서 어머니 옆에 앉는다. 세상을 떠난 작은아들 폴을 한 순간도 잊어본 적이 없는 아버지는 가족과 신자들 앞에서 자식을 잃은 큰 상실감과 회한을 이렇게 이야기를 한다.

> 우리는 가장 가까이 있는 사람이 도움을 절실하게 필요할 때에, 우리는 거의 도와주지 못합니다. 무엇을 도와야 할지도 모르며, 때로는 그들이 바라지도 않는 도움을 억지로 주기도 합니다, 사랑하는 사람을 완전하게 이해할 수 없어도, 그래도 우리는 정말로 완전하게 사랑할 수 있습니다.

이로부터 수십 년이 강물처럼 흐르고, 노먼이 사랑했던 부모와 아내와도 사별하고 이제는 늙은 노먼이 홀로 다시 고향의 강가에 서서 플라이 낚싯줄을 아버지에게서 배운 네 박자 기술로 수면 위로 던진다. 그는 그러면서 깊은 명상에 잠긴다.

그는 느낀다. 이해는 못했으나, 사랑했던 죽은 이들과 영혼으로 지금 이 순간 교감하고 있는 자신을. 이렇게 낚시를 하고 있노라니, 그가 살아왔던 모든 삶의 존재, 사랑했던 사람들의 영혼과 추억, 그리고 빅 플랫풋 강에서 퍼지던 네 박자 리듬, 송어가 낚시에 걸리기를 마음 조리며 기다리던 풋풋한 소망, 은빛처럼 파닥이던 송어의 힘찬 뱃살, 이 모두가 함께 하나의 대상으로 어렴풋하게 합쳐지는 것이다. 이 모든 것이 결국에는 하나의 <그것>으로 녹아 강물처럼 흐른다고 느낀다.

햇볕에 반짝이는 은빛의 강물이 <그것>을 통해서 유유히 흘러가는 것이다.

나는 이 영화를 보면서, 부모님에 대한 큰아들로서의 역할, 나의 두 아들들에 대한 아버지로서의 지금까지의 노릇, 아내에 대한 지아비로서의 관계를 새삼 곰곰이 돌이켜 보았다. 나도 가족들을 때로는 이해할 수 없었고, 도움이 필요할 때 적절한 도움을 주지는 못했으나, 그래도 마음속으로 사랑하고 있음을 강하게 느낀다.

이제 강물처럼 흐르고 흘러서 바다에 와 닿기 전 거꾸로 떨어지는 큰 폭포 앞에 거의 이르러 가는 지금. 그러나 사랑하는 이들과 영적인 교감도 없이, 그들이 나를 가끔은 추억해 줄 수 있는 아무런 끈도 없이, 자식들에게 나름의 인생의 참 의미와 사랑의 가치를 온몸으로 보여주지도 못해서 마음이 한 없이 허전해 지는 것이다.

러브호텔에서의 하룻밤

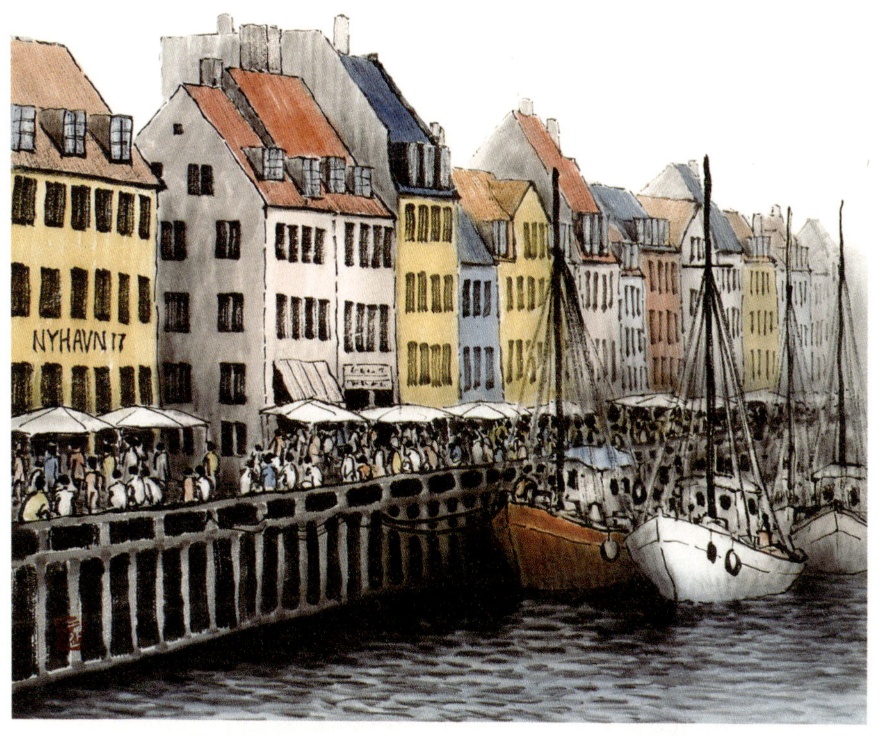

코펜하겐의 휴일(54×43cm 2001)

17. 내 안의 국제시장

토요일 오전에 아내와 함께 <국제시장>이라는 영화를 보고 온 날, 일찍 잠자리에 든 나는 오래간만에 불안스러운 꿈을 꾸었다.

1952년, 나는 그 당시 8살. 여기저기 찢어진 천막 틈으로 교실 천장에서 차가운 겨울비가 줄줄 새어 내리는 통에 학교에서 부득이 단축 수업을 해주었다. 서울에서 내려온 「피난 돈암국민학교」는 명색이 학교라기보다는 몇 개의 엉성한 천막촌으로 이루어졌다. 책상과 걸상은 예전 우동가게 식탁과 긴 의자 그대로였다.

한 의자에 우리는 7.8 명씩 앉아서 날이 추우면 밖에는 안 나가고, 교실 안에서 늘 '기름 짜기'라는 놀이를 하였다. 자리에 앉아서 서로 상대를 떨어트리려고 엉덩이로 밀기시합을 하였던 것이다. 좌우 옆에서 응차, 응차 하면서 서로 밀어대는 통에 의자에서 안 떨어지려고 안간힘을 쓰다보면 저절로 몸에서 무럭무럭 김이 나기도 했는데, 그러면 속옷 속에 있는 '이'들이 좋아서 스멀스멀거리는 것 같아서 등이 가렵기도 했던 것이다. 얼른 월요일 애국조회가 돌아와서, 학교에서 디디티 가루를 옷 속에 쏟아 넣었으면 좋겠다는 생각이 들었다.

천장에서 떨어지는 빗방울에 촉촉하게 젖은 몇 권의 교과서를 우리는 "신난다!"를 연발하며, 서둘러 책가방에 구겨 넣었다. 떨어져 나가려는 헌 교과서 뒷면에는 <우리의 맹서> 3장이 인쇄되어 있었다. "제1장: 우리는 대한민국의 아들 딸, 죽음으로써 나라를 지키자!"… 그리고 그 밑에는 백낙준 문교부장관의 "이 교과서는 미국 운크라의 도움으로 박았으니, 공부 열심히 하자!"와 같은 당부가 있었던 것이다.

생각지도 않게 일찍 다시 책가방을 매고 비를 그대로 맞으며 철벅철벅 집으로 돌아오는 길이 우리는 마냥 즐겁기만 했다. 국제시장 옆을 돌아서 큰 길 신작로에서 미군 트럭과 짚차들이 흙탕물을 퉁기며 지나가자, 우리는 일제히 손을 흔들며 "헬로!"를 외쳤다. 미군부대 앞에서 일단의 양코백이 미군들이 차에서 군수물자를 나르고 있었다. 우리는 둥그렇게 원을 그리고 시끄럽게 지껄이며 그것을 구경했다. 그러자 미군들은 걸리적거리는 우리를 향해서 "가라가라, 갓뗌!" 하면서 왕파리 쫓듯 몰아댔다. 내 짝 정장이가 "어라, 이놈들 우리더러 '가라, 가라' 하면서 진짜 한국말도 쓰네!" 하면서 벌쭉 웃었다.

그런데, 어떤 흑인 병사는 "가라가라!" 하기도 하는 듯하고, 또 어떤 백인 병사는 "게라리, 게라리" 하기도 했는데, 모두 한국말은 아닌 것 같다는 생각이 들었다. 우리 줄반장이 그들에게 "헬로, 기브미 쪼코렛!" 하면서 손을 내밀자, 우리도 덩달아 따라서 손을 벌리고 달라고 열심히 열창을 했다. "헬로 기브미 쪼꼬렛'!"은 내가 일찍이 미국인에게 유창하게 구사해 본 최초의 생활 서바이벌 영어인 셈이다. 그들은 귀찮지만 할 수 없다는 듯이 어깨를 으쓱해 보이며, 벗어놓았던 잠바 주머니에서 초코렛과 추잉- 껌을 꺼내서 서로 인심 좋게 던져 주었다.

우리는 그것을 받아 사이좋게 분배해서 야금야금 먹으며 파난촌들이 모여있는 판자집과 하꼬방 골목을 꼬불꼬불 지나서 허름한 만화가게 앞에 약속이나 한 듯이 발걸음을 멈추었다. 한 시간 넘게 어깨 너머로 목을 빼어서 옆 또래들이 보는 만화를 덤으로 훔쳐보다가, 허기가 져서 각자 집으로 헤어져 돌아갔다. 엄마는 동생을 데리고 이웃 마실을 가셨는지 방안에 아무도 없다.

우리 가족 네 명이 세 들어 쓰는 방은 제법 넓은 단칸방인데, 그나마 방안의 중앙은 베니아 판으로 칸막이 되어 둘로 나누어져 있었다. 임시로 만든 얇은 벽 넘어에는 또 다른 가족이 세 들어 살고 있어서, 방 하나에 칸막이만 하고 두 집 식구들이 살고 있는 셈이다. 한 지붕 두 식구가 아니라, 한 방 두 식구인 셈이다. 그런데 알전구 하나가 그 방 천장 중앙에 매달려 있어서, 그 장소만 베니아 판이 톱으로 공평하게 둥그렇게 갈라져있어 두 집이 공용으로 사용할 수 있게 되었다는 것이 신기하기만 했다.

물론 저녁 때 전기가 제대로 들어올 리 없었고 우리는 주로 석유 '호야'라는 것을 사용해서 밤을 밝혔던 것이다. 호야에 넣을 석유 사러 동네 가게에 가는 일은 내가 도맡아서 했는데, 아버지가 30원을 주시면, 나는 가게에서 20원어치만 석유를 호야에 채우고, 나머지 10원은 금성

러브호텔에서의 하룻밤

캬라멜을 몰래 사 먹곤 했던 것이다.

방 한 쪽 집에서 밤에 먼저 취침하려면, 베니아판 벽을 두드려 신호를 보내고, "그만 전깃불 끄고 잡시다!" 하면, 다른 쪽 집에서 "예! 그랍시데이…" 하면서 순순히 공동보조를 취해 주었다. 그리고 저녁을 먹고 난후에 간혹, 이웃 베니아판 넘어 집에서 벽을 두드리면서, "우리 화투 한판 안 할랑기요?" 하는 초청이 오면, 우리 집에서는 "이리 건너 오이소, 마, 요기서 합시데이…" 하면서 두 가족이 어울려서 화투판이 벌어지곤 했다.

이 셋방은 두어 달 전에 어머니가 하루를 동동거리며 돌아다니다가 그나마 어렵게 구한 집이었다. 그 전 우리 식구가 세 들어 살았던 부산 기와집 문간 방에서 우리는 하루아침에 그만 쫓겨나게 되었던 것이다. 그 발단은 전적으로 나에게 있었다.

동네에 모여서 또래들끼리 놀이하다가, 내가 주인 마나님의 귀한 외아들을 때려 주었기 때문이었다. 나는 부모님의 당부도 있고 해서, 참고 참았지만 그가 늘 나에게만은 얄미운 짓을 하는데 어쩔 수 없었다. 그 결과, 애들 싸움이 두 집안끼리의 싸움으로 확전되었고, 그 주인집 마나님에게서 방 빼라는 선고가 드디어 떨어지게 되었던 것이다. 아버지에게서 야단맞을 것으로 짐작하고 겁을 지레 먹고 있었는데, 그분은 따지러온 억센 주인집 마나님에게 한 동안 당하더니, 당신 아들만 귀한 줄 아느냐 하면서 대거리를 하였던 것이다. 어찌나 아버지가 고맙고, 다른 한 편으로 또 죄송한지 한 동안 어린 내 마음이 무겁기만 했던 것이다.

그 때, 그 시절, 모두가 못 살고, 가난했어도 마음만은 풍요롭고, 인정은 순박했던 아름다웠던 시절이었던 것 같다. 그 다음 해 1953 년, 드디어 휴전이 성립되고, 우리 온 가족은 서둘러 부산 이별의 정거장을 새벽에 기차를 타고 떠나서 이틀 밤을 지새우며 서울역을 거쳐, 텅 빈 서울 성북동에 도착하였다.

러브호텔에서의 하룻밤

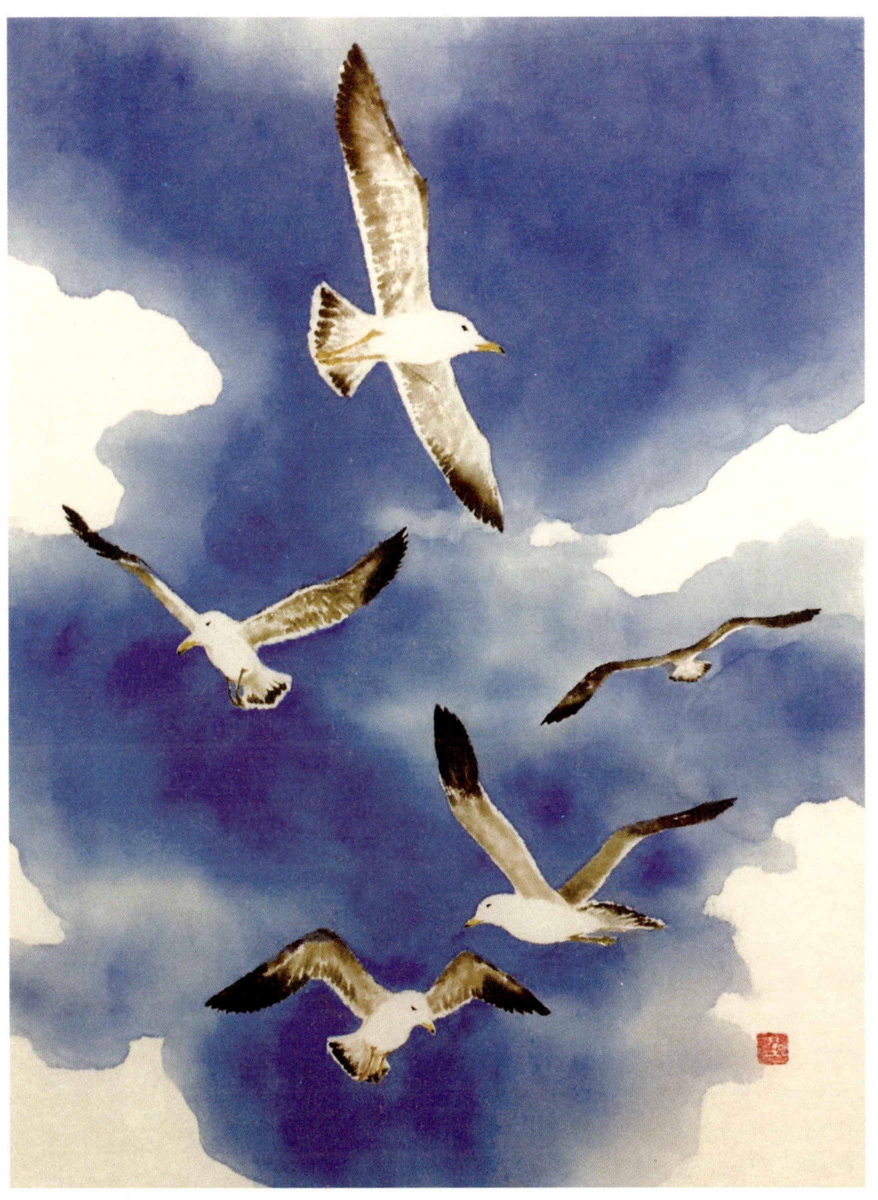

비상 (50×70cm 2020)

제2부

초대받지 않은 손님

1. 아버지 '탕귀'(Tanguy)의 초상화

작년 가을에 전주 교외 모악산 자락 전북도립미술관에서 열리고 있는 어느 청년작가 회원 공동 전시회에 아내를 따라서 들른 적이 있다. 그러나 나는 전시회장 안으로 그냥 들어가지 않고, 눈치를 살피다가 구내에 있는 미술관 가게로 슬쩍 향했다. 소위 전위작가들의 작품은 별로 좋아하지 않기 때문이다.

차라리 가게 안에 전시된 다양한 명화 복제품이나, 미술서적 그리고 아기자기한 공예품들이 눈요기하기에 더 좋은 점이 많다. 한참 기웃거리며 가게 전시품을 구경하다가, 사진관에서 증명사진을 찍는 자세처럼 약간 어색하게 앉은 품새로 정면을 열심히 바라보고 있는 영감님이 있는 화사한 색채의 초상화 복제품이 눈에 언뜻 들어왔다. 초상화 주인공의 커다란 눈동자가 내가 예전에 시골 외갓집에서 보았던 황소의 눈을 연상시켰다.

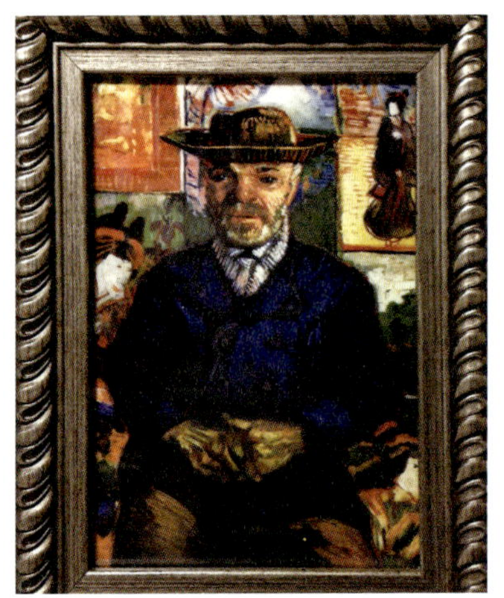

<사진1> 고흐의 <아버지 탕귀>

그것은 순박하고 진지하고 부드럽지만, 그러나 삶에 대한 강한 의지를 담고 있는 눈이었다. 그 눈빛을 통해서 그의 내면에 담긴 영혼의 세계, 그가 걸어왔던 삶의 이력을 찾아 읽을 수 있을 것 같았다. 그 영감님은 60대 초반의 농부가 밭일을 하다가, 기념사진을 찍기 위해서 모처럼의 정장을 하고, 약간의 멋을 내기 위해서 밀짚모자를 옆에서 빌려서 어색하지만 참고 쓰고 있는 것 같다.

이 초상화를 지배하고 있는 음색은 갈색의 바지 위에 주인공이 입고 있는 강렬한 색조의 푸른색 상의이다. 너무 진한 원색이어서 자연스럽지는 않지만, 자신만의 빛을 추구했던 19세기 후기 프랑스 인상주의 화풍이 그대로 넘쳐난다. 그 윗주머니에 비스듬히 걸쳐있는 돋보기 다

러브호텔에서의 하룻밤

리가 그래도 주인공이 지금은 농부의 일을 하고 있지 않음을 암시한다.

그래도 그 영감님의 삶이 순탄하지 않았고, 고생스러웠다는 추측은 무릎 위에 정중하게 포개어진 그의 양손의 투박한 묘사에서 할 수 있다. 화려한 원색의 전체 색조와 대조적으로 그의 손은 황갈색 단색으로만 칠해져 있다. 그래서 그런지 그의 무릎위에 공손하게 포개어진 두 손은 유난히 거칠어 보인다. 그의 손마디에는 고된 일로 옹이가 박혀있는 것 같다. 밭일을 하는 농부나 공장의 노동자에서 볼 수 있을 것 같은 진정한 삶의 손이다.

그러나 그런 그의 손을 배반하고 있는 것은 영감님의 따뜻하고 온화한 얼굴이다. 정면을 똑 바로 응시하고 있는 그 표정은 진지하지만, 아주 소박하고 선량해 보인다. 그리고 초상화를 그리는 작업중인 화가와 매우 친한 사이인 것 같다. 갑갑하게 모델 노릇을 하는 중간에 뭐라고 화가에게 훈수를 하고 있는 것처럼 입이 조금 벌려 있다.

- 그만 좀 하고 얼른 끝내라고…., (아니면),

- 이번 두 번 째나 그리니까 더 잘 그려야지!…

이 작품은 누구나 다 알고 있는 유명한 <아버지 탕귀>이다. 빈센트 반 고흐가 고향을 떠나 동생 테오와 합류하기 위해서 프랑스 파리에 정착한지 1년 만인 1887년에 탕귀 영감님의 미술품 가게 안에서 일본의 다양한 판화를 배경으로 두 번째로 그린 작품이다. 초상화에서 주인공 인물 못지않게 아주 중요한 초점 가운데 하나는 그 배경이다. 그런 점에서 탕귀 영감님의 초상화 배경은 좀 혼란스러운 느낌을 준다.

빈센트는 탕귀 영감님 초상화만을 세 번씩이나 연속해서 그렸다. 그때마다 그의 그림 기법과 붓놀림에 점진적인 변모를 보여준다고 한다. 그가 시도한 첫 번째 초상화는 여권용 증명사진 같아 보여서 약간 답답하며, 그 배경과 인물에 칠해진 색체에는 고향에서 그가 즐겨 그렸던 단조롭고 어두운 사실주의적 흔적이 아직 남아 있다.

빈센트가 그 다음 두 번째의 초상화에서는 그의 예전의 기법이 말끔히 제거되고, 당대 프랑스 인상주의와 상징주의 기법, 그리고 그가 열심히 수집하고 공부했던 당대 일본 판화의 화풍이 강한 주관적인 색체 속에서 드러나 있다. 그러나 그러한 그림 속의 전체의 분위기는 약간 불안정하다. 파리 몽마르트의 생활에서의 새로운 기대와 흥분이 그대로 그의 붓 끝에 묻어나 있다. 파리에 도착해서 당대의 프랑스 주류 화가들과 교류하면서 자신의 기법과 화풍의 정체성을 찾으려는 열망 속에서 작성된 것 같다.

빈센트가 그린 세 번째 초상화가 가장 널리 알려져 있으며, 그의 그림 기법의 완성을 보여준다고 일반적으로 평가된다. 그 초상화에서는 전체적인 분위기가 차분하게 안정되어 있다. 동시에 채색하는 그림 수법이 세련된 맛까지 보여준다. 이 마지막 작품은 빈센트의 작품을 높이 평가하였던 당대의 조각가 로댕이 나중에 구입하게 되고, 지금은 파리 로댕 미술관에 소장되어 있다.

그렇지만, 나는 두 번째 작품에서 그 대상을 바라보는 고흐의 심리 상태가 잘 반영되어 있다고 생각한다. 그래서 나는 이 작품을 세 번째

러브호텔에서의 하룻밤

것보다 더 좋아한다. 이 그림 속에는 주인공 탕귀 영감님에 대한 빈센트의 따뜻한 애정과 감사가 그대로 드러나 있다. 초상화 제목 <아버지 탕귀>가 그러한 사실을 잘 반영한다. 생물학적 임자가 아닌 대상에 대하여 쓸 수 있는 '아버지'(pere/ padre)라는 말은 자신이 애정을 갖고 존경하는 인물에만 허용되는 것이 보통이다. 이 초상화를 선물 받은 탕귀 영감님은 아주 만족해서 이것을 늘 자신의 곁에 두고 있었다고 한다.

파리 교외 외진 골목에서 작은 화랑 겸 물감 장사를 하고 있던 줄리앙 탕귀(1825- 1894)는, 수줍음을 잘 타고 사교성도 없고 고집만 강한 시골뜨기 빈센트가 갖고 있는 그림의 천재성을 첫 눈에 알아보고 그가 짧은 생애를 스스로 마감할 때까지, 가까운 거리에서 정신적 물질적 후원을 아끼지 않았다고 한다.

빈센트에게 생애 최초의 작품 전시회를 비좁은 자신의 가게에서 열도록 적극 주선한 사람도 탕귀 영감님이었고, 그가 외상으로 구입해간 물감과 화구 값 대신, 안 팔리는 그림으로 받아주었던 사람도 그였다고 한다.

오늘날 빈센트 반 고흐(1853~1890)는 렘브란트 이후 가장 위대한 네덜란드 화가이면서, 동시에 세계 미술사상 가장 유명한 화가가 되었다. 그러나 그는 당대에 대중들의 몰이해와 철저한 무관심 속에서 가난하고 힘든 생활을 견디며 광기어린 삶을 살았던 화가였다. 그리고 이제는 그가 힘에 겨웠던 세상을 떠난지 100 년 이상의 세월이 흘렀다.

그러나 아무리 물 같은 세월이 흘렀다고 해도, 그 어려웠던 시기에 무명의 화가 빈센트를 인정하고 평생 후원자로 자처했던 아버지 탕귀 영감님이 그와 맺었던 따뜻한 인간적 유대는 <아버지 탕귀> 작품을 통해서 영원히 살아 있는 것이다.

나는 이 초상화 복제품을 액자 포함해서 70% 할인 가격인 일금 7.000원으로 구입해서, 내 골방의 한 쪽 벽에 걸어 두고 있다. 이 초상화 원화는 크기와 폭이 65cmx51cm이라고 하지만, 이것은 축소형으로 25cmX 20cm이다. 그러나 이 그림을 감상하는데 아무 상관이 없다.

2. 짝꿍 반지

내가 소중하게 보관하고 있는 어느 전공 책의 안표지에는 내 금반지가 그 빛을 여전히 잃지 않고 지금까지 반짝거리고 있다. 거기에 82년이라는 연도가 주인의 서명과 함께 기입되어 있으니, 내가 아내와 더불어 갓난이를 안고 전주에 직장을 얻어 정착한지 4년이 되어가던 해가 분명하다. 이 반지는 예전이나 지금이나 낭만적인 아내의 발상으로 만들어진 일종의 커플 반지의 원조인 셈이다.

결혼 5주년을 맞이하여 큰애의 첫돌 때 친지들이 보내준 반지를 집안 서랍에서 그냥 굴리느니, 몇 개 녹여 커플 반지를 만들어 서로 부부의 사랑을 확인하며 끼고 다니면 좋겠다는 것이 아내의 소박한 소망이었다. 결혼반지와 값 좀 나가는 몇 가지 패물은 전주에서 당시 우리 분수에도 벅찬 주공 13평 아파트를 구하기 위해서 이미 예전에 처분해 버린 후이었다.

그러던 어느 날, 학회 출장을 마치고 서울에서 일을 다 본 다음, 다시 전주로 내려가기 위해서 서울역으로 가던 길이었다. 광화문 근처에서 전번 달에 개장했다던 교보문고가 궁금해서 책 구경삼아 찾아 들어 갔다. 외국서적 언어학 부에서 내가 그 동안 구해서 보고 싶었던 책 한 권이 눈에 확 들어왔다. 그 당시 미국에서 새로운 언어 연구의 패러다 임을 창시했던 빌 라보브의 사회언어학 이론을 공부해서 우리의 역사 언어학 분야에 적용해 보고 싶었으나, 정작 그의 이론을 정리한 책은 아직까지 좀처럼 구하기가 어려웠다. 그래서 그 책을 보는 순간 노다지 를 발견한 것 같이 내 가슴은 뛰었다.

이 책을 조심스럽게 뽑아 들고 여점원에게 책값을 물어보니, 내 수 중에 남아있는 돈으로 사기에 호주머니가 너무 부족했다. 정말로 내가 돈이 없음이 안타깝기까지 했다. 알량한 전임강사 신분을 밝히고, 외상 으로 책을 구입할 수 없는가를 조심스럽게 타진하였다. 그러자 그 여점 원은 매우 상냥스러운 미소를 띠면서, 새로 영업을 시작한 지 얼마 되 지 않아서 미처 외상 장부가 마련되지 않았기 때문에, 아직은 어쩔 수 없어 죄송하다고 하였다. 할 수 없이 허탈하게 다시 서울역으로 발걸음 을 옮겼으나, 내내 그 책이 눈앞에서 어른거리는 것이었다.

서울역 앞에 즐비하게 늘어서있는 금은방 상점들이 눈에 들어오자, 나는 주저함이 없이 내 손가락에 주체스럽게 끼여져 있는 금반지를 상 점 주인에게 벗어 내놓았다. 다시 부지런히 걸음을 재촉해서 교보문고 로 가서 드디어 그 책을 손에 넣고 회심의 미소를 지으며 전주로 내려 왔다.

아내가 나를 맞이하자, 내 손은 저절로 호주머니에 들어가 있었다.

그리고 내 방에 들어가 이 책의 진정한 소유주와 구입 일자를 경건하게
기록함과 동시에, 눈부시게 반짝거리는 금반지를 이 책 안표지에 소중
하게 그려서 간직하였다. 이상하게도 아내는 더 이상 내 반지의 행방을
추구하지는 않았다.

　나중에 안 일이지만, 아내는 어디 여행가서 휴게소에서 손을 씻기
위해서 세면대 위에 반지를 벗어 놓고 그냥 무심하게 나와 버렸기 때문
에, 그녀도 내 앞에선 자꾸 손을 감추었던 것이다.

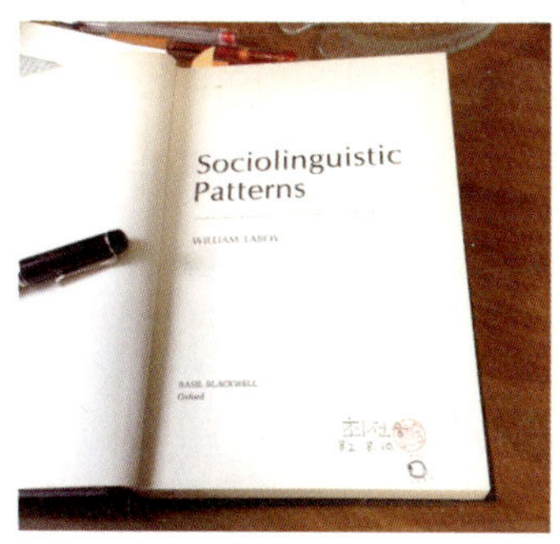

<사진2> 짝꿍 반지

제2부 — 초대받지 않은 손님

3. 성탄절 전야로의 초대

　줍쌀선생은 지금까지 살아오면서, 그 전에 자신이 겪었던 어떤 일이나, 사건, 장소 등에 대한 사람들의 기억이라든가 경험, 회상, 혹은 추억이라는 큰골 속의 화학적 물질은 그것을 같은 시간대에 같은 공간에서 감지했더라도, 느끼는 사람마다 서로 다르게 각인될 수 있겠다는 생각에 이르게 되었다.

　과거에 같은 장소에서 동일한 사건을 겪었던 사람들 가운데, 그것을 오랜 시간이 흘렀더라도 기억에 담고 있는 이들도 있고, 이것을 까맣게 흘려버리고 전연 떠올리지 못하는 이들도 때로는 있는 것이다. 사람들의 기억상의 그러한 차이는 어디에 있을까?

　줍쌀선생이 아이패드에 내려 받은 <만능영어사전>에서 우연하게 <추억>이라는 한글 단어를 입력하자, 그것에 대응되는 영어 유의어 단어들이 다양하게 쏟아져 나오는 것이었다. 그러면서 또 한 편으로 <추억>과 결부되어 있는 연상어도 덤으로 배열되는 것이 신기하기만 하였다. 이 단어의 연상어들은 '그리움, 소중함, 인연, 이별, 여행, 회상' 등이

러브호텔에서의 하룻밤

었다. 그러고 보니, 사람들 각자가 경험하게 되는 삶의 기억이란 것은 그것에 '소중함'과 '그리움'의 농도를 어떻게 배합하여 절여 깊숙이 저장하는가에 따라서 차이가 날 수도 있겠다는 생각을 하게 되었다.

좁쌀선생이 60이 넘은 늙은 처녀 교수 홍 선생을 오랜만에 다시 만난 곳은 서울 용산구에 새로 설립된 국립한글박물관 구내 강당에서 열린 국어학 중심의 학회장이었다. 서울의 사립대학의 대학원장인 그녀는 그 학회의 회장을 맡고 있었다. 그리고 그 동안 명석한 머리로 열정적인 연구 활동을 하면서, 그의 학문을 따르고 배우려고 하는 많은 젊은 대학원생들도 거느리고 있다.

마침 좁쌀선생이 지속적으로 관심을 갖고 있는 몇 가지 주제가 발표된다는 그 학회의 일정표가 왔기에, 그는 틈을 내어 1월 새벽 칼바람을 맞아가며 전주역으로 나와 오전 6:30에 출발하는 KTX를 타고 용산역에 도착했다.

그가 알고 있는 어느 선배 한 분은 학교에서 정년을 맞고 나서는 일체의 학회 활동을 삼간다고 했다. 그 이유는 나이 먹은 골동품들이 예전의 관록만 믿고, 여전히 학회에 나와서 낡은 자신의 주장을 신진 젊은 학자들에게 염치없이 고집하며 설치는 모습이 너무 좋지 않게 보이기 때문이라는 것이다. 좁쌀선생 역시 퇴임하고도 이미 5년이 지났으나, 예전이나 지금이나 어디 학회에 나가서 다른 젊은이들에게 고집을 피우며 설쳐본 적이 없다고 생각하기에, 그런 따가운 시선에 별로 신경을 쓰지는 않는 편이다. 그래서 간혹 그가 공부하고 있는 분야의 학회가 편리한 시간과 장소에서 열리게 되면, 가능한 참석하려고 했다. 골방에서 혼자 하는 공부는 독백이지만, 토론과 비평을 거친 공부는 열린 광장으로 통한다는 것이 그의 평소의 신념이기 때문이다.

그러나 이번 좁쌀선생의 학회 참석에는 이러한 고상한 이유도 있으나, 모처럼 미스 홍 선생 얼굴을 한번 보고 싶다는 통속적인 속마음도 부차적으로 그는 따로 갖고 있었던 것이다.

좁쌀선생이 미스 홍을 처음 본 것은 1970년대 초반, 군에서 제대하고 대학원으로 복귀한 강의실에서였다. 그는 군대 나가기 전에 이미 졸업에 필요한 학점 이수는 완료된 상태여서 수강 신청을 할 필요는 없었다.

그러나 예전에 던져두었던 석사논문을 새잡이로 다시 쓰기 시작하려면 부득이 덤으로 강의에 참석하여, 몇 년 아래의 새까만 후배 틈 속에서 지난 3년 동안 강원도 골짜기에서 굳어버린 그의 돌대가리에 충전을 새로 해주어야만 했다. 그 당시 어학 전공 석사과정의 학생들은 불과 서너 명 정도였는데, 그 가운데 대학을 갓 졸업하고 들어온 그녀가 있었다. 젊은 그녀는 적어도 노총각인 좁쌀선생의 눈엔 정말 신선하게 보이기만 했다.

그녀 근처에만 가도 그는 가슴이 설레는 듯하였다. 그러나 그녀에게 선배연하고 제대로 말 한번 붙여보지도 못하고, 얼마 후에 졸업논문이 간신히 통과되면서 그는 아쉽게도 학교를 나와야 했다.

1980년대 초반에 전주에 있는 직장에서 좁쌀선생은 미스 홍을 다시

러브호텔에서의 하룻밤

만나게 되었는데, 이번에는 직장 동료로서였다. 여전히 처녀 신분인 홍 선생은 그가 몇 년 앞서 근무하고 있던 학교의 다른 학과에 부임을 해 왔다. 그 이후, 그와 홍 선생은 학교 선배와 후배로서 서로 친근하게 지 내는 행운을 누렸다. 그것도 잠시 동안 만이었지만…

그 날은 마침 크리스마스이브 저녁이었다. 퇴근 시간에 출발하는 학 교 버스를 타려고 본부 앞 정류장으로 가는 길목에서 좁쌀선생은 앞서 걸어가고 있는 홍 선생의 뒷모습을 정말 우연히 보게 되었다. 그런데 날 씨도 제법 쌀쌀했거니와, 저녁 땅거미도 내리고 있어서, 옹크리고 바삐 걸어가는 그녀의 모습이 어쩐지 조금 쓸쓸하게 보인다고 생각되었다.

좁쌀선생은 잰걸음으로 홍 선생을 얼른 따라 잡아서 같이 정류장으 로 나란히 걸으면서, 지나가는 말로 오늘이 바로 성탄절 전날 저녁인데, 자신은 처자가 있는 몸이지만 자유로운 미스는 무슨 좋은, 즐거운 계획 이 있느냐고 물어 보았다. 홍 선생은 강력하게 고개를 저으며, 정말로 불 쌍하게도 이런 날 혼자 아무 일도 없이 궁상맞은 하숙집으로 향한다고 멋 적게 웃었다. 그러자 그는 정말 무슨 일로 그랬던지 전연 생각지도 못 한 말을 불쑥 홍 선생에게 건네고 말았다. 그렇다면, 하숙집보다는 그의 집에 가서 저녁을 자기 식구들과 함께 하면 어떻겠냐는 제안이었다.

그러면서 좁쌀선생은 그 말을 그녀에게 내놓은 순간 즉시 후회하기 시작했다. 아침에 출근할 때, 그의 아내는 오늘 저녁 크리스마스이브를 위해서 집에서 우리 가족끼리 조촐한 파티를 준비할 터이니, 나중에 어 디로 튀지 말고, 퇴근 즉시 곧장 귀가할 것을 지시했던 것이다. 집안에서 말이 파티이지, 올망졸망한 두 사내아이들 데리고, 고기나 좀 굽고 밥 먹는 작은 행사에 불과하다는 것은 좁쌀선생이 누구보다 잘 알고 있었다.

홍 선생이 그의 갑작스럽고 즉흥적인 제안을 일고의 여지없이 뿌리칠 것으로 예상은 했으나, 그래도 어쩐지 불안하기만 한 순간이었다. 그러자 홍 선생은 얼른 반색을 하며 좋아 죽겠다는 표정을 지으며 그를 따라 나섰다. 선배에게서 혹시라도 그런 초대가 자기에게 없었더라면 무척 서운했을 것이라고 하였다. 우리의 좁쌀선생의 속은 불안으로 조금씩 타들어가기 시작했으나, 선배로서 또 대범한 남자로서 티를 내면서, 정말 환영한다고 쿨하게 응답하였다. 그 당시엔 집에 전화도 아직 가설이 안 된 단계여서, 이 다급한 위기의 사정을 그의 아내에게 미리 고지할 방법도 전연 찾을 수 없었다.

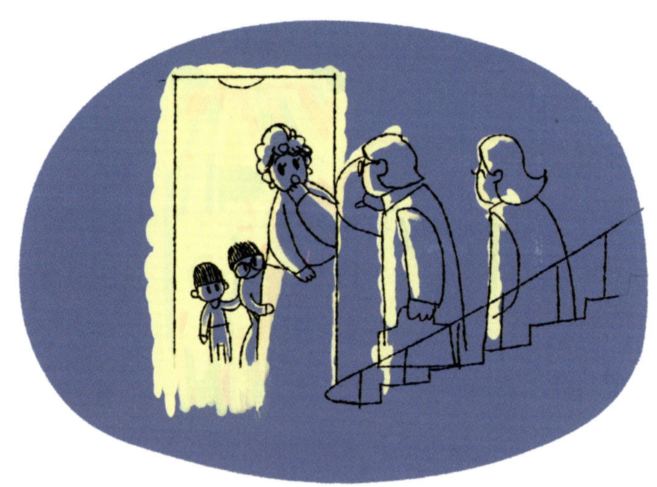

삽화: 최세웅 ®

러브호텔에서의 하룻밤

초인종 소리에 문을 연 그의 젊은 아내는 좁쌀선생 등 뒤에 딸린 묘령의 여인을 보고는 기겁을 한 표정을 지었으나 그것은 일순간이었고, 알량한 교양이라는 얇은 베니어판으로 가렸다. 좁쌀선생이 아내에게 오늘 저녁 불시에 초대한 후배 교수라는 사실을 조심스럽게 전하자, 그녀는 착하고 열렬한 안주인 노릇을 하기 시작하였다. 그날 저녁의 음식은 특별하게 맛있고 푸짐했으며, 그의 아내는 헌신적으로 접대를 했고, 촛불로 장식된 작은 성탄목이 세워진 좁은 거실에서는 나나무스쿠리의 <고요한 밤 거룩한 밤>이 나지막하게 퍼지고 있었다.

미스 홍 선생은 안락하고 따뜻한 그날의 집안 분위기와, 그리고 두 아이들의 신나는 재롱, 그리고 상냥한 미소와 함께 그의 아내의 헌신적인 봉사, 맛있는 저녁상에 마냥 행복해 하였다. 사전 아무런 예고도 없이 남편에 붙어 불시에 들이닥친 젊은 여자 불청객에게도 아낌없이 베풀어주는 안주인의 아량에 감동까지 하는 표정을 지었다.

홍 선생은 어린 두 아이들 손목을 잡고 신나는 성탄절 송가에 장단 맞추어 즉흥적으로 막춤을 추기도 했다. 그리고 그녀는 마침내 아쉽게 헤어지면서, 배웅하는 좁쌀선생에게 자기도 내년엔 꼭 결혼해서 이런 가정을 꾸미고 싶다고 결연하게 말했던 것이다.

홍 선생은 그 다음 해에 결혼 대신에, 서울에 있는 어느 사립대학으로 직장을 옮겨가게 되었다. 나중에 좁쌀선생은 학회에서 홍 선생을 가끔씩 조우하기도 했다.

이제 우리 처녀 홍 선생도 역시 시간은 누구에게나 공평하게 흘러

제2부 – 초대받지 않은 손님

서, 내년이면 학교에서 정년을 맞을 차례이다. 국립한글박물관 강당 학회장에서 좁쌀선생과 곱게 늙은 처녀 홍 선생은 점심시간에 반갑게 만나서 커피 한 잔 앞에서 오랜만에 묵은 회포를 풀어가기 시작했다. 늙은 그들의 이야기는 어느 듯 과거의 까마득했던 1980년대 중반의 전주 직장 생활에서 같이 몇 년 동안 공유했던 재미있는 사건들로 접어들게 되었다.

그러나 홍 선생은 그날, 좁쌀선생 가족과 정말 즐겁고 행복하게 보냈던 크리스마스이브는 전연 기억해 내지 못했다. 좁쌀선생이 아무리 그녀에게서 기억을 환기시키려고 당시의 정황 증거를 제시했어도 그만 소용이 없었다.

러브호텔에서의 하룻밤

4. 나의 알바

저녁 무렵, 내가 지쳐서 집에 퇴근하여 오자마자, 아내는 미리 준비해 두었던 불룩한 헝겊가방을 현관에서 나에게 쥐여 준다. 그것은 볶은 흑임자 깨와 현미 쌀이 담긴 보따리이다. 내가 아침에 즐기는 식단 가운데 하나인 깨죽을 만들기 위해서 동네 근처 방앗간에 가서 빻아 오라는 아내의 심부름이었다. 이런 아내 심부름은 항용 해왔기 때문에 나는 군소리 하나 안한다.

수요자 부담의 원칙에 철저한 아내는 이걸 들고 방앗간에 가서 빻아오는 발품에서부터, 가스불 앞에서 죽치고, 용암처럼 끓는 냄비 속의 깨죽을 팔 아프게 한참이나 휘젓는 노동에까지 전부 나에게 위임하는 것이다. 그렇게 젓다가는 냄비 밑이 누르니까 주걱으로 고르게 착실하게 잘 저으라는 아내의 잔소리까지 계속 덤으로 들으면서 말이다.

그리고 아내는 이런 잔심부름에 곁들여 동네 시장 들리는 김에, 그 근처에서 파는 앙꼬 찐빵도 사오라고 생색을 내며 나에게 인심 쓰는 척한다. 이건 내가 방앗간 심부름을 거부하지 못하게 하는 일종의 당근이

제2부 ─ 초대받지 않은 손님

다. 나는 어릴 적의 추억으로 지금도 그런 찐빵을 좋아하지만, 아내는 별로 달가워하지 않는다. 거기에 또 아내는 이 심부름에 마지막 오금을 박는 섬세함도 보인다. 만원 한 장을 나에게 주며, 나머지 잔돈은 심부름 값이란다.

독일어의 '아르바이트'(arbeit: 일, 공부, 작업)라는 단어가 어떻게 한국에 들어와서 또 다른 한국적인 의미로 쓰이게 되었는가는 모르겠다. 아마도 일본을 거쳐서 한국에 상륙하였을 것 같다. 그 나라에선 '아르바이트'에서 첫 음절 '아르- '를 떼어 버리고, 간단히 '바이토'라고 한다. 과연, 일본식다운 이름이다. 그 전에 나에게서 한국어를 배우던 미국인 교수가 한국에서 영어 단어 '가든'(garden)을 '불고기집'이라고 알고 있어서, 같이 웃었던 기억이 있다. 요즈음 우리 젊은 대학생들은 예전의 아르바이트를 줄여서 '알바'라고 한다.

내가 경험했던 60년대 초에는 아르바이트라는 말은 주로 대학생이 중 고등학생 학업 보조를 위한 가정교사 노릇이 주된 의미로 사용되었다. 그 시절 학비 대기 어려운 대학생들은 아르바이트 전성기를 누리고 있었다 해도 과언이 아니었다. 64학번인 나의 동기들 가운데 어떤 친구는, 지금 내가 생각하기에도, 생존을 위한 생활비를 충당하기 위해서 아르바이트가 본업이었고, 학과 공부는 졸업할 때까지 뒷전이었다.

또 다른 복 많은 친구는 고등학교 2학년 여학생 집에 입주까지 해서 과외를 헌신적으로 해주다가, 결국에는 그 집 주인의 마음에 들어 사위로 진출하기까지 해서 우리들에게서 한없는 부러움을 샀던 것이다.

러브호텔에서의 하룻밤

그 당시 일간 신문의 광고란에는 대학생들의 전용 아르바이트 구직 광고가 깨알같이 따로 실려 있었다. 신문에 아르바이트 개인 광고 한번 신청해서 게재하는 공정 가격이 일금 500원이었던 것으로 기억한다. 작은 광고의 칸은 다섯줄로 한정되어 있었는데, 먼저 자신이 재학 중인 대학 이름을, 그 다음에는 '경험 풍부' 또는 아르바이트의 간단한 경력(영·수 자신! 등)을, 그 다음 줄엔 '시간 및 입주도 가', 그리고 끝으로, 자신의 연락 전화번호가 전부였다.

그 당시 가난했던 대학생들에게 수요자들이 접선할 전화가 있을 턱이 없었다. 그래서 학교 옆 복덕방 전화가 우리의 단골이었다. 그리고 일금 500원도 우리들에겐 큰 자금이었기 때문에, 그런 광고 한번쯤 내기 위해서 몇 명이 조를 짜서 철저한 준비를 해야 되었다. 그 가운데 전화 대기조 한 명이 온 종일 수업도 제치고, 복덕방에 죽치고 앉아서 주인 영감님과 한가한 장기를 두어 가면서 전화기에 귀를 쫑긋 세우고 있었던 것이다. 그러면 그 날 저녁 어스름 때에는 전 날 신문에 실린 아르바이트 광고를 보고 연락해 온 전화가 많으면 30 건, 적으면 15 건 정도에 이르는 것이 보통이었다. 운 좋게 접선된 전화 가운데 일부는 할 일 없는 장난 전화인 경우가 많았다.

이런 쓸데없는 장난 전화번호를 떼어버리면 아르바이트 면담 신청 전화 건수가 착실하게 10건 정도에 이르는 것이 보통이다. 그러면 거금을 투자했던 아르바이트 광고 신청 회원들이 그 면담 전화를 각각 분배 받고, 나머지는 면담을 신청한 전화 한 건 당 일금 100원을 붙여 비회원

제2부 – 초대받지 않은 손님

들에게 되팔아 먹는다. 운 좋은 어떤 때는 비회원들에게 되판 돈으로, 신문 광고 신청에 투자했던 500원을 거뜬하게 회수하는 경영의 귀재들도 우리들 가운데 속출하였던 것이다.

그러나 요즈음 우리 학과 대학생들의 '알바' 실태를 보면, 예전의 시간 과외도 더러 있지만, 학원 강사, 막노동, 편의점 24시간 판매원, 커피집 매점원 등 상황이 우리 시절보다 녹록하지 않음을 알 수 있다.

여름 뙤약볕을 얼굴에 고스란히 받으며 삼천동 집에서 걸어서 대략 15분 걸리는, 삼익 수영장 골목에 형성된 자연발생적 시장 가운데 있는 방앗간에 이르니, 나보다 먼저 무얼 빻으러 왔던 한 무더기 아주머니들이 일제히 나를 빤히 쳐다본다. 심부름 온 나를 보는 그들은 재미있어 죽겠다는 표정을 전혀 숨기려고 하지 않는다.

내 차례에다가 들고 온 보따리를 놓고, 나는 예의 찐빵을 사기위해서 얼른 밖으로 나왔다. 그러나 나의 단골 찐빵 집에선 이미 그걸 팔지는 않았다. 날씨가 너무 더워서, 8월말까지 찐빵 만들어 찌기를 포기했다는 것이다. 그렇다면, 심부름 값이 6.000원으로 불어나게 되는 셈이니 우선은 찐빵이 없어 나에게 허무하지만, 그래도 짭짤한 아르바이트 수입이다. 할 수 없이 골목에 널려 있는 복잡한 노점 시장을 천천히 구경하면서, 방앗간에서 내 순서가 올 때까지 시간을 대충 때우기로 작정했다. 이곳은 원래 허가 받은 정식 시장은 아니지만, 아파트와 상가가 밀집되어 있는 요충지대여서, 어느새 저절로 간이 시장이 형성되어 저녁 때는 발 디딜 데 없이 장보러 온 동네 사람들로 넘쳐 나고 있었다. 농사

러브호텔에서의 하룻밤

를 직접 짓는 농부들이 자신들의 온실이나 밭에서 따온 생산물을 좌판에 놓고 즉석 흥정하여 파는 것이다. 오이, 호박, 수박, 참외 등의 각종 농사 품목을 진열해 놓고 흥정을 하고 있는 농민들의 동작과 표정엔 삶의 활력과, 정직한 건강이 빛나고 있었다.

심부름 값 6.000원을 품고 넉넉한 마음으로 좌판을 둘러보다가, 생각지도 않은 과소비를 하기에 이르게 되었던 것이 나의 불찰이다. 어느 아주머니가 여름 햇볕에 온통 그을은 얼굴로 나를 쳐다보며, 잘 익은 도마도 한 무더기 떨이로 싸게 줄 터이니 몽땅 사 가라고 한다. 2.000원을 지불하고 그걸 살 수밖에 없었다. 그리고 이왕 내친 김에 탐스러워 보이는 오이와 가지도 각각 2.000원어치씩 아낌없이 구입했다. 내가 큰 손이 된 기분이었다. 이만큼 어지간히 구입하고 마음 한 편으로 후회하면서, 그냥 방앗간 쪽으로 향하려는데, 또 다른 좌판에 놓여있는 애호박 몇 덩이가 눈에 띈다. 저녁때에 애호박나물을 만들어 달라고 해서 먹으면 좋겠다는 생각이 들어서, 군침을 삼키면서 2.000원에 세 개씩이나 과감하게 구입하였다.

이렇게 무거워진 내 쇼핑 보따리를 들고 방앗간에 들리니, 주인이 내 것은 이미 잘 빻아서 들고 왔던 헝겊가방에 다시 넣어 놓고 있었다. 흑임자 깨와 쌀을 같이 빻은 공임 비용은 일금 4.000원이었다. 아내가 심부름 값을 포함해서 나에게 건네 준 돈 만원에서 이걸 지불하고 나서 생각해 보니,내 주머니에서 알토란같은 현금 2.000원이 더 나갔던 것이다.

나는 오늘은 크게 손해 보는 알바를 한 셈이었다.

5. 초대 받지 않은 손님

며칠 전, 아내가 동네 도서관에서 사서로 봉사하고 저녁 때 지쳐서 돌아오는 날이어서, 미리 합의한 대로, 시내에 같이 외식을 하러 나왔다. 새해 들어 우리의 첫 공식행사인 셈이다.

음식점에서 이른 저녁을 주문해 놓고, 모처럼 그에게 새해도 늘 건강하고, 좋은 일 많이 생기라는 덕담을 건넸다. 그러자 그는 일산에 사는 70줄에 들어선 시누에게 안부 전화를 했더니, 작년 12월 초에 욕탕에서 그만 미끄러져서 무릎에 골절상을 입고 3주 동안 고생했다는 소식을 들었다고 했다. 그러면서 내가 건강하고 좋은 일이 있어야 비로소 자기가 편하다는 다짐을 준다.

그러나 나는 지금은 건강도 좋은 일도 별로 자신이 없는 것 같다. 몇 년 전에 내가 왼쪽 눈 망막 수술을 받는 날, 그는 보호자로 전주에서 서울로 고속버스 타고 올라오면서 속으로 이렇게 뇌였다고 했다.

- 드디어 나에게도 올 것이 왔구나…

이윽고 저녁을 마치고 나오려니, 마침 음식점 맞은편에 있는 어느 건설회사의 신축 아파트 본보기집이 아직 열려 있고, 연말연초 기념 장식불빛이 행인들의 눈길을 끌었다. 아내는 시간 여유가 있으니, 여기 구경 좀 하고 가자고 한다.

그의 평소의 취미 생활이며, 문화 활동 가운데 하나는 시내에 전시된 신축 아파트 본보기집 탐방이다. 우리는 바로 작년에 20년 넘게 살아왔던 헌 집을 탈출해서 교외로 옮겨 왔지만, 그의 예전 취미는 여전히 건재한 것 같다.

그는 유력한 잠재 고객인 양하면서 기대에 찬 안내원의 친절한 설명을 들으며 호기심과 부러움에 가득한 눈으로 꼼꼼하게 새로운 시설과 장식들을 이모저모 살펴보는 것이다. 가정주부로서 요새 유행하는 새로운 주거문화 양식을 미리 알아두어야 한다는 것이 그의 일관된 논리이다. 그렇지만, 내가 제일 싫어하는 것 가운데 하나는 별 볼 일도 없이 본보기집을 아내 따라서 덤으로 구경하는 일이다. 그래도 지방에 살면서 그에게 고급문화 활동을 제대로 못시켜주는 무능한 남편으로서의 자격지심이 충만한지라, 인내할 수밖에 없는 일이다.

이미 실재 분양이 거의 완료되었다는 이 본보기집 안에는 늦은 시간이어서 그런지 한산했다. 사람이 살지 않은 인형의 집처럼 오밀조밀하게 꾸며 놓은 내부를 열심히 살피고 있는 아내와 떨어져 나는 시큰둥한 마음으로 작은 방에 있는 의자에 혼자 덩그렇게 앉아 있었다. 그러자 올망졸망한 어린애들을 거느린 어느 가족 한 무리가 왁자하게 떠들며 이곳으로 들어온다.

　벽을 사이하고 가까이서 큰소리로 나누는 그 가족들의 대화를 얼핏 들어보니, 그들은 이미 이 아파트를 분양 신청해 놓고, 아이들에게 보여주려고 다시 이곳을 들른 것 같았다. 그 가족의 아이들은 방들을 이곳저곳으로 돌아다니며, 여기는 누나 방, 또 여기는 내 방하면서 자기 집에 온 것처럼 신이 나서 아주 즐거워한다.

　그러던 그들이 구석진 방에 우두커니 멋쩍게 앉아있는 나를 뒤늦게 발견하고는 화들짝 놀란다. 아마도, 자기 가족들 이외에 이 시간에 여기에 다른 방문객이 와 있는 줄은 몰랐던 모양이다. 그러자, 그 가족 중에 어린 아들이 나를 가리키며 자기 엄마에게 마치 큰일 난 것처럼 이렇게 다급하게 외친다.

　- 근데, 엄마, 저 사람은 누구야?

　그 순간, 그들과 나 사이에는 잠시 당황스럽고, 어색한 분위기가 감돌게 되었다. 그러자 나는 아이에게 다가가서 허리를 굽혀 눈을 맞추면서, 그 엄마 대신 이렇게 대답해 주었다.

　- 으응…나는 너희 집에 찾아온 손님이란다.

러브호텔에서의 하룻밤

6. 그리운 '쪼다'의 충격

아주 옛날, 60년대 후반이었다. 대학을 갓 졸업하고 중학교 교사로 근무하면서 주말마다 수원 부모님에게 들렸다가 다시 하숙으로 올라가는 길에, 어머니는 집안의 장남인 내가 빨리 장가갈 것을 계속 채근하였다.

당황한 내가 지금 교제하고 있는 처녀가 아직 한 명도 없다고 머뭇거렸다. 그러자 어머니는 나에게 이렇게 말하며 웃었던 것이다.

- 야, 너는 어째 그렇게 남처럼 연애도 못 허냐?

쪼다맹이로.

나는 우리 어머니가 그 당시 60 년대 나이 어린 학생들끼리나 쓰기 시작했던 '쪼다'라는 말을 자연스럽게 구사하는 것이 그렇게 신기했다. 그러면서 쪼다라는 말을 불행히도 연애 못하는 당신의 아들에게 쏟아 놓는다는 사실에 큰 충격을 받았다.

어머니 앞에서 갑자기 쪼다가 되어버린 내가 기가 막힌 표정을 짓자, 어머니는 이어서 이렇게 마무리하는 것이었다.

- 너, 어디 가서 아들만 하나 쏙 빼어 갖고 오렴.

수원 매산동 우리 동네에서 아직 총각이었던 목수네 둘째 총각이 부모 몰래 어디서 떡두꺼비 같은 아들 하나를 쏙 빼어갖고 와서 한 동안 난리가 난 적이 있었다. 우리 어머니는 흉을 보면서도 은근히 부러워했던 것이다.

그래도 나는 연애도 못 하는 처지에 그런 일은 도모지 언감생심이었다. 어머니가 손에 쥐어준 김치 단지를 모시고 서울로 올라가는 버스 속에서 예의 '쪼다'라는 신기한 말이 뇌리에 계속 맴돌았다. 이 말이 어떻게 형성된 단어일까를 내내 생각해 보았지만 별 수가 없었다.

아주 나중에, 그 당시 경희대학교 서정범 교수가 저술한『우리말 어원별곡』인가를 읽어보니, 유행어 "쪼다"에 대한 어원이 풀이되어 있었다. '쪼다'라는 유행어는 원래 1960 년대 불량배들 사이에서 생긴 말인데, 닭이 모이를 쪼는 것과 같이, 부리로 콕콕 쪼아야 말귀를 알아듣는 약간 둔한 인간을 은유적으로 표현했다는 것이었다. 어느 정도 그럴 듯도 하지만, 여기에 대한 어떤 증거도 제시된 바 없어서, 그분의 특유하고 유쾌한 직관에 따른 해석으로 보였다.

이러한 사건이 있고 이제 반세기가 훌쩍 흐른 요즈음, 60 년대 유행어 '쪼다'라는 말은 이제는 내 주위에서 별로 들을 수가 없어서 이것은 이미 생명력을 잃고 사라졌을 것으로 지레 짐작이 들었다.

그래도 우연하게 국어연구원에서 펴낸『표준국어대사전』에서 이 단어를 우연히 검색해보니, 당당하게 사전 표제 항목으로 이렇게 등록

러브호텔에서의 하룻밤

되어 있는 것이다. 나는 다시 한 번 충격을 받았다.

  - 쪼다: 조금 어리석고 모자라 제구실을 못하는 사람, 또
  는 그런 태도나 행동을 속되게 이르는 말.

아, 그리운 어머니…. 어느새 인생 7학년에 훌쩍 올라와 버린 철없는 늙은 아들은 당신에게서 "쪼다맹이로." 하는 지청구를 다시 간절하게 듣고 싶습니다.

제2부 ─ 초대받지 않은 손님

7. 朱子의 권학문(勸學文)

<권학문 1>:

오늘 배우지 않고, 내일이 있다고 이르지 말고,

올해 배우지 않고, 내년이 있다고 이르지 말라.

해와 달은 가고 세월은 나를 기다리지 않으니,

아, 늙어 후회한들 이 누구의 허물인가?

물위금일불학이유래일 (勿謂今日不學而有來日)

물위금년불학이유래년 (勿謂今年不學而有來年)

일월서이세불아연 (日月逝而歲不我延)

오호노이시수지건 (嗚呼老而是誰之愆)

<권학문 2>:

소년은 늙기 쉽고 학문은 이루기 어려우니,

잠시라도 시간을 가볍게 여기지 말라!

연못가의 봄풀은 아직 꿈을 깨지도 못하는데,

댓돌 앞의 오동나무 잎은 이미 가을 소리를 전하는구나!

소년이로학난성 (少年易老學難成)
일촌광음불가경 (一寸光陰不可輕).
미각지당춘초몽 (未覺池塘春草夢)
계전오엽이추성 (階前梧葉已秋聲)

주자의 <권학문 2>는 내가 수원서 중학교에 다닐 때, 한문시간에 이미 배운 글이다. 지금 생각하면 까마득하기만 하다. 그래도 이 <권학문>을 우리에게 가르쳐주시던 한문 선생님이 생각난다. 그분은 은빛 카이젤 수염을 멋있게 기르신 점잖은 늙은 선생님이었다.

그 선생님은 언제나 교실에 들어와서 교단에 오르면서 신발을 벗고, 칠판 위 중앙에 걸려있는 태극기에 경건하게 경례를 하셨던 모습이 생각난다. 그러면 우리는 신기해하며 킥킥 웃었던 것이다. 그래도 그분은 버릇 없는 어린 우리들에게 언제나 공손한 존댓말을 쓰셨다.

한 번은 나는 중간시험 때 한문 시험공부를 하다가, 그만 졸립고 하기 싫고, 꾀가 나서 암기하여야 될 부분을 책받침에다 깨알같이 적어가서 시험지 밑에다 놓고 슬쩍 부정행위를 준비한 적이 있었다. 그러한 행위는 나만이 아니고, 아마도 우리 반 전체가 단체로 했을 것이다.

시험 감독을 하며 이러한 단체 부정행위를 목도한 그 선생님은 드디어 앞자리 학생부터 시험지 밑에 깔려 있는 책받침 검사를 차례로 시

제2부 − 초대받지 않은 손님

작하는 것이었다. 그 때 나는 앞에서 다섯 번째 책상에 앉아 있었는데, 다행히 바로 앞 차례 학생까지 검사하다가 그만 두고 그분은 다시 교단으로 올라갔다. 사색이 되어서 안절부절 하던 나는 안도의 한숨을 내리쉬었으나, 그 분은 슬픈 표정을 하고는 아무 말씀도, 질책도 없으셨다. 그러자 나를 포함한 우리 반 학생 대부분은 슬며시 책받침을 책상 속에 숨겨 버렸던 것이다.

그분에게서 배웠던 少年易老學難成 一寸光陰不可輕의 의미를 그 당시에는 물론 깨닫지 못했다. 어쩌면 당연하기도 했다. 그러나 이로부터 오랜 시간이 지난 지금, 삶의 나이 70에 이르면서 정말로 뼈아프게 이 글의 의미를 떠올리는 것이다. 나는 모든 것을 너무나 내일로 미루어 왔다. 언제나 내일이 나에게 당연하게 오는 것처럼….

공부를 평생 업으로 삼아 왔으면서, 학생들 앞에서 제법 아는 척하며 어설프게 가르치면서, 뻔뻔하게도 나는 학문적으로 너무 나태했음을 이제는 정말 후회한다. 지금 새해를 맞이할 준비를 하며, 중학교 시절 한문 선생님이 가르쳐주시던 주희의 권학문을 내가 나에게 다시 권한다.

그러면서 그 선생님 앞에서 바지를 올리고, 오랫동안 미루어왔던 종아리를 맞는 어린 중학생의 심정으로 되돌아가는 것이다.

8. 한겨울 새벽의 왕십리

내가 고등학교 2학년 시절, 왕십리에 살고 있는 먼 친척집에서 문간
방 하나를 얻어서 동생과 자취를 하면서 학교를 다니고 있었다.

한겨울의 왕십리 추위는 어린 고등학생이 자취하기에 혹독하게 추
웠다. 자고 나면 책상 위에 있던 잉크병이 얼어 터져있기도 하였다. 아
침에 장독대에 올려 두고 잊고 있었던 그릇은 저녁에 얼음에 붙어서 떨
어지려고 하지 않았다. 봄이 와서 해빙되기를 기다려야 되었다.

손자들이 고생하고 있는 것을 참지 못한 연로하신 할머니가 학기
기말시험 때만이라도 약간의 편의를 봐주기 위해서 1주일 남짓 우리
문간방에 와서 머물며 밥을 해주신 적이 있었다.

하필이면 그때에, 우리방의 유일한 고물 책상시계가 덜컥 고장이 났
던 것이다. 시간을 알려 줄 라디오조차도 없었다. 그러니 시간을 도모
지 알 도리가 없는 것이다. 새벽잠이 없던 우리 할머니는 대충 감으로
시간을 잡아서 새벽에 아침을 부지런히 지어놓고, 곤히 자고 있던 나를
흔들어 깨웠다. 밖은 추운 겨울이라, 아침 6시에도 한밤중처럼 깜깜하

기 때문에, 지금 시간 대중이 되지를 않았다.

나의 생체 리듬이 너무 이른 것 같다고 거부했으나, 억지로 아침밥을 먹었다. 그리고 도시락을 넣은 가방을 들고 할머니의 배웅을 받으며 대문을 나왔다.

동대문 행 전차를 타기 위해서 무학여고를 지나 좁은 골목길을 벗어나려는데, 일단의 야경꾼들과 불쑥 마주치게 되었다. 그러자 그들은 무거운 가방을 들고 깜깜한 어둠 속을 슬그머니 지나치는 나를 거칠게 불러 세웠다. 그리고 나는 그 자리에서 불심검문을 당하게 되었던 것이다.

책가방과 호주머니 검사까지 끝낸 그들이 학생은 왜 이렇게 일찍 꼭두새벽에 학교에 가느냐고 다그쳤다. 대강 상황을 파악한 나는 학교 가기 전에 영등포에 있는 친척 한 분을 만나야 되기 때문이라고 둘러대었다.

상왕십리 전차 정류장에서 한참을 추워 떨면서 전차 오기를 기다려도 소식이 없었다. 혼자 기다리다 못해 동대문까지만 걷기로 했다. 한참을 걸어서 거의 동대문 근처에 접근하자, 멀리서 통행금지 해제 사이렌이 어둡고 조용한 거리에 울려 퍼지기 시작하는 것이었다. 그 순간 기가 막혔으나, 그렇다고 어쩔 수 없는 노릇이었다. 동대문에서도 종로 3가를 거쳐 혜화동 가는 전차가 이 시간에 올 리가 없었다. 내친 김에 다시 터벅터벅 걸어서 혜화동 로터리에 들어서게 되었다. 그러자 날이 부옇게 새어오고 있었다.

학교 교문은 당연히 무겁게 잠겨 있었다. 겨울 서리로 차가운 쇠기 둥을 타고 학교 담을 넘었다. 이윽고 내 교실로 찾아 들어가 꽁꽁 언 손을 한참 녹이다가, 나는 정말로 곤한 잠에 이내 빠져들었던 것이다.

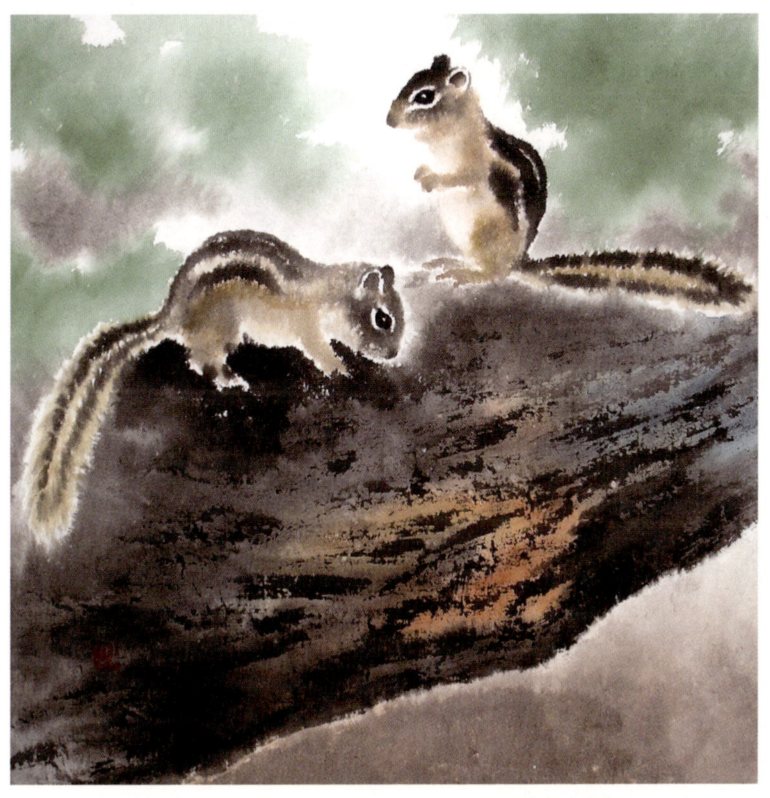

오대산 지킴이(35×35cm 2008)

제2부 – 초대받지 않은 손님

9. 어느 스승에 대한 회상

60년대 초반에 내가 재수해서 턱걸이로 간신히 들어간 학교는 명색이 종합대학이었으나, 사정상 단과대학 별로 시내에 모두 따로 떨어져 마치 독립된 교육 기관처럼 운영되었다. 내가 속한 학교는 동대문 한참 지나 멀찍이 용두동 근처에 위치하고 있었는데, 수원서 기차 통학하는 데 매우 불리한 원거리 장소였다.

시내 동숭동에 있는 문리대 국문학과 교수님들이 이곳까지 버스를 타고 시간강사 신분으로 학과에 간혹 강의 나오기도 했다. 내가 3학년 2학기 때, 문리대 국문과 정 교수님이 모처럼 출강 나와서 <고전산문 강독> 강좌를 맡으신 적이 있었다.

나는 그 당시 독일어를 부전공으로 선택하고 고전을 면치 못하고 있었기 때문에, 정작 학과의 전공 선택 과목은 강의 시간이 많이 중복되어 좀처럼 수강하기가 어려웠던 시절이었다. 그래도 그 당시 학문적으로 최고봉의 위치에 있는 그분의 강의를 한번 들어보고 싶은 호기심이 발동해서 나는 어렵게 시간을 쪼개서 그 과목 수강신청을 하였다.

권위 있는 교수답게 가을 학기 개강 몇 주 후에 교실로 들어오신 그분은 본 강의에 앞서 몇 가지 주의사항을 수강생들에게 엄격한 목소리로 차근차근 전달하며, 강독교재로 장한철의 한문 작품 <표해록>(漂海錄)을 지정하셨다. 어려운 한문 원전으로 작성된 <표해록>은 그분이 그 당시에 발굴한 우리나라 최초의 해양문학에 속한다고 하였다. 강의 교재는 연대에서 출간된 학술잡지 『인문과학』 뒷부분에 부록으로 많은 분량이 촘촘하게 인쇄되어 있었다.

그분은 우리들에게 우선 학점은 아주 짜게 주겠으니 단단히 각오하라고 겁을 주었다. 그러면서 수강생들은 매 시간마다 무작위로 순번을 정해서 한문 원서를 읽고 해독하면서 진도를 나가는 방법을 쓰겠다고 하였다. 그러니 예습을 충실하게 해올 자신이 없다면, 지금이라도 수강취소를 하고 나가도 좋다고 하면서, 매섭게 눈을 뜨고 좌중을 휘둘러보았다.

나는 그분이 참 깐깐한 학자로구나 하는 생각이 들었다. 그래도 공연한 젊은 오기가 발동해서 내친 김에 한번 재수강 위험을 감수해 보리라 작정하였다. 그러나 그분은 이렇게 보낸 첫 시간 후, 다음 주에도, 그리고 그 다음 주에도 교실에서 학수고대하고 있던 우리 수강생들에게 다시는 모습을 보이지 않았다. 청량대 교정에 가을이 슬며시 깊어지고, 중간시험 기간이 지나고, 이어서 어수선한 청량제 축제가 끝나면서 기말고사가 가까워져도 그분은 역시 교실에 모습을 보이지 않았다.

그런데, 언제부턴가 강의실에서 이상한 일이 우리에게서 자발적으

133

로 일어나기 시작했다. 전혀 생각지도 않은 사건이었다. 그것은 그분의 강의시간이 우리의 자습 시간이 된 것이다. 우리는 금요일 오후에 배정된 연속 3시간짜리 <고전산문 강독> 시간이 되면 일단 강의실에 모여 있다가, 어느새 스스로 자체적으로 순번을 정해서 교재를 번갈아 강독해 가기 시작한 것이다.

그런데 우리끼리 하는 공부가 어쩐지 더 재미가 있었다. 내가 원문을 읽고 해석할 차례에 준비하기 위해서 옥편을 부단히 뒤적거리고, 그래도 문맥을 잡기가 어려우면, 학교 정문 옆 복덕방 영감님에게 빌붙어서 눈치를 보며 사정하기도 했다. 한문에 문리가 튼 그 영감님에게서 도움을 얻으려면, 미리 시간을 내고 장기 대국에 두어 번 응해서 요령 있게 져주어야 하였다.

한번은 강의시간에 교실에서 이런 이야기가 돌았다. 그 날, 마침 동기생 한 명이 사정이 있어 일찍 하교하려고 학교 정문으로 나오는데, 마침 정 교수님이 학교로 부지런히 걸어 들어오더라는 것이었다. 그 학생은 깜작 놀라서 그분에게 예를 차리면서, 오늘도 교수님이 휴강하시는 줄 알고 벌써 수강생들 일부가 흩어져 버렸다고 알려드렸다고 했다. 지금이라도 강의하실 요량이라면, 학생들을 교정과 도서관 내를 뒤져 찾아보겠노라고 했다는 것이다. 그러자 그분은 손을 내저으면서, 오늘 이번 달치 강사료 타러 온 것뿐이니 괘념치 말라고 그 학생을 오히려 안심시켰다는 것이다. 그 이야기에 우리는 모두 허탈하게 웃었으나, 그래도 설마, 재미있으라고 지어낸 사건이겠지 하면서 대부분은 절대 믿

러브호텔에서의 하룻밤

으려고 하지 않았다.

그 해 학기 말, 기말시험 기간이 되어서야, 학과 늙은 조교가 정 교수님 대신 우리 교실에 잠깐 들어와서 이렇게 그분의 해명과 지시 사항을 전달했다. 사연인 즉, 이번 학기 내내 규장각 소장 한글 필사본 장편 대하소설 전집을 처음으로 발굴하고, 이것을 판독하여 일간신문에 소개하며 연재하는 작업으로, 생각지도 못하게 이번 강의를 소홀히 해서 수강생들에게 미안하다. 그 대신 학점은 애초의 발언과는 달리 후하게 주겠다. 한문 원전 <표해록> 가운데, 자신이 가장 자신 있는 부분을 해석해서 레포트로 언제까지 제출하기 바란다.

나는 예전 대학 생활을 통해서 수많은 교수님들로부터 별별 형태의 수업을 다 받아온 셈이다. 그래도 몇몇 사례만 제외하면, 그 때 무슨 수업을 누구에게서 어떻게 배웠는가는 딱히 생각나지 않는다. 그래도 내가 첫 시간 딱 한 번 수업 받았던 그 당시 정 교수님의 젊었던 모습과, 그 목소리, 그리고 우리끼리 모여서 스스로 공부했던 장한철의 <표해록>에서의 단편적인 내용과 그 시절이 가끔씩 내 머리에 떠오르는 것은 아무리 생각해도 참 신기한 일이다.

10. 비숙련 시다의 보상

일찍이 금아 피천득 선생은 그의 수필 <송년>(送年)에서, "새색시가 김장 삼십 번만 담그면 늙고 마는 인생" 이라고 하면서 인생의 유한함과 빠른 세월의 흐름을 탄식한 바 있다.

어느새 올해도 달랑 달력 한 장만 남겨놓으려고 한다. 탁상 달력을 새삼 훔쳐보니, 곧 이어 넘겨질 12월 한 장은 오 헨리의 단편 <마지막 잎새>같이 생각된다. 그러고 보니, 새삼스럽게 더럭 겁이 나기도 한다. 모든 것을 하루하루 미루기만 하고 지내온 내 삶이다. 언제까지나 내일이 나를 기다리고 있을 것 같지 않다는 생각이 자꾸 드는 요즈음이다.

오늘은 아내가 집에서 혼자 김장하는 날로 잡아 놓았다. 그는 언제나 내가 수업이 없는 날로 김장 날을 정한다. 그러면 나는 내 골방에서 집으로 오전 중에 일찍 퇴근하여 유일한 조수 겸 시다로 아내를 도와서 팔을 걷어야 된다.

아내는 꽃다운 젊은 나이 25세에 시집을 와서, 김장을 담그기 시작한 지 벌써 햇수로만 38년이나 되어간다. 그러니 그는 금아 선생의 계

러브호텔에서의 하룻밤

산법으로 이미 할머니가 된 지 오래인 셈이다. 전연 미지의 한 여자와 중매로 만나서 부부의 연을 맺고 이렇게 오랜 세월을 같이 살아왔다는 사실은 나에게 크나큰 행운에 속한다.

또한, 하느님은 내가 환갑을 훌쩍 넘긴 아내를 볼 적마다 그의 젊었던 싱그러운 얼굴만을 생각하게 하는 신비한 혜안을 마련해 주셨다. 그동안 전주에서 우리가 키웠던 품안의 자식들은 훌쩍 성장해서 부모의 둥지에서 날아간 지 오래이다.

퇴근해서 저녁을 먹으면서 아내와 두런두런 이런저런 이야기를 웃으며 하노라면 문득 우리가 타임머신을 타고 과거로 다시 돌아가 있는 것 같은 착각을 일으키기도 한다. 예전에 신혼 초에 서울 신림동 달동네 단칸방에서 고생했던 일도 이제 옛말처럼 즐겁게 회상한다. 서울에서 힘겹게 버티다가, 급기야는 전철 하나만 믿고, 경기도 광명시로 이사 온 날 저녁, 아내는 가게에 나가서 한 되들이 봉투 쌀을 사왔던 것이다.

지금의 아내는 마트에서 각각의 킬로그램 단위로 소규모로 나누어 진열된 쌀 한 봉지를 사면서 예전 봉투 쌀을 구입했어야 했던 어려웠던 시절을 이야기하면서 그때를 회상하곤 한다.

지금은 젊었을 적과 같은 간난, 방황, 갈등과 번민이 모두 스러져서 마음이 안정되고 편안한 것 같기도 하다. 그래도 나는 내가 아직 젊었을 시절에 다시 돌아가 보고 싶기도 하다. 그러나 아내는 다시는 과거로 돌아가고 싶지 않다고 한다. 아무리 찬란한 젊음을 보상으로 준다고 해도.

오늘 허리를 꼿꼿하게 세우고 골똘하게 김장을 하고 있는 아내 옆에서 나는 충실한 시다 역할을 고분고분 한다. 우선 바닥에 촘촘하게 신문지를 여러 겹 깔고, 동치미할 한 무더기의 무도 정성스럽게 씻고, 절인 배추 포기도 그의 지시에 따라 이리저리 옮겨 나르고, 완성된 새 김치는 김치냉장고로 이동한다.

나중에 김장을 마무리하고도 나는 할 일이 따로 남겨져 있다. 하루의 노동으로 시큰 뻐근해진 아내의 어깨와 허리를 저녁에는 지성스럽게 주물러 주어야 한다. 무거운 플라스틱에 담긴 김장 김치를 옮기다가 그만 손잡이 하나가 부러지는 바람에 아내에게서 조심성이 없다는 핀잔도 듣기도 한다. 약간 마음이 삐질라고 하지만, 그래 보았자 나만 손해이기 때문에 꾹 참아 본다.

이런 눈치를 채었는지 아내는 김장의 백미인 겉절이 김치를 우선 시식해 보라고 한 보시기 식탁에 놓아둔다. 이것을 안주로 시원한 맥주 한 잔 곁들이니, 내가 오늘 수고한 무보수 시다의 보상으로 충분하다는 생각이 드는 것이다.

러브호텔에서의 하룻밤

11. 내 마음 속의 선생님

어제는 해마다 한 번씩 돌아오는 스승의 날이었다. 나의 학창 시절과 직장 생활에서 많은 훌륭한 인품의 스승을 만나서 모실 수 있었던 것은 큰 행운이었다. 그래도 이번 기념일에는 이 가운데 한 분 선생님이 오랜만에 마음속에 떠오른다.

학교를 갓 졸업한 그 해 2월 말에 나는 자동 임용으로 청량리 변두리에 있는 시립농대병설중학교 국어교사로 생애 첫 발령을 받았다. 사실, 먼저 대학원 시험에 응시했으나, 정보와 준비 부족으로 전공 시험에 거의 백지를 제출하며 1차 고배를 마셨다.

내게 배정된 중학교는 그 해 신설되었으나, 시립농대(지금의 서울시립대학) 부지에 짓고 있던 교사가 아직 완성되지 못해서, 당분간 인근 청량중학교 교사 일부를 빌려 쓰고 있었다. 어렵게 학교를 찾아가서 전형적인 영국신사 느낌을 주는 교장 선생님에게 부임 신고를 하자, 그분은 일어나 젊은 신임교사를 공손하게 맞았다. 그리고 내일은 학교 개교기념식이 열릴 예정이니, 최 선생은 꼭 넥타이를 매고 나오라고 당부하였다.

그 당시 이 학교로 배정 받은 교과 교사는 나를 포함하여 모두 12명이었는데, 다른 지방 학교에서 근무하다가 서울 교육청 임용고사를 통해서 새로 신임 발령을 받은 분들이 대부분이었다. 교사들의 수효가 적어서 교장 선생을 위시하여 교직원 모두는 곧 서로 친밀한 유대가 형성되었다. 그리하여, 직원 종례는, 특별한 일이 없으면, 교사 후문에 있던 우리의 단골 <이태백 주점>에서 시작되기도 하였다.

그 다음 해 69년도에는 서울 시내 중학교에 일제히 무시험 평준화 제도가 시행되었다. 그러나 획기적이고 새로운 정책이 실시된 첫 해여서 실행상의 문제가 많이 노출되었다. 그 중의 하나가 학군 분리가 세분화되지 않아서 시내 혜화동에서 멀리 떨어진 청량리 변두리 낯선 신설 학교로까지 억지 배정된 학생들이 많아서, 원성이 자자하였다.

나는 담임까지 맡으며 한 학급에 개성이 강한 까까머리 학생들 60여명이 넘치는 좁은 교실에서 수업 받기 싫어 몸을 수시로 비비 꼬는 어린 중학생 1학년들을 달래고 달래어서 국어 수업을 이끌어가는 데 차차 재미와 요령이 붙기 시작하였다.

그로부터 1년 후, 나는 다시 공부를 시작하여 다행히 대학원 시험에 합격했으나, 사범대 출신인지라 졸업 후 3년 의무근무 기간 조항에 걸려서 학교를 당장 휴직하지 못하고, 학업과 직장에 양다리 걸치며 계속 불안스럽게 생활하는 처지가 되었다. 교장 선생님은 이러한 나의 사정을 알고 따로 대학원 강의 받으러 가는 날은 학교 수업에서 빼주었다. 그러나 학업에 전념할 것인가, 아니면 계속 학교에 근무할 작정인가, 둘

중 하나를 선택하라는 주임교수의 최후통첩 앞에서 나는 아쉽지만, 학교를 물러나오게 되었다.

그리고 얼마 후에, 시내 다방에서 우연하게 만난 그 전 학생주임 선생이 나에게 중학교에서 있었던 나와 연관되었던 이야기 전말 하나를 이렇게 들려주었다.

언젠가 교장 선생이 학생주임인 자기를 급히 불러서 교장실에 들어갔는데, 매우 흥분한 학부형이 한 분이 와 있더라고 했다. 그 학부형은 자기 외아들이 전날 국어수업시간 중에 젊은 국어선생에게 심한 체벌을 받아서, 밤새 잠을 설치며 고민 끝에 항의하러 학교에 찾아온 것이었다.

자초지종을 묵묵히 다들은 교장 선생은 그 학부형에게 정중하게 사죄하면서, 이런 요지로 말했다고 했다. 그 국어 선생님은 갓 졸업한 신임 교사로, 어린 학생들을 참 사람 되게 열심히 가르치다 보다 이런 상황에 닥친 것 같다. 자신이 학교 교장으로 책임지고 그 선생님에게 잘 훈계하겠으니, 안심하고 돌아가 주기 바란다. 그러자 그 학부형이 자리에서 털고 일어나 교장 선생에게 이렇게 말하고 인사하며 나가더라고 했다.

- 때려서라도 우리 아들이 참 사람이 된다면, 그 선생님에게 앞으로 더 때려주라고 하십시오.

교장선생은 배석하고 있던 학생주임에게 이번 일은 그 국어선생님에게 절대 발설하지 말라고 거듭 당부했다고 한다. 젊은 신임 교사가

제2부 – 초대받지 않은 손님

이번 일로 마음이 상해서 그만 의기소침하게 되면, 우리 학교 교육에
큰 손실이라고 했다는 것이다.

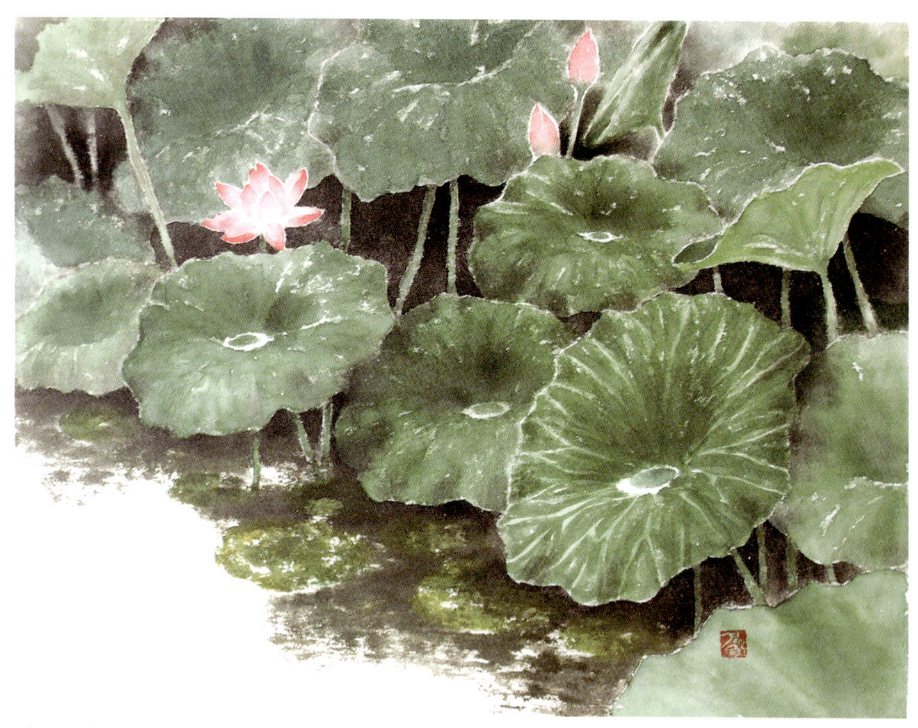

비오는 날(60×41cm 2015)

러브호텔에서의 하룻밤

12. 친필 서명

오늘은 아버지의 열여섯 번째 기일이다. 집에 돌아오니, 아내는 제사상 준비에 혼자서 여념이 없다. 나는 옆에서 제기를 닦으며 새삼 아버지와의 오랜 추억에 잠겨본다.

나는 우리 집의 못난 장남으로서, 지금까지 한 번도 아버지에게 어떤 기쁨을 드린 적이 없다. 아버지는 부족한 나를 위해서 항상 노심초사하셨다. 학교에 들어 갈 때에도, 결혼이 늦어 갈 때에도… 전주에 와서 조교로서 직장 생활에 제대로 적응을 못할 때에도, 학위논문을 제 때에 쓰지 못할 때에도 항상 걱정만 하셨던 것이다. 그 덕분에 나는 초등학교서부터 말을 심하게 더듬기 시작하였다.

아버지가 동경에서 내가 대학 2학년 때 영어 공부 부지런히 하라고 나에게 보내온 옥스퍼드 영어 사전을 책장에서 꺼내서 수북한 먼지를 털어내고, 모처럼 첫 장을 넘겨본다. 거기에는 아버지가 나에게 주는 유일한 친필 서명이 들어 있다.

- 전승에게(너의 學問의 大成을 빌면서),

　　아버지로부터, 1965, 2.25.

　그래도 아버지는 내가, 나의 모자란 학문이 언젠가 대성하기를 염원하셨던 것이다. 아버지는 당신에게 실망만 거듭 드리고, 실패만 거듭하는 아들에게 大器는 晩成한다고 스스로 위안하셨다. 그 생각만 해도 나는 부끄러워 고개가 무거워진다.

　이 사전의 가죽 장정은 이제는 헤어지려고 하고 있고, 금박으로 빛났던 표지의 제목도 퇴색하여 버렸다. 이 책의 첫 장에 담겨 있는 아버지의 친필도 잉크색이 바려져 있어 그 동안 50여년 시간의 무게가 무겁게 나를 눌러온다. 그러나 내 마음 속에 새겨진 아버지의 모습은 더욱 또렷해 온다.

　아주 예전, 서울로 고등학교 입학시험을 치려고 수원에서 올라 와 하루 밤을 아버지와 명륜동 근처 여관에서 같이 잔 적이 불쑥 생각난다. 시험 보러가는 다음 날 아침에 아버지는 나를 데리고 학교 근처에 있는 어느 다방으로 들어갔다. 그리고 정신이 맑아야 시험을 잘 치른다고 하면서 나에게 모닝 커피 한 잔을 사 주셨다. 처음으로 들어간 커피 집에서 커피 잔속에 들어있는 달걀 노른자위가 신기했던 기억이 새롭다.

　그래도 철도 없는 나는 언젠가부터 아버지가 너무 조급하고, 못난 아들의 머리와 능력을 너무 못 알아보신다고 원망도 많이 하였다. 그러나 나는 아버지로부터 무한한 유산을 넘겨받았다. 어느 정도의 건강한

러브호텔에서의 하룻밤

신체와, 불의에 타협하지 않는 담대한 마음과, 삶의 부지런함과, 학문과 인생에 경건한 자세를.

언젠가 나는 내 책의 머리말에서 아버지에 대해서 이렇게 쓴 적이 있다.

> \- 이 책의 머리글을 쓰면서 나는 돌아가신 나의 아버지를
> 추모하며 감사드린다. 아버지와 같은 학문을 뒤따라 하
> 게 되었음을 그 전에는 많이 후회하였지만, 지금은 크나
> 큰 자랑과 긍지로 여긴다.

그 전에 집의 큰애가 고생한 끝에 마련한 자신의 석사학위논문을 나에게 준 적이 있었다. 이공계 논문에는 맨 앞에 <감사의 글>이 실려 있는데, 그 글의 마지막에 첨가되어 있는 "항상 믿고 지켜봐 주신 부모님께 이 논문을 바친다."는 구절을 읽고는 내 눈가가 저절로 촉촉해진 적이 있다.

자기의 자식이 부족해도 언제라도 믿고 지켜보는 것이 부모의 마음인가 보다. 나중에 내가 없어진 후에 내 아들들이 제기를 닦으며 혹시라도 나를 어떻게 추억을 할 것인가. 나도 이들에게 나의 아버지에게서 상속 받은 유산으로 성실함과 정직과, 삶에 대한 깊은 외경을 남겨주고 싶은 것이다.

13. 내가 누구냐?

아주 예전, 우리 집 큰애가 아직 어릴 적에 있었던 조그마한 일화가 지금도 잊히지 않는다. 어느 날 오후, 그 애를 아장아장 걸리며 우리 부부가 외출하러 버스 정류장으로 나왔을 적에, 마침 자전거를 타고 이웃 구역 심방을 하러 나온 초창기 우리 교회 안 목사님과 마주치게 되었다.

우리가 목사님에게 반갑게 인사를 드리자, 큰애도 덩달아 "안녕하세요?" 하면서 꾸벅 알은체를 했다. 그러자 안 목사님은 허리를 굽혀 큰애의 머리를 쓰다듬으며 눈을 맞추고, 갑자기 이렇게 물었다.

- 아무개야, 내가 누구냐?

그 순간 우리 부부는 바짝 긴장했다. 그 애 입으로부터 무슨 응답이 튀어 나올지 몰라서가 아니었다. 주일날이면 우리는 애를 안고 교회에 같이 참석해 왔기 때문에 그 애는 그분이 목사님인 줄은 모를 리 없었을 것이다. 그러나 답의 방식이 과연 어떻게 나올 것인가 하는 조바심

러브호텔에서의 하룻밤

에서였다. 그러자 그 애는 스스럼없이 이렇게 말했다.

- 응, 목사니임…

그러자 내심 덩달아 긴장하고 있던 안 목사님은 허리를 펴며 시원하게 파안대소를 지었다. 그리고 이어서 이런 친절한 덕담도 잊지 않았다.

- 아, 우리 아무개 무척 똘똘하고 귀엽네…

그 다음 주일, 안 목사님은 성도들이 가정에서 평소에 교회 목사에 대해서 어떻게 생각하고 있는 지는 그 집 어린애들 입에서 자동적으로 나온다는 말씀을 긴 설교 가운데 삽화로 첨부하였다.

우리에게는 '자아'(ego)가 몇 가지 종류가 있다고 예전에 누가 설파한 것 같지만, 종시 기억이 나지 않는다. 지금 내 방식대로 대강 유추해 보면 다음과 같다. 첫 번째 '자아1'는 내가 자신을 누구라고 스스로 판단하는가이다. 두 번째는 다른 사람들이 자신을 누구라고 판단해 주기를 바라는 '자아2'이다. 그리고 세 번째는 객관적으로 다른 이들이 자신에 대해서 해석하고 있는 '자아3'이다.

그런데 문제는 그러한 3 종류의 자아가 완전 일치하기 어렵다는 사실에 있다. 이와 같은 '자아'의 종류에 대해서 2.000년 전에 예수님도 궁금해 하신 것 같다. 신약 『마태복음』6장 13- 15절에서 제자들과 이런 문답이 두어 차례 나온다. 그 자리에서 충직하게 진정으로 신앙 고백을 한 베드로는 천국의 열쇠를 얻게 된다.

며칠 전에 페이스- 북에서 OO- 스님이란 한 분이 나에게 친구 신청을 하였다. 그러나 나는 거절하였다. 그분이 세간에 얼마나 고명한 분인지 식견이 좁은 나는 알 수는 없다. 그러나 스스로 자신의 이름(법명?) 뒤에 존칭의 '- 스님'을 붙이고 있는 사실을 보면 적어도 나의 기준에서 가히 친구로 삼을 수 없다고 판단했기 때문이다.

'스님'이란 말은 우리 말 '중'에 대한 한자어 '승'(僧)에 존칭의 접미사 '- 님'이 붙어 음운연결 과정에서 '승님→스님'으로 오래 전 사회적 관습에서 굳은 말로 생각된다. 국어의 음운규칙으로 설명하기는 어렵지만, '십월(十月)>시월'. '육월(六月)>유월' 같은 관용어 부류에 속한다.

따라서 중의 신분인 본인이 스스로를 높여서 "- 스님"이라고 자칭할 수는 없는 일이다. 나는 주일이면 그냥 교회만 졸면서 건성으로 다니는 얼치기 신자이지만, 그리고 신약만 가끔씩 읽고 있지만, 적어도 다음 구절은 마음에 늘 새기고 있다. 우리에게 종교는 천당을 이야기하기 전에, 최소한의 생활 도덕이어야 한다고 생각한다.

- 무릇 자기를 높이는 자는 낮아지고,
  자기를 낮추는 자는 높아지리라.(누가 14:11).

14. 사라져가는 것들: 전보(電報)

지난 주일 오후, 며칠이나 밀린 일간신문을 집에서 한가하게 이리저리 넘기며 보노라니, 문득 사회면 한 구석에 조그맣게 실린 다음과 같은 기사가 얼핏 눈에 들어온다.

- '조부위독' 알리던 전보, 138년 만에 사라진다.

그 사연인 즉, 1800년대 시작되어 지금까지 서민 속에서 138년간 애환을 같이 해왔던 전보가 이제는 이용자가 급격히 줄어서 적자를 이기지 못하고, 12월15일 종료되어 드디어 역사 속으로 사라진다는 보도이었다. 전보는 멀리 타향살이를 하던 가족에게 집안의 경조사를 급히 알릴 적에 없어서는 안 될 긴요한 통신 수단이었다. 그러나 이제는 개인통신수단의 발달로 휴대전화와 이- 메일 등에 밀려서 설 곳을 잃은 것이다.

국내에서는 우리나라 개화기 초기 1885년 한성전보 총국이 서울-

제2부 – 초대받지 않은 손님

인천 간 첫 전보를 보냈다고 한다. 1886년 4월에 서재필 박사의 주도로 창간된 최초의 민간신문『독립신문』그 해 7월 14일자에 실린 2면 <잡보>란에는 이런 기사가 실려 있다.

> - 전보국에서 전보를 송도와 평양까지 통하게
> 하엿스니 누구든지 이등디에 전보를 보내고 습거든
> 황토말우 우희 통신국으로 와셔 전보를 보내시오
> (1896. 7. 14 ②).

아주 옛날, 서울에서 보성학교에 교사로 근무하며 어렵게 대학 공부를 하고 있던 당시 27세의 청년 하숙집으로 고향 강진 홀어머니에게서 한 통의 전보가 느닷없이 날아왔다.

그것은 집안에 중요한 대사가 생겼으니, 얼른 내려오라는 전갈이었다. 충직한 효자였던 그 외아들이 만사를 제치고 고향으로 내려와서는 대경실색을 하였다. 어머니가 이웃 동네 면장님의 튼실한 둘째 따님을 며느리로 점 찍어놓고 결혼날짜를 이미 받아놓은 상태였다. 그 청년은 펄쩍 뛰며 자신은 공부도 채 마치지 못했기 때문에, 아직 가족을 부양할만한 능력이나 경제적 여건을 갖추지 못했다면서 다시 서울로 줄행랑을 놓아버렸다.

그러자 다시 어머니한테서 그 청년에게 전보 한 통이 배달되었다. 사연인 즉, 내 말을 듣지 않으면 내가 그만 죽어버리겠다는 협박이었다.

러브호텔에서의 하룻밤

그 전보를 앞에 놓고 밤새 고민하던 그 청년은 어머니 소원대로 고향에 다시 내려가 대사를 치르고, 다음 날 혼자 훌쩍 서울로 올라와 버렸다.

그리고 1 년여의 세월이 흐른 후에, 다시 고향에서 청년에게 한 통의 전보가 올라왔다.

- 네 아들을 낳았으니, 와서 보거라….

그리하여 나는 드디어 이 세상에 나왔던 것이다. 운이 참 좋은 셈이다. 아주 나중에 내가 대학교 2학년 일 적에, 치매로 오래 고생하시던 할머니가 어느 날 운명하시게 되었다. 그러나 당신의 외아들은 일본 동경대학에 파견교수로 장기 출장 중이었다. 나는 수원 집에서 서울 전신전화국 본점으로 올라와서 멀리 계신 아버지에게 할머니의 부음을 알리는 한 장의 국제전보를 다급하게 보내게 되었던 것이다.

제2부 – 초대받지 않은 손님

15. 어느 날 저녁

나는 서곡지구 황방산 기슭에 있는 골방에서 집으로 퇴근할 때, 그 날의 교통 사정에 따라서 본 병원 앞을 지나 진북 터널 입구 사거리로 들어서기도 한다. 그 사거리에서 우측 깜빡이를 넣고 차들 속에 한참 밀려 있노라면, 혼잡한 그 사이를 뚫고 열심히 껌을 파는 어느 행상인이 창밖으로 언제나 보인다.

왼쪽 다리를 심하게 절면서, 정체되어 있는 차들의 틈 사이를 헤집고 다니는 그 모습이 매우 위험스럽다. 더욱이 날도 춥고, 매연은 심해지고, 거리는 어두워지고 있다. 그러나 그분에게 바로 이 지점이 경제 활동할 수 있는 유일한 장소인 것 같다.

그렇다고 해서 그 장사가 잘 되는 것 같아 보이진 않는다. 매서운 저녁 칼바람 속에 차들은 창문을 꼭꼭 닫고, 열려고도 하지 않는다. 방한모를 깊게 눌러 쓴 그분의 표정은 도모지 읽을 수가 없다.

어제는 성탄절 전야, 집으로 가려고 자리를 털고 가방을 챙기다가 문득 그분이 생각났다. 마침 여분의 성탄 카드 속에 내 빈약한 용돈을

러브호텔에서의 하룻밤

모두 털어서 넣었다. 그리고 카드에 그분에게 성탄을 축하하는 따뜻한 인사 몇 마디를 썼다. 그전에도 몇 번 생각한 일이지만 막상 용기가 나지 않았을 뿐이다. 그분이 만약 내 내민 손을 뿌리치면 어쩌나 하는 걱정이 들기도 하였다.

사거리에서 용기를 내어서 그분에게 껌과 내가 준비해 온 카드를 얼른 교환하였다. 그분은 나에게 고맙다고 하면서 환하게 웃어 보였다.

신호가 풀려 백제로 큰 길로 차를 돌려 나오는 순간, 내 가슴이 먹먹해졌다. 말로 표현하기 어려운 어떤 감정이 가슴 깊은 곳에서 밀려 올라오는 것 같았다. 내가 오히려 그분의 환한 미소에서 한없는 위안을 받았던 것이다. 어디엔가 뭉쳐 있었던 얼음덩어리가 녹아 흘러나오는 것같이, 눈물이 나오려고 하였다.

정신없이 집에 도착하니 아내는 얼룩진 나의 눈가를 보고 놀란다. 나는 웃으며 날씨가 추워서 그렇다고 했다.

16. 코고는 아내 옆에서

한 밤중, 곤하게 자다가 언뜻 잠이 깨었다. 시계를 보니 아직 새벽 2시밖에 되지 않았다. 그 순간 내가 어디에 있나 하는 생각이 잠시 들었다. 잠자리와 그 주위가 아주 낯설었기 때문이다.

전주에서 강원도 초입에 있는 문막을 거쳐, 평창에 있는 허브나라에까지 다섯 시간을 쉬엄쉬엄 운전하여 도착했다. 계절은 싱그러운 신록의 5월 초입이지만, 오후 내내 여름과 같이 온도가 올라가서, 더위를 쉽게 타는 나는 기운이 많이 빠져 버렸다.

아내는 소위 마을버스 운전사이다. 그는 시내만 차로 다니고, 고속도로는 무서워해서 지금까지 나간 적이 없다. 그래서 여행을 같이 차로 떠나면, 운전은 도맡아 놓고 내 몫이다. 나는 다행히 운전을 즐기기 때문에 어지간한 장거리 자동차 여행이라도 아직은 할 만하다.

이번 부부 엠티 행사는 명색이 강원도에 있는 아버지 산소에 성묘가는 것이다. 그러나 불량하게도, 속뜻은 성묘를 빙자해서 이왕 나선 김에 5월의 신록에 있는 허브나라의 봄꽃 잔치를 즐기자는 것이다. 이어서 다음 날 아침에는 대관령 목장으로 이동해서 푸른 초원에 무리지어 있는 그림 같은 양떼를 보자는데 있었다. 제사보다는 젯밥에 뜻이 있다는 속담 그대로에 우리는 해당된다.

어제는 아내가 허브나라 안에 있는 펜션에서 만들어준 저녁을 먹자마자 나는 이내 스르륵 잠에 빠져버린 것 같았다. 오늘 오후에 대관령 고개를 거쳐, 다시 전주로 내려오자면 어제의 피로가 완전히 풀리도록 더 잠을 청해야 될 것이다. 그러나 이상하게도 잠은 더 이상 오지 않고, 정신이 더욱 맑아지는 것 같다. 너무 일찍 자서 그런가 보다. 아내는 내가 어린애처럼 밥숟갈을 입에 물고 잔다고 혀를 찼던 것이다.

그러자 옆에서 나오는 것 같은 규칙적인 어떤 소음이 이제야 내 의식 속에 또렷하게 잡히기 시작하였다. 생각해 보니, 그 소음 때문에 내가 잠을 깬 것 같은 착각도 들었다. 무슨 소리일까… 지금이 주중이라 여기 넓은 펜션 구역에 지금 숙박한 일행은 아마도 우리밖에 없을 것이다. 갑자기 불안스러운 생각도 들었다. 어두움 속에서 긴장을 해서 내 호흡을 멈추고 귀를 쫑긋 기울였다.

그것은 옆에서 아내가 가늘게 코 고는 소리였다. 그래도 아내가 자면서 코를 곤다는 사실이 얼른 믿기지 않았다. 지금까지 아내와 오래 살붙이고 살아오면서, 코고는 소리는 처음 들어 보기 때문이었다. 아니면, 아내는 가끔 코를 고는데, 내가 밤중에 깨어나질 못해서 처음인 것 같다는 생각이 드는 모양이다.

그는 아침부터 늘 해오던 운동을 끝내고, 모든 여행 준비를 혼자 정신없이 하고, 차로 긴 시간을 타고오니 제법 고단하였던 것이다. 우리는 부부 엠티를 갈 때, 언제나 각자의 분담 역할이 분명한 편이다. 나는 여행 일정을 정하고, 숙박과 탐방할 장소를 꼼꼼하게 물색하며 운전을 전담하는 대신에, 그는 성묘에 필요한 제수 마련, 기타 여벌의 옷가지, 우산, 음식물 등 모든 것을 준비해야 한다. 그가 베고 있는 베개를 가만히 고쳐 주고 싶었으나, 그러자면 금방 깰 것 같아서 규칙적인 코고는 소리를 그냥 듣고 있을 수밖에 없었다. 원래 그는 잠자리에 유독 민감해서, 여행지의 숙소에선 온전하게 잠들지 못할 때가 많다. 이번에도 통나무처럼 자는 남편 옆에서 혼자서 한참 뒤척이다가, 새벽녘에서야 가까스로 잠이 들었을 것이다.

그러자 공연히 웃음이 쿡쿡 새어 나오려고 하였다. 새벽 2시 넘어서 자다가 웃자니, 이번에 그가 옆에서 그 웃음소리를 혹시 듣게 되면, 내가 갑자기 실성한 것이 아닐까 크게 놀랄 것이 분명하다. 그가 코를 골고 자더라는 이야기를 아침에 전해 줄 생각을 하자니, 혼자 재미가 있어 근질근질하여 더 잠이 오지 않는 것 같았다. 그래서 나는 애써 웃음을 참았지만, 한 편으로 고소한 생각이 슬며시 들기도 했다. 자기는 잘 적에 한 번도 코를 안고는 선녀처럼 굴면서, 내가 코고는 것을 언제나 대놓고 노골적으로 타박하곤 했기 때문이다.

언젠가는 내가 지속적으로 코를 골다가 덜컥 숨을 멈추었던 때도 있다고 했다. 이러한 수면무호흡증 상황이 숨 막히게 오래 지속되는 것 같아서 자기가 자다가 놀라서 벌떡 일어났더니, 그제야 푸우 하고 다

러브호텔에서의 하룻밤

시 숨을 몰아쉬더라는 것이다. 아침에 아내가 그런 이야기를 하면, 나는 일단 부정을 했다. 그런 일은 없었노라고… 심지어 증거를 대어 보라고 우기기도 했다.

예전에는 명절이면 어린 자식들과 함께 서울 대방동에 있는 부모님 집에 차로 올라오곤 하였다. 그 시절에도 애들 치다꺼리를 포함해서 다른 모든 집안 소소한 일거리 준비는 전적으로 그의 소관이었고, 내가 맡은 일은 오직 안전 운전뿐이었다. 나는 그 일을 유식하게 "프럼 도어 투 도어"(from door to door) 서비스라고 명명한 바 있다. 그것은 전주 우리 집 아파트 정문에서부터 서울 대방동 집 정문까지 안전하게 가족을 왕복 운송한다는 내가 만든 영어이다.

일단 목적지에 안전하게 도착하면, 우리 가문의 유별난 전통에 의해서 큰아들인 나는 명절 준비의 모든 노역에서 자동 제외된다. 그 일들은 전적으로 맏며느리인 아내의 몫이다. 짐을 풀자마자 그는 쉴 새도 없이 근처 시장에 동동거리며 나가서 명절 준비 음식 재료를 사들고 와서, 굽고 지지고 만들기 시작해야 한다. 나는 미안해서 시장에 같이 따라가서 무거운 짐이라도 들어주려고 한다. 그러한 낌새를 눈치 채면, 어머니는 우리를 떼어 놓으려고 한다. 당신의 사랑스러운 아들은 아끼기 때문이다. 더욱이 장거리 운전을 하고 와서 쉬어야 한다는 것이다.

그러면 나는 슬그머니 집안에서 잠시 잠적을 했다가, 시장에서 아내와 비밀스럽게 간첩처럼 합류하는 것이다. 명절 행사를 마친 다음날 어둑한 새벽에 우리는 서둘러 전주로 내려온다. 우리가 떠나는 것을 보

제2부 – 초대받지 않은 손님

려고 따라 나온 어머니가 내가 운전석에 앉는 것을 보면서 그에게 너는 아직까지 운전을 못 배웠느냐고 핀잔을 준다.

서울에 온 날 저녁엔 우리 식구가 한 방에서 모두 같이 자게 된다. 그러면 애들은 모처럼 온 식구가 같이 자게 된다고 하면서, 캠핑 온 것 같이 재미있어 했다. 그러나 오전 내내 운전을 한 나는 지쳐서 저녁을 먹자마자 먼저 잠이 들어 버렸다. 그리고 고단했던지 코를 골기 시작했던 것 같다.

그러자 옆에서 배 깔고 책 보던 큰애가 요란하게 내가 코고는 소리를 신기하게 듣더니, 딱하다는 듯이 제 엄마를 보면서 이렇게 물어봤다는 것이다.

- 엄마, 이렇게 트럼펫처럼 코고는 아빠 옆에서 어떻게 맨날 주무세요?

제 엄마는 순교자와 같은 표정을 지으며, 애들 앞에서 이렇게 응답했다고 한다.

- 나는 너의 아빠의 이렇게 요란한 코고는 소리쯤은 지금은 자장가로 여긴단다.

러브호텔에서의 하룻밤

17. 온강의 두번째 작품
전시회 문턱에서

-1-

한국화가 오경안은 1999년 5월에 <산하전>이라는 단일한 표제 아래 첫 개인전을 서울 관훈 갤러리와 전주 얼 화랑에서 열은 바 있다. 그의 첫 개인전에서는 한국의 사계절 속에서 다양하게 변화하는 모습을 드러낸, 우리들의 영원한 고향인 산과 강 그리고 바다를 소재로 선택한 20점의 화폭이 전시되었다. 그의 작품 활동이 1991년 <한울> 창립전(전북 예술회관)이었음을 기억할 때, 그의 첫 개인전은 8년여에 걸쳐 이루어진 정제된 예술 정신의 투영이었다고 생각된다.

그는 자신의 첫 개인전에서 선보인 작품을 통해서 한국화가로서 성장해 가는 예술적 기량과 그리고 잠재성이 풍부한 미래를 갖고 있음을 보였다. 또한 그는 우리의 아름다운 자연을 자신의 세계를 통해서 새롭게 조명하고 재해석할 수 있는 능력을 유감없이 발휘하였다고 판단된다.

첫 개인전을 준비하기 이전부터 그는 2년에 한 번씩 작품 전시회를 열 계획이라는 당찬 포부를 겁도 없이 필자에게 밝히곤 하였다. 이러한 그의 계획은 그대로 어김없이 실행되어 이제 제 2회 한국화 개인전을 갖는다.

그의 첫 한국화 전시회의 준비 과정과, 그 이후 지금까지 지속되는 창작의 작업을 늘 옆에서 가까이 지켜보아 온 글쓴이의 관점에서 그가 자신에게 스스로 부여했던 커다란 과제를 대략 두 가지로 헤아려 볼 수 있겠다. 하나는 전통적인 산수화와 현대의 실경 산수화가 안고 있는 고답적인 기법과 시야를 극복하고 고유한 그만의 한국화의 영역을 개발할 수 있는 예술적 기량의 발전과 확대라는 과제이다. 다른 하나는 대상인 자연물에 대하여 한국화가로서 그만이 해석하고 의미를 부여할 수 있는 창작 세계의 구축인 것이다. 이와 같은 맥락에서 필자는 오경안의 제 2회 한국화 개인전이 약간 이른 것이 아닌가 하는 걱정을 슬며시 하기도 하였다.

그의 첫 개인전이 한 전문인으로서 그의 예술적인 개성과 잠재성을 화단에 단순히 과시한 것이라면, 제 2회 개인전은 무엇보다 첫 번째의 것과 비교에서 나오는 객관적인 평가의 대상이 되기 때문이었다.

그러나 그의 첫 개인전 이후 작가가 본격적인 한국화가로서 보여준 부단한 창작 의욕과 자기 개발을 위한 노력은 놀라운 것이었다. 그의 치열한 작가 정신이 갖고 있는 온전한 모습과 흔적이 이번에 전시되는 20 여점의 화폭에 그대로 여실하게 반영되어 있다. 또한 그는 여느

기존의 화가 못지않게 그 대상과 예술적 기량을 발전시키는 동시에, 창작 활동의 범위를 국내에서 중국으로, 중국에서 유럽 대륙으로 적극적으로 확대하기 시작하였다.

이러한 저간의 쉼이 없는 노력은 그의 창작 세계와, 자연물을 응시하는 그의 내면적인 눈이 첫 번째 개인전에서 보다 더 높고 풍부한 새로운 차원에 근거하고 있음을 말하여 주고 있다.

- 2 -

이번 전시회에서 오경안은 그의 중심 테마를 풍경전으로 한정시켰다. 그러나 그가 추구한 대상의 범위는 첫 번째 개인전보다 확대되었다. 이번에도 첫 번째 전시회의 연속인 작품들만을 선정해서 전시하려는 이유는 한국화가로서 그의 입지를 다시 확인하려는 의도에 있다. 그렇기 때문에, 이번 출품작들의 창작 경향은 제 1회의 그것들과 소재와 기법의 측면에서 동일한 바탕을 보여 준다. 그러나 자연물을 관찰하고 이해하는 힘은 보다 더 섬세하게 안정되어 있으며, 주제 의식이 뚜렷하다. 따라서 그의 일련의 작품 속에는 자연의 따뜻함 속에 담겨 있는 발랄한 생명력이 그 전보다 더 역동적으로 포착되어 있다.

무엇보다도 그의 이번 전시회 출품작 전체를 통해서 일관되게 나타나는 두드러진 특징은 대략 다음과 같이 네 가지로 추출될 수 있다.

제2부 – 초대받지 않은 손님

첫째, 재창조된 자연의 품에서 우리가 느끼게 되는 평안한 서정성이다. 예를 들면, 전남 보길도 풍경의 일부를 묘사한 '겨울과 봄 사이'의 주제는 기다림이라고 해석된다. 춥고 무거운 겨울을 벗어나서 새 봄을 맞이하려는 순간순간이 2월말 해변 주위에 방풍림 역할을 하고 있는 나무들의 가벼운 설렘으로 출렁거리고 있다. 보길도 농가의 봄은 이 화폭의 전면을 구성하고 있는 파릇파릇한 풀밭에 이미 와 있다.

이러한 설렘과 기다림으로 가득 찬 보길도는 작은 해협을 끼고 엷은 회색의 겨울 외투를 입고 누워 있는 아련한 맞은 편 섬들과 목가적인 대조를 이루고 있다. 이러한 유형의 서정성이 강한 계열에는 역시 '보길도의 보리밭, 산수유가 있는 풍경, 선운산의 가을, 은행 나무집', 그리고 유럽의 '잘쯔부르크의 농가'와 '휘쎈의 전원 풍경' 등이 포함된다.

둘째, 한국화에서 특유하게 느낄 수 있는 역동적인 조형성이 그의 화폭에 뚜렷하게 드러난다. 이러한 역동성은 특히 모내기를 끝낸 6월 초입의 '장수마을'의 한 자락의 낯익은 농촌 풍경에서 분명하게 느껴진다. 기하학적인 논과 밭의 배치와, 안정된 구심점을 이루고 있는 다소곳한 촌가 두 채와 비닐 헛간 그리고 그 위로 휘감아 돌아가는 작은 농로가 초여름 햇살 속에서 살아 움직이고 있다. 화폭의 우측 상단에서 숲을 이루고 있는 작은 소나무의 가지들이 여름 바람에 가볍게 흔들리고 있다. 이러한 조형성의 특징은 중국의 '옥수수밭'을 위시하여, 5월말 운봉 바래봉에서의 '길, 철쭉길, 바래봉 가는 길' 등과 같은 일련의 '길' 소재의 연작에서도 확인된다.

　　셋째, 한국화 고유의 먹과 색채에서 일련의 작품들은 안정된 기량과 능숙한 효과를 보이고 있다. 특히 오봉산 봉우리 위에서 내려다 본 운암 저수지에서 표출된 작은 섬들과, 그 배경을 이루는 산맥 그리고 호수의 물빛은 적절한 생략 기법과 함께 수묵과 담채로 나타낼 수 있는 전형이라 할 수 있다. 이러한 계열로 ‘설경’(1),(2), ‘은행 나무집’, ‘압록강변의 아침’, 내장산에서 ‘하산하는 길’, 그리고 불타는 듯한 단풍으로 일렁거리는 ‘선운산의 가을’을 꼽을 수 있다. 특히 ‘설경’ (1)과 (2)는 앞으로 그의 한국화가 지향하여 나갈 또 다른 방향을 단적으로 암시하고 있다.

　　넷째, 그의 작품의 밑바탕을 탄탄하게 받치고 있는 데생의 기본 실력이다. 어떠한 장르의 그림이든 드로잉 또는 데생의 완벽한 연마 없이는 부실하기 짝이 없는 작업일 것이다. 그의 작품 전편을 통하여 우리는 잘 닦인 기본 데생의 완숙한 솜씨를 느끼게 된다.

　　특히 ‘프라하- 까를 4세 다리 위에서 본 풍경’은 유럽 스케치 여행에서 얻은 소품인데, 간결한 선의 터치와 전면을 동양적인 안개로 처리한 도시 건물의 구성은 현장 스케치를 통해서만 가능한 것으로 생각한다. 이러한 사실은 출품작 가운데 약간 이색적인 위치를 차지하고 있는 동상 마을에서의 ‘농가의 휴식’에서 잘 확인된다.

- 3 -

　　오경안의 이번 개인전에서 특히 주목되는 현상을 지적하려고 한다.

163

그것은 이번 작품 전시회를 통해서 중국과 유럽의 전통적인 산수와 풍경을 한국화의 기법과 영역으로 이끌어 오려는 시도이다.

기본적으로 한국화는 한국의 산수의 형태와 구조에 매우 적합한 신토불이적인 장르이다. 또한 중국의 산수는 중국의 전통적인 동양화(중국화)에, 그리고 유럽의 경우에도 수채화나 유화 중심의 서양화의 기법이 매우 적절한 것이 분명하다. 이러한 인식은 선입견에 다소 바탕을 두고 있지만 엄연한 현실이다.

그러나 이번 전시회에 출품된 20 여점 가운데 중국의 풍경을 화폭에 담은 '용경협, 옥수수 밭, 압록강변의 아침'과, 그리고 '잘쯔부르크의 농가, 휘쎈의 전원 풍경, 프라하- 까를 4세 다리위에서 본 풍경' 등과 같은 여섯 점의 작품은 한국화의 영역으로 무리 없이 소화되었다. 이번 전시를 통하여 그는 동양과 서양의 풍경을 단지 소재로서만 접근하지 않고, 표현의 방법론에 대한 진지한 탐색의 과정을 거친 것이 분명하다.

이러한 노력을 통해서 작가 오경안이 제 3, 제 4 그리고 계속 이어질 전시회와 작품 활동에서 끊임없이 거듭나는 한국화가가 되기를 기원한다.

러브호텔에서의 하룻밤

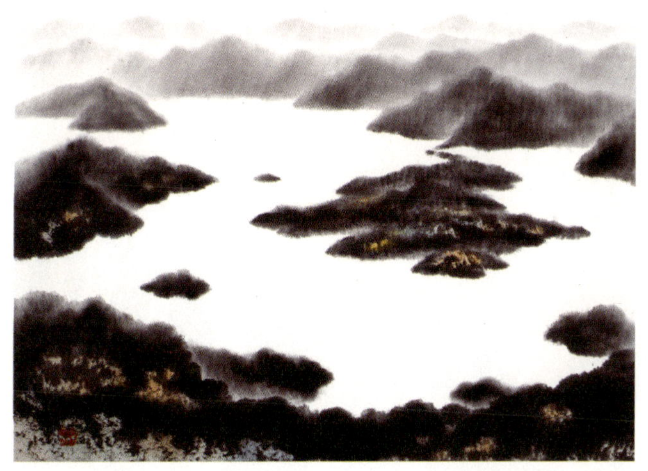

옥정호(55×42cm 2001)

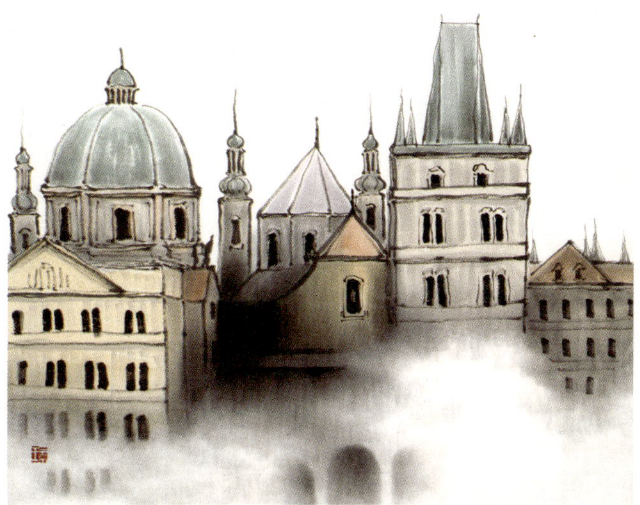

프라하-까를4세 다리위에서 본 풍경(47×36cm 2001)

제2부 — 초대받지 않은 손님

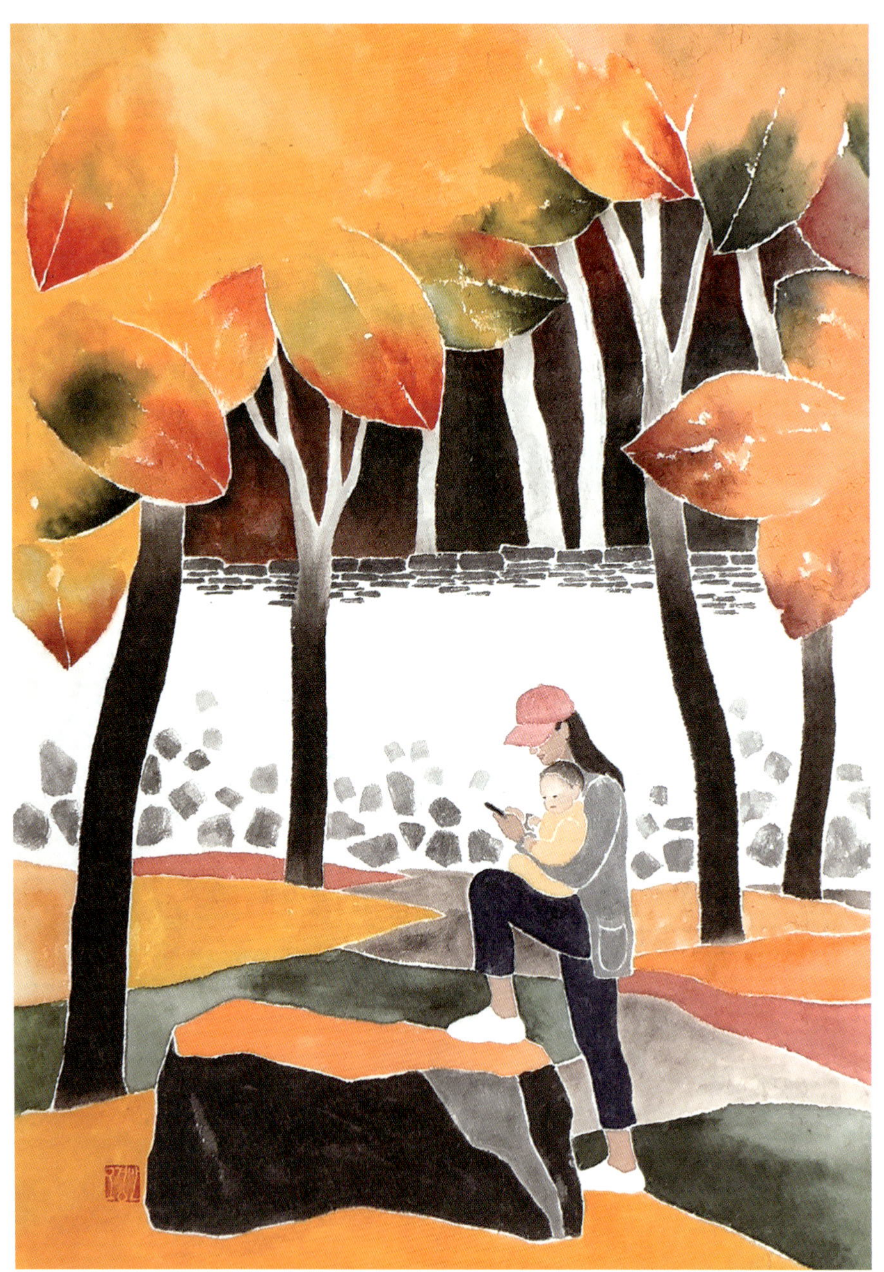

가을 속의 母子 (50×69cm 2022)

제3부
—
황금 연못

1. 장인어른에게서 받은 보물 상자

오늘 아침 작업 중에 한글학회에서 펴낸 우리말 『큰사전』(1957년 3판) 첫째 권을 펼치니 책갈피에 오래 끼여 있던 <큰사전 전집 예약보증서> 가 툭 떨어져 나온다. 이것의 존재는 그 전부터 익히 알고 있었지만, 까맣게 잊고 있었다. 어느새 누렇게 변색된, 백제의 유물 같은 고색창연한 보증서를 집어 들고 그 내용을 새삼스럽게 꼼꼼하게 살펴본다. 이것은 단기 4230년(1957년) 3월에 장인어른이 <큰사전> 전집 6권을 구매하기 위한 예약을 서울 소재 해당 취급소에서 완료했다는 증서이다.

지금으로부터 거의 60년 전에 발행되었던 사회적, 그리고 개인적 기록물인 셈이다. 이 예약증서가 장인어른께 교부되었던 1957년에 그분은 30대의 젊은 가장이었고, 당시에 나는 수원중학교 1학년에 입학했을 나이인 13살이었다는 계산이 나온다. 1957년이라는 그 시대는 지금 생각해 보면, 처참했던 6.25 전쟁이 끝난 지 채 5년도 경과되지 않았던 무척이나 어려웠던 흑백 사진의 시기였다.

한글학회 지은 『큰사전』의 초판은 1947년에 간행되어 나왔으나, 자력으로 출판해 내지 못하고, 미국 록펠러 재단의 원조를 받아서 나왔다는 공지가 사전의 첫 면에 크게 인쇄되어 있다. 최초의 우리말 사전이 해방 이후에 천신만고의 역경을 헤치고 출간된 당시의 경제 사정을 엿볼 수 있다. 총 여섯 권을 동시에 간행해 내지 못하고, 몇 년 간에 걸쳐 시차를 두고 전부 출간해 내었던 것이다.

이 사전의 첫째 권 머리말의 모두는 이렇게 시작한다.

> - 말은 사람의 특징이요, 겨레의 보람이요, 문화의 표상이다. 조선말은, 우리 겨레가 반 만 년 역사적 생활에서 문화 활동의 말미암던 길이요, 연장이요, 또 그 결과이다.

이어서 그 머리말은 우리가 처음으로 우리 손으로 조선말 사전의 편찬 사업을 1910년에 계획하여 당시 주시경 선생으로부터 나라 사랑과 한글 사랑의 열정을 몸소 배운 여러 제자들이 중심이 되어 결성된 조선어학회(지금의 한글학회)가 그 책무를 담당하게 되었던 사연을 밝히고 있다. 그리고 일제에 의한 우리말 말살 정책과 조선어학회에 가해지는 모진 탄압으로 점철되었던 피 나는 가시밭길의 여정이 간략하게 기술되어 있다.

1947년에 사전 첫째 권이 출간되기 시작하면서, 한글학회의 『큰사전』의 출현은 그 당시의 우리 사회에서 거국적인 호응을 불러 일으켰던 것으로 보인다. 그리하여 1950년대 중반에 들어 이 사전이 제3판을 거

러브호텔에서의 하룻밤

듭하면서부터 사회적으로 사전 보급운동이 폭 넓게 확산되었고, 책을 좋아하였던 젊은 장인어른은 여기에 호응하여 어려운 살림을 쪼개서 이 사전 여섯 권 구매 예약을 완료한 것이다.

그로부터 거의 32년이 흘러간 후에 이 사전은 이번엔 주인을 바꾸어, 장인의 서재에서 전주에 있는 내 책장으로 옮겨오게 되었다. 1990년경에 처가는 장인어른의 반대를 무릅쓰고 오래 살았던 단독주택 생활을 드디어 청산하고, 아파트로 이사할 준비를 하게 되었다. 그리하여 장모님은 자질구레한 살림 밑천들은 가능한 처분해 버리려는 생각을 하고 있었다. 그러한 눈치를 알아차린 나는 처가에 들린 김에 장인어른에게 모처럼 어려운 청을 넣게 되었던 것이다. 그 동안 눈독을 들였던 그 사전을 국어 선생인 둘째 사위에게 선물로 넘겨 줄 의사는 없으신가 하고.

그러자 장인어른은 결국엔 국어학을 전공하고 있는 둘째 사위에게 이 사전을 인계하려고 작정을 하고 오래 전에 구입한 셈이라고 하며 무척이나 감개무량해 하였던 것이다. 근대국어를 공부하는 나에게 이 사전은 19세기와 20세기 전환기의 우리말을 연구하는 가장 중요한 보물 상자이다.

내 친구 중에는 장가를 잘 가서 처갓집 덕을 많이 보거나, 장인한테서 집을 한 채 얻은 사람도 있기는 하지만 그렇다고 해서 나는 부러워해 본 적은 정말 없다. 나의 장모님은 아끼던 둘째 딸을 미래도 불투명하고 가난한 노총각인 나에게 쉰 떡처럼 던져 주어버렸다. 그 딸은 나에게 와서 귀한 아들 둘을 선물로 주었고, 내 박사논문을 써 주었고, 나를 취직시켜 주었다. 그리고 내가 퇴직을 했어도 아침마다 호텔 조식을 만들어 주고, 저녁끼니 때에 밥맛이 없어 하고 어린애처럼 어린양을 부리면 걱정을 해주는 것이다.

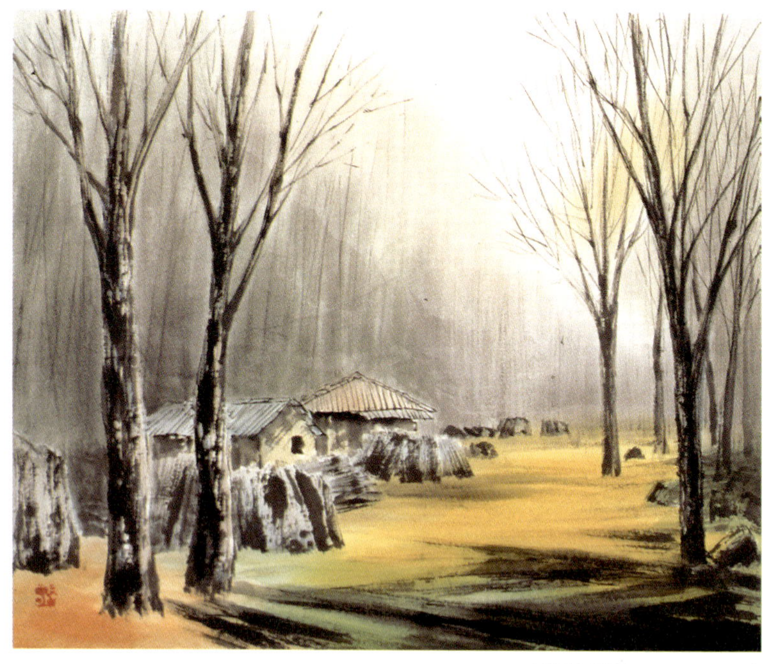

모악산입구(54×45cm 1999)

러브호텔에서의 하룻밤

2. 황금연못

일요일 오후 교육방송에서 영화 <황금연못>(On Golden Pond) 한 편을 집에서 보았다. 전날 밤에 내려서 꽁꽁 얼어 쌓인 눈을 차에서 한참이나 힘들게 뜯어냈다. 그리고 미끄러운 길을 살살 기다시피 운전하여 2부 교회 예배에 일찍 참석한 다음에, 곧장 시내 마트에 들려서 시장을 보고는 집에 들어와 버린 것이다. 아내가 집에서 같이 교육방송 TV에서 방영하는 "일요 시네마"나 모처럼 같이 보자고 해서 우연히 이 영화를 감상하게 되었다. 사실, 그 전에 이 영화가 유명하다는 소문은 여러 번 들었지만, 그 때마다 볼 기회가 닿지 않았다.

눈 내려 쌓이고, 추운 일요일 오후를 오랜만에 집에서 정말 이렇게 좋은 영화를 보며 즐길 줄을 예상하지 못했다.

영문학 교수직에서 은퇴한 80살의 노만 타이어(헨리 폰다)와 그의 늙은 아내 에텔(캐서린 헵번)이 뉴잉글랜드에 있는 황금연못이라는 호숫가에서 여름을 나기 위해서 자신들처럼 낡은 별장에 들어온다. 노만은 늙었고 몸과 정신도 어쩔 수 없이 지치고 낡았으나, 좀처럼 이 사실을 그대로 받아들이지 않으려 한다.

따라서 그는 고집불통의 늙은이 노릇을 하지만, 그의 아내 에텔에 대한 애정만큼은 아직도 식지 않았다. 그들은 외면으로 늙었어도 서로를 바라볼 때에는 아름다운 젊은 시절로 돌아가 있는 것 같다. 늘 투정 부리는 어린 애 같은 늙은 남편 노만을 포근한 사랑으로 감싸주고 이해하는 아내 에텔의 끊임없는 노력과 정성은 그의 변함없는 애정에 대한 보답이다.

어느 날, 아버지와 오랫동안의 불화로 마음의 문을 굳게 닫아버리고 둥지를 떠나버린 외동 딸 첼시가 아버지의 80회 생신을 축하하기 위해서 별장을 방문한다. 그러나 사실은 아들 딸린 남자 친구 빌과 유럽에 가서 결혼식을 치루기 위해서, 빌의 아들 빌리를 부모에게 한 달 동안 떠맡기려고 온 것이었다.

사춘기에 접어든 빌리는 새 여자 친구와 훌쩍 떠나버린 아버지에게 버림받았다고 절망한다. 그리고 그는 홀로 별장에 남겨져서 고집쟁이 할아버지 노만을 거부하고 저항하게 된다. 그렇지만, 그는 할아버지 노만에게서 백 다이빙하는 법과, 송어낚시를 배우면서, 점점 마음의 문을 열게 된다. 황금연못을 배회하는 왕초 송어 '월터'를 그들은 애써 잡고도, 다시 호수에 놓아주며 그렇게 즐거워할 수 없다.

한 달 후, 유럽에서 결혼과 신혼 여행을 마친 딸 첼시가 의붓아들을 데려가기 위해서 다시 부모에게 들린다. 자신의 아버지 노만과 빌리를 찾으려 나왔다가 마침 호숫가에서 이들이 백 다이빙 연습을 하고 있는 화기애애한 모습을 숨어서 부럽게 바라본다. 첼시는 다가가서 아버지 앞에서 자신도 처음으로 백 다이빙을 멋지게 해 보인다. 그녀는 국가대표 다이빙 선수였던 아버지가 어린 시절의 자신에게 엄하게 지시했던 백 다이빙을 반발심으로, 그리고 무서워서 끝내 거부해왔던 것이다. 그리고 그녀는 놀란 표정을 짓고 있는 아버지 앞에서 그 동안 참아왔던 뜨거운 눈물을 보인다. 그리고 고백하는 것이다. 아버지를 진정으로 사랑하고 있었노라고….

죽음의 그림자가 황금빛 노을로 곱게 물든 호숫가를 찰랑거리며 흐른다. 이 영화는 전개가 호수처럼 잔잔하고, 그 영상이 아름답다. 더욱이 이 영화 <황금연못>은 헨리 폰다의 긴 생애에서의 마지막 작품이라 한다. 죽음을 앞둔 늙은 명배우가 보여주는 진정한 삶의 깊이가 노만의 배역에 그대로 무르녹아 있다. 그가 평생 갈고 닦은 연기가 자연스럽고 너무 훌륭해서 보는 이의 감동을 준다. 영화 속의 딸 첼시는 실제로 헨리 폰다의 딸이다. 부녀지간에 보여주는 따뜻하고 눈부신 연기는 보는 이의 마음을 한 없이 훈훈하게 한다.

나도 이 영화를 보면서 내내 늙어간다는 것, 부모님과 나와의 관계, 그리고 아내와 자식들에 대한 지금까지의 나의 모습을 생각해 보았다. 아내와 자식들이 나이 들어가는 나를 어떻게 보고 있을까. 늙어가면서 나에서 일어난 내가 모르는 변화는 무엇일까. 자식들이 나를 무뚝뚝한 '사오정' 아버지로서 미워하고, 어려워만 하고 있는 것일까. 그들이 화해의 몸짓을 하여 와도 나는 무시해 버렸던 것일까…

4년 전, 나는 32년간 근무하던 직장에서 정년퇴임식이 예정된 2월 26일에 참석하지 않고, 그 대신 아내를 설득해서 둘이서만 퇴임 기념 여행을 아침에 훌쩍 떠났다. 원래는 제주도로 2박 3일 일정을 잡아놓았지만, 며칠 악천후가 지속되어 마지막 순간에 계획을 경주를 거쳐 포항 호미곶 방향으로 수정했다. 장대같이 퍼붓는 빗줄기와 자욱한 안개를 헤치고 차를 몰고 아내와 호젓하게 남으로 달려 내려갔다.

사람은 세월이 아니라, 이상과 꿈을 잃으면 진정으로 늙는 것이라 한다. 나에게 남겨진 꿈은 무엇인가? 나의 아버지도 지금의 나와 같은 길을 예전에 똑 같이 밟아왔을 것이다. 퇴임 후 연구소를 차리고, 그분의 평생 연구를 골똘하게 하다가, 말년에는 치매로 몇 년 고생하다가 돌아가셨다. 병석에 든 아버지를 멀리서 산다는 핑계로 맏아들인 나는 제 구실을 못했다. 간혹 부모님을 방문해서도 손님처럼 굴고, 도망갈 궁리만 하였던 것이다. 내 앞에서 말로 표현을 하지 않았겠으나, 이런 아들을 보는 우리 부모님은 얼마나 실망하며 섭섭해 하였을까.

어머니가 홀로 온갖 정성으로 일어나지 못하는 아버지를 끝까지 모셨다. 아버지 산소 앞에서 어머니는 살아생전에 더 잘 해드리지 못했다고 죄송하다고 흐느꼈다. 새삼 부부의 정에 가슴이 뭉클함을 느꼈다. 어머니처럼 아버지에게 희생으로 최선을 다한 사람이 누가 있단 말인가. 아버지는 평생 어머니만 보고 한 눈 한번 안 팔고, 어려운 살림에 육남매를 키우며 검소하고 근면하게 살아오셨다. 지금 생각하면 두 분은 정말 평생을 살아오면서 깊숙한 정과 신뢰로 맺어져 있었던 것 같다.

러브호텔에서의 하룻밤

늙어서도 유일하게 곁에 남아 있는 우군인 아내를 나는 믿고 의지한다. 비록 환갑을 맞이하여 얼굴은 주름이 있어도, 하느님은 나에게 젊었던 아내의 얼굴만 생각하는 혜안을 주셨다. 내가 여러 번 써먹는 썰렁한 농담 한 마디에도 싫은 표정도 없이, 마치 처음 들어보는 말같이 밝게 웃어주는 아내에게 감사한다. 가끔 터트리는 아내의 낭랑한 웃음소리도 듣기에 좋다. 지금은 우리가 마치 정든 오누이 같다는 생각도 든다.

아내가 옆에 있는 한, 아무리 내가 늙고 낡아도 좋을 것 같기만 하다. 그리고 서로 나이 먹어가는 모습을 옆에서 바라본다는 것은 하느님이 우리에게 주신 크나큰 축복이라고 생각한다.

3. "벗어라, 벗어라, 네가 벗어라!"

현대 한국어의 형성 과정을 공부하기 위한 일련의 작업으로, 개화기에서부터 초기 20세기를 전후한 외국인 선교사들의 한국어 문법서와 대역사전, 그리고 토박이 초기 국어학자들의 문법서를 나의 관점에서 즐겁게 살펴보고 있다.

그것도 지속적으로가 아니고, 코앞에 닥친 다른 작업을 끝내고 다시 틈나는 대로이지만. 그러는 도중에, 권덕규 선생이 1923년에 저술한 국어문법 계열의 저서 『조선어문경위』를 다시 꼼꼼하게 보게 되었다. 권덕규 선생(1890- 1950)은 경기도 포천 출신으로 1913년 서울 휘문의숙을 졸업하고, 모교와 중앙, 중동학교에서 오랫동안 국어와 국사를 담당하였다.

그와 동시에, 일찍이 주시경 선생의 제자가 되어 그 분의 나라 사랑과 한글 사랑을 이론과 실천 그대로 계승한 학자인 동시에 독립운동가로 한평생을 보냈다. 1921년 지금의 한글학회 전신인 조선어연구회 창립에 참여하였으며, 1933년 조선말 맞춤법 통일안과, 1936년에 공표된 표준어 사정위원으로 중심적 역할을 하신 분이다.

그분 저서의 제17과에 그 당시 한글과 한자의 음을 이용한 말놀이가 소개되어 있는 점이 특이하다.

---보리뿌리 맥근 맥근(麥根)/ 머귀(오동)열매 동실 동실(桐實),
---작은 대(大)추/젊은 노송(老松).(1923:143).

그리고 이어서 다음과 같은 옛 노래가 2수가 같이 실려 있다.

(가) 벗어라 벗어라/ 네가 벗어라/ 네가 벗지 아니하면 / 내가 벗겠다.
(나) 속아라 속아라/ 네가 속아라/네가 속지 아니하면 / 내가 속겠다.(1923:143).

권덕규 선생은 위의 노래에 대해서 이러한 해설을 첨부하여 놓았다.

"위에 노래(가)는 시골 두메산골 處女가 삼(大麻) 줄기 껍질을 벗기며, 삼이 잘 벗기지 아니 하니까 부르는 것이다. 아래의 노래(나)는 가난한 시골 농부가 벼가 어서 익어서 고개를 숙이기를 바라면서 하는 소리인데, 우리말에 고개를 숙인다 하는 말을 경상도에서는 '속는다' 하기도 한다."

그분의 해설처럼, ㈎의 노래는 힘든 노동 가운데 그 수고를 잊으려고 부르는 일종의 노동요에 해당되며, ㈏의 노래는 가난한 농부가 풍성한 수확을 간절히 바라는 기원이 담겨 있다. 이러한 노동요와 농부의 기원의 노래는 약간 주술적 분위기를 담고 있는데, 그 당시 민간에 어느 정도 일반적으로 확산되어 있었던 것을 수집한 것 같다.

간결하게 4행으로 구성된 이러한 노래는 오늘날 현존하는 가장 오래된 고대가요(집단 무가)의 원형을 연상시키기 때문에 주목된다. 그것은 스님 일연(一然)이 고려 충렬왕 7년(1281)에 편찬한 삼국 시대의 역사서 『삼국유사』권2에 <가락국기조>에 실려 있는 "구지가"(龜旨歌)의 형식과 그대로 일치하기 때문이다. 이 고대가요는 4행(4구체) 한문으로 번역되어 있으며, 이 노래에 담겨 있는 수로왕 강림 설화가 같이 소개되어 있다.

- 거북아 거북아/ 머리를 내어 놓아라/ 만일 내어 놓지 않으면/ 구워 먹으리라.(龜何龜何 首其現也 若不現也 燔灼而喫也).

이 고대가요의 구성 형식으로 말하면, 제1행은 어느 대상(거북이 머리)을 불러내어 노래의 초점(주제)을 맞춘다. 제2행은 그 대상에게 간절한 소원, 또는 이루어지기를 바라는 명령을 내린다. 이어서, 제3행은 그것이 이루어지지 않을 경우를 가정한다. 끝으로 제4행은 소원 또는 명령이 이루어지도록 위협을 가한다. 삼국유사의 관련 설화에서 모인 군중들이 구지가를 "거북아 거북아" 하고 부를 적에 산봉우리를 파서 그 위

러브호텔에서의 하룻밤

에 흙을 모으면서 춤추고 노래하라고 하늘에서 지시하였다고 한다. 그러면 곧 임금을 맞이하게 될 것이고 대중들은 기뻐서 춤추게 될 것이라고 하늘에서의 목소리가 예언했다는 것이다.

우리가 예전 어릴 적에 동무들하고 앉아서 흙더미나 해변의 모래를 쌓아놓고, 그 속에 손을 집어넣고 그 위를 두드리면서 부르던 가벼운 주술적인 노래가 생각난다.

- 거북아, 거북아/ 헌 집 줄게/ 새 집 다오.

지금도 나는 이 짧은 노래가 가지고 있는 정확한 의미를 모르고 있다. 왜 하필이면 거북이를 부르는가 하는 의문은 이제는 조금 해결된 것도 같다. 이러한 아동들의 노래가 보유하고 있는 기원적 원형도 13세기 <삼국유사>의 고대가요 <구지가>의 형식으로 소급되는 것 같다. 위의 노래는 4행에서 3행으로 단축되었는데, 소원이나 명령이 그대로 이행되지 않았을 경우를 상정하여 위협하는 제3행이 제거된 것으로 보인다.

20세기 초엽 권덕규 선생이 수집한 시골 처녀의 삼 껍질 벗기는 우리말 노동요나, 가난한 경상도 농부의 간절한 소망이 이루어지기를 바라는 노래, 그리고 우리가 어릴 적에 모여서 흙장난하며 놀면서 부르던 짤막한 주술적 가락 등의 형식과 의미가 원래 우리나라에서 고대로 소급되는 기원적인 원형에서 후대로 대대손손 장구한 세월을 넘어 지속되어 오는 것인가.

　그것이 아니라면, 13세기 일연이 삼국 시대에 민간에 널리 유행하던 4구체 대중가요를 가락국기 신화에 포함시킨 것이고, 이 노래가 모태가 되어 오늘날의 4구체 형식의 노래로 계승되어 면면히 오는 것인가.

　일연의 <구지가>를 오랜만에 새삼스럽게 읽어보면서, 지난 7월 어느 일간신문의 보도에서 보았던 한 기사가 불현 듯 연상되어 마음이 쓸쓸해진다. 인천의 어느 여자고등학교 고전문학 수업시간에 국어교사가 이 고대가요 <구지가>의 내용 가운데 "거북이 머리"를 여러 가지 학설에 따라 해설하여 주면서, 그 후에 파생된 소위 "성희롱"이라는 사회적 문제가 생각났기 때문이다. 참, 나는 좋은 시절에 내가 즐기는 국어선생 한 번 잘 하고 졸업한 셈이다.

4. 어느 현자(賢者)의 웃음

내가 고등학생을 마감하고, 정체성을 찾아서 방황하던 대학생활을 거치고, 이어서 서울 한 쪽 변두리 청량리 종점 근처에서 쓸쓸하고 가난한 직장인으로 어렵게 생존해왔던 1960-1970년대에 유일한 마음의 위안거리 가운데 하나는 외국의 서정적이고, 감미로운 팝송들이었다. 주위에 넘쳐나는 외국의 인기 유행곡의 가사들 중에는 부드럽고 감성적인 멜로디만이 아니라, 제법 삶의 지침이 될 만한 철학적인 노랫말이 많았던 것 같다.

그 중의 하나가 영국 비틀즈의 저 유명한 명곡 "렛잇비"였다. 이 노래는 비틀즈의 핵심 구성원이었던 폴 매카트니가 당시에 팀이 해체되는 어려움 속에서 고뇌하면서 작사 작곡한 1970년 작품이다.

그의 자서전적인 글에 따르면, 극심한 갈등과 절망 속에 있던 어느 날 꿈에 자신의 어머니가 나타나 이렇게 지혜롭게 속삭여주었다는 것이다. "걱정하지 마라. 그냥 순리에 맡겨 두어라. 인생의 자연스러운 흐름 속에서 그 답을 찾아라…"

그리하여 Let it be, Let it be로 여러 번 반복되는 이 노래의 가사는
이렇게 대략 요약된다.

> - 내가 어려움 속에 있을 적에, 내가 어두움의 시간에 허
>   덕일 때에,
>   어머니(혹은 성모 마리아로도 이해됨)가 내 앞에 다가와서 이
>   렇게 지혜로운 말씀을 하시네. 그냥 순리에 맡겨라.
>   세상을 살아가며 마음에 상처를 입어 좌절에 빠져도 현
>   명한 답이 있느니라. 그냥 순리에 맡겨라.
>   비록 가슴 아픈 이별을 당하게 되었을 지라도 언젠가는
>   다시 만나보게 될 기회는 아직 있단다. 그냥 순리에 맡
>   겨라.
>   밤이 한 없이 어두울 지라도, 내일까지 나를 밝혀 줄 등
>   불이 여전히 있단다. 안심하고 순리에 맡겨라.
>   우리도 지혜로운 말을 속삭여 봐요. 그냥 순리에 맡기자
>   고요.

그런데 가사 가운데 후렴조로 여러 번 반복되고, 동시에 이 노래의
제목이기도 한 "렛잇비"(let it be) 라는 말은 우리말로 번역하기가 조금
까다롭다. 그것은 매우 가변적인 be 동사 때문이기도 하다. 내가 사용
하고 있는 아이패드의 만능사전에서 이 구절은 "순리에 따라라/그대로
두어라" 또는 "(신)의 섭리에 맡기여 두어라"로 번역하고 있다. 이에 해

러브호텔에서의 하룻밤

당되는 가장 가까운 우리말은 "넵둬유~~" 정도가 될 것이지만, 노랫말에 담긴 문맥을 존중하면 "순리에 맡겨라" 정도가 가장 자연스러운 것 같다.

바로 이틀 전, 아침에 출근하다가 라디오에서 흘러나오는 전북지방 뉴스에서 우연히 다음과 같은 보도를 중간에 얼핏 듣게 되었다. 전북 완주군 상관면에 터를 잡고 한국화 작업을 하던 윤 화백이라는 분이 자신의 작업실이 화재를 입어 평생의 작품과 함께 순식간에 잿더미로 변해 버리자, 그 앞에서 그는 환하게 웃었다는 내용이었다.

노 화백이 그림 인생 60년을 기념하기 위해서 전시회를 열려고 그동안 밤낮으로 준비해 왔던, 자신의 분신과 같은 70여 점의 한국화 작품이 불길에 휩싸여 완전히 소진되어 버린 마당에 그 앞에서 웃는 노화백의 마음은 어떤 것이었을까 하면서 라디오 아나운서의 보도는 끝났다.

일생 최대의 불행 중에 짓는 그분의 회심의 미소에 담겨진 의미가 나도 무척 궁금해서 내 골방에 도착하는 대로 인터넷 신문 뉴스에서 이 소식을 찾아 상세하게 읽어보았다. 다음은 인터넷 뉴스 보도에서 추린 것이다.

유명한 한국화가 백당(白堂) 윤명호(75) 화백이 오랜 수소문 끝에 전북 완주군 상관면 내아 마을에 화실 <청우헌>을 마련하고 삶의 터를 잡았던 때는 지금으로부터 26 년 전이다. 그 마을은 40여 호가 살고 있는 풍광이 수려한 한적한 곳이었다. 그분이 자신의 화실의 담에 그려

놓은 벽화를 동네 주민들이 보고, 자신들의 집 벽에도 한국화를 그려 주었으면 하고 원했다는 것이다.

그리하여 마을 주민들의 적극적인 호응으로 오래 전부터 동네 담벼락과 집 벽면에 다양한 한국화를 손수 그려 넣기 시작해서, 이제는 내아 마을 전체가 그의 붓끝을 거쳐 아름다운 한국화로 넘치는 명물로 거듭나게 되었다.

그래서 최근에는 이 벽화를 구경하러 오는 관광객들도 생기게 되었다는 것이다. 이 동네에서 작업하며 보낸 26년의 세월 속에서 어느 새 내아 마을 전체는 윤 화백의 미술관으로 변신하게 되었다고 한다.

그러던 가운데 지난 12일 오후 나절에 윤 화백이 작업실로 삼고 있는 조립식 건물 <청우헌>에서 실화로 큰 화재가 일어났다. 상관에 있던 소방차들이 모두 출동했지만 마침 바람을 탄 세찬 불길을 막을 수는 없었다. 결국 불은 <청우헌>을 다 태워버리고 가까스로 진화되었다. 화실에 있던 그분의 작품 70여 점도 아깝게 눈앞에서 화염 속으로 사라져 버리고 말았다.

그 그림들은 작품에 완벽을 기하기 위해서 지금까지 전시회를 마련한 적이 없던 윤 화백이 화단 등단 60년을 스스로 기념하기 위해서 내년에나 전시회를 열어 일반인들에게 선보이기 위해서 오래 공력을 들여 완성했던 그의 분신이었다.

<청우헌>에는 윤 화백의 화실뿐 아니라, 플루트 연주자인 따님의 연습실도 함께 있었다. 아버지의 화실과 그 귀중한 작품 그리고 따님의

러브호텔에서의 하룻밤

연습실 공간까지 순식간에 모두 타버리고 말았던 것이다. <청우헌>과 그 한국화 화폭들이 불길 속에 허무하게 타서 사라지는 광경을 보면서 속수무책으로 안타깝게 발만 동동 구르고 있는 동네 사람들 옆에서 정작 주인인 윤 화백은 흐뭇한 미소를 짓고 있었다는 것이다.

자신의 화실에 타오르는 불길 앞에서, 그리고 뼈대만 앙상하게 남은 폐허 앞에서 노화백이 담담하게 지은 웃음의 의미를 알려고 다음 날 찾아온 기자 앞에서 그분은 이렇게 어렵게 속내를 밝힌다.

- 어렵게 컸고, 그 이상 어렵게 살아 온 날들이 있었다. 고희를 훌쩍 넘긴 나이, 이제는 작품 인생을 마무리하는 전시회를 열고픈 마음이 몇 년 전부터 가슴 속에 치솟았다. 혼신을 다해 그림을 그렸지만 결과물은 항상 성에 차지 않았다. 어려운 날들에 대한 한풀이 때문일까, 욕심이 앞섰다. 그러던 어느 날 머리를 치는 깨달음이 있었다. 마음에 속기(俗氣)가 있으니 그림에 드러날 수밖에 없다는 생각이었다.
16살에 붓을 잡아 내년이면 그림인생 환갑이었다. 꾸역꾸역 작업을 해 이제 세상에 내놓아도 되겠다, 내년에는 전시회를 해도 되겠다 싶었다. 하지만 가슴 한편에는 불편함이 남았고 망설여졌다.
그러던 차에 <청우헌> 화실에 불이 났다. 긴가민가하던 잡념이 불과 함께 사라져 버렸다. 허허로운 웃음이 아니

187

었다. 장고 끝에 답을 찾은 듯 가슴이 뻥 뚫리는 듯한 웃음이 터졌나왔다.

(인터넷 <전민일보> 2016.06.15. 23:57:17에서 전재).

그리하여 이번에 작업실을 태워버린 이번 화재는 자신에게서 소중한 많은 것들을 앗아 갔지만, 다시 모든 것을 털어버리고 처음부터 다시 시작할 수 있는 좋은 기회를 주었다고 윤 화백은 힘주어 말하면서 다시 호탕하게 웃었다는 것이다.

당차게 새 출발을 다짐하는 아버지를 격려하기 위해서 곁에 있던 따님은 잿더미가 되어버린 화실의 터 앞에서 플루트 연주를 시작했다고 한다. 그 플루트의 연주 제목이 비로 비틀즈의 "렛잇비"였던 것은 의미심장하다. 자신의 평생 모든 것이 물거품이 된 허망한 폐허 위에서 아버지와 그 따님은 모든 것을 자연의 순리에 맡기고 새 출발을 기약하고 있는 것이다.

- 우리의 모든 것이 눈앞에서 허물어진다 해도
안심하고 순리에 맡겨라.
우리도 지혜로운 말을 속삭여 봐요.
그냥 순리에 맡기자고요.

새 출발을 향한 결연한 의지와, 그 아버지에 그 효성스러운 따님, 그

리고 곁에서 응원해 주는 열렬한 팬인 동네 주민들이 그분에게 여전히
남아 있다. 오늘을 사는 賢者는 바로 내 이웃 가까이에 있는 것이다.

제3부 — 황금 연못

5. 온강의 제5회 전시회 〈여행 스케치〉

1. 작가의 다양한 변신과 귀향

이번에 다섯 번째 작품 전시회를 갖는 한국화 화가 온강 오경안은 자신의 작품에 대한 실험 정신이 투철한 예술가이면서, 동시에 매우 근면하고 성실한 작가이다. 이와 같은 사실은 그가 한국화 화가로서 입지를 세우고 한 사람의 전업 작가로서 정진해오면서 지금까지 꾸준히 발표한 다양한 작품의 장르 유형들 속에서 분명하게 드러난다.

제1회(1999년)와 제2회 개인 전시회(2001)를 '산하'와 '풍경' 중심으로 개최한 이후에, 2003년에 발표한 세 번째 개인전『오경안 누드전』에서 그는 자신의 그림 세계와 그 영역이 완전히 변형된 모습을 제시하였다. 또한, 2006년 일본 가고시마에서 개최된 네 번째 전시회에서 그는 비구상 작가로서, 또 전혀 다른 변신을 우리에게 보여주었다. 한국화의 기본인 수묵과 담채의 기법을 이용하여『四季, 그리고 一年』이라는 주제 하에 한국의 전형적인 사계절의 감각적이고, 그만의 특유한 감성적인 이

러브호텔에서의 하룻밤

미지를 화폭에 형상화한 것이다.

따라서 오경안은 그의 작품 세계를 지난 1990년대 이후 2006년에 이르기까지 인물화에서 자연 산수화로 옮겨 왔으며, 다시 누드화로, 이어서 비구상의 영역으로까지 성공적으로 확대시켰다. 이와 같이 작가 오경안이 보여주는 끊임없는 자신의 예술적 변모와 표현 기법의 추이는 한 가지 장르에만 안주하여 온 다른 작가들과 구분된다. 그리고 이러한 사실은 오직 작가로서의 그만이 추구할 수 있는 성숙한 예술적 기량과, 부단한 자아의 성찰과 치열한 노력이 없이는 불가능함을 말하여 주고 있는 것이다.

그러나 이번 그의 다섯 번째 개인전에서는 다시 원래의 그림의 고향으로 돌아간다. 두 번째 전시회『풍경전』(2001) 이후 그의 자연에 관한 성찰의 눈과, 표현 기법은 이번에는 어떻게 변모되었을까. 오랜 기간 동안 다양한 영역의 섭렵과 실험을 거쳐 다시 원점으로 돌아 온 그의 작품세계는 한국화라는 틀 안에서 그 전과 다른 어떤 모습으로 우리에게 등장할 것인가.

2. 새로운 창작 세계의 구축: 여행과 스케치와 풍경, 그리고 사람

이번 다섯 번째 전시회가 그 전의 두 번 전시한 개인전의 작품들과 무엇이 달라서 구태여 전시회를 열려고 하는가에 대한 글쓴이의 질문에 그는 말한다. 이번 전시회 역시 자신이 항상 염두에 두고 계획한 것이다. 그 동안 틈틈이 다닌 외국의 이국적인 풍경을 스케치하고, 한국화로 완성시킨 작품들을 정리하여 내보이는 것이다. 그리고 해마다 적극적으로 참여한 외국에서의 교류전과 초대전, 또한 전업 작가들과 스케치 여행 등을 통하여 감동과 창작 욕구를 불러일으키는 자연물과 사람 등을 즉흥적으로 또는 계획적으로 구상하고 작품화시켜 온 산물이다.

그러나 이번 전시회에 출품한 작품들에서 종전 그의 모습과 전혀 다른 기법과 분위기는 피상적으로만 볼 때에는 꼬집어 파악되지 않는다. 글쓴이는 그의 두 번째 전시회 도록 서문에서 한국화 작가로서 그가 앞으로 풀어가야 할 커다란 과제를 다음과 같이 정리한 바 있다. 하나는 오경안만의 한국화의 영역을 고유하게 개발할 수 있는 예술적 기량과 그 확대, 다른 하나는 화가로서 존재 이유를 찾을 수 있는 정체성의 제시. 전업 작가로서 오경안은 아직 젊고, 미래가 많다고 말할 수 있기 때문에, 위의 두 가지 과제는 앞으로 지속적으로 추구되는 화두가 될 것이다. 지금까지 이루어진 그의 화가로서의 긴 여정과, 변신의 노력으로 미루어 이 과제는 곧 달성될 것으로 판단한다.

우선, 이번 그의 다섯 번째 작품 전시회 『오경안의 여행 스케치』에 출품된 다양한 작품들에서 예전의 그의 화풍과 다른 몇 가지의 변별적인 특징을 글쓴이는 다음과 같이 추출해 보려고 한다.

첫째, 자연 풍경 속에 등장하는 너무나 자연스러운 사람들:
아름다운 자연은 우리들의 변함이 없는 원천적 고향이고, 동시에 훌

러브호텔에서의 하룻밤

륭한 교과서이다. 그렇기 때문에 우리는 자연을 통하여 인생을 배우고, 자연은 언제나 우리들에게 무한한 교훈과 감동을 준다. 그러나 자연 그 속에 더불어 살고 있는 사람의 존재와 흔적을 찾아 볼 수 없다면 그것이 아무리 아름답고, 깊은 감흥을 준다하더라도 무언가 부족한 대상이다. 오경안의 이번 작품 가운데에는 살아 움직이는 등장인물들이 자연과 조화를 이루고 있다.

불빛에 어른거리는 밤의 베니스 일부를 묘사한 <베네치아의 야경>(2004)은 한국화가 갖고 있는 기법상의 제약을 극복한 작품으로, 다리 위에서 밤바람을 한가롭게 쏘이고 있는 사람들의 모습이 너무나 자연스러운 풍경의 일부를 이룬다. 특히 <몽마르뜨르의 화가들>과 같은 작품은 그 동안 닦은 인물화 작업의 탄탄한 축적이 없이는 쉽게 대결해 낼 수 없는 산물로 생각한다. 분수대 난간에서 다리를 쉬면서 어머니가 아들의 코를 지성스럽게 닦아주는 <분수대 앞의 모자>에서 아이의 귀여운 표정이 살아 있고, 분수 떨어지는 물소리가 들리는 것 같다. 또한, <오크랜드의 꼬마 아가씨>에서는 작가를 바라보는 소녀의 해맑은 얼굴과 푸른 눈이 매우 인상적이다. 따라서 전시된 오경안의 그림은 이러한 사람들로 살아 움직이고 있는 것이다.

둘째, 깔끔하고 노련한 스케치:

이번 전시회의 또 다른 특징은 10편 이상 등장하는 스케치 소품들이다. 여기에 전시된 일련의 아담한 스케치들은 그의 외국여행에서 얻어진 귀한 작품이다. 동시에, 이것들은 작가 오경안의 한국화의 기본이 이와 같이 잘 연마된 완숙한 기본 솜씨 위에서 가능했음을 웅변으로 말한다.

여기에서도 살아 있는 사람들이 자연스럽게 넘쳐난다. 글쓴이는 그가 <교토의 신혼부부> 한 장을 스케치하기 위해서 얼마나 집요하게 그 신혼부부를 따라붙었으며, 일본 신랑을 곤혹스럽게 하였는가를 잘 알고 있다. 그것이 화가로서 오경안의 집념인 것이다. 그 스케치에는 그에게 은근하게 신경을 쓰는 신랑과, 아무 것도 모르고 들 떠 있는 신부의 자태가 여실하게 그대로 묘사되어 있다.

셋째, 감동의 주관화에서 상호주관화로:

자연과 아름다운 풍경은 보는 이로 하여금 무한한 영감과 감동을 준다. 이러한 느낌을 자신의 내부의 눈으로 재해석하여 화폭에 옮기는 작업은 일종의 주관화(subjectification)에 속한다. 그러나 재해석된 자신의 이러한 주관적인 감정을 그대로 상대인 보는 이들에게 전달하기는 어렵다. 그 이유는 모든 예술의 창작물은 객관적인 감상과 평가의 대상이기 때문이다. 그러나 여기에 출품된 오경안의 한국화는 보는 이들로 하여금 거친 삶에서 따뜻한 위안과 포근한 휴식을 얻게 한다. 한 폭의 그림이 산란한 마음을 치유하는 것이다.

이와 같은 감정은 오경안의 작품이 보는 이들에게 그가 느끼고 표출하려고 했던 자연의 아름다움과 부드러움, 그리고 그의 주관적인 감동이 자연스럽게 이입되어 상호주관화(inter- subjectification)를 이루었음을 뜻한다. 상호주관화는 양면적인 성격을 갖고 있으며 반드시 청중 또는 다른 사람을 요구한다. 우리가 의사소통을 위해서 사용하는 언어 자체와 언어 예술도 역시 상호주관화의 산물이다. 따라서 오경안의 한국화 작품들은 일방통행적인 것이 아니라, 보는 이들의 마음을 원래의 화가처럼 움직이게 하고, 서로 소통할 수 있게 하는 상호주관화에 성공한 셈이다.

끝으로, 글쓴이는 무엇이 화가 오경안을 그토록 오래 한국화의 끈에서 튼튼하게 묶어두고 있을까를 생각해 본다. 그리고 그의 세 번째 전시회 도록 서문에서 그가 한 말을 기억하여 낸다.

- 나는 자연 풍광이든 인물이든, 눈에 비친 사물로부터 감
동을 받거나, 그리고 싶은 내면의 깊숙한 화의가 일 때
면, 그대로 화폭에 옮기지 않고는 견디지 못한다.

사람은 무엇으로 사는가? 작가 오경안은 그림으로 사는 것이다. 젊고 아름답게 사는 것이다. 글쓴이는 화가 오경안이 지속적인 작품 활동을 통해서 끊임없이 노력하고 추구하는 예술가가 되기를 기원한다.

6. "푸살름, 푸살름"..(Psalm, Psalm)

　　지금으로부터 아주 오래 전의 90년대 후반에 있었던 일이다. 내가 젊은 풋내기 대학생 시절에 그 당시 영문과 조교수로 근무하였던 선생님 댁을 거의 25년이나 지난 이후에 처음으로 방문했던 적이 있었다.

　　그 때는 마침 정초인지라, 동숭동 대학로에서 쏟아져 나온 여러 학과 출신의 한 무리 새해 세배꾼들과 혜화동 로터리 근처에서 우연하게 마주치게 되었다. 우리는 서로 학과가 달라서 각자의 대학 은사님들께 세배 가는 방향은 달랐으나, 거기서 그냥 헤어질 수가 없었다.

　　스산했던 60년 대, 우리가 정말 가난했던 대학생이었을 때 보고, 이제 25 여년의 세월이 훌쩍 지난 다음에 다시 처음 만나보는 늙은 얼굴도 있었다. 그 가운데 낯이 익었던 몇 명과 같이 어울려 근처 대학로 우리의 예전 단골 다방에 올라가서 잠시 회포를 풀고, 다음 예정 때문에 이내 우리는 엉덩이를 털고 일어났다. 영문과 출신들인 그들의 다음 세배 행선지는 나도 잘 알고 있는 전 선생님 댁이라고 하였다. 전주에서 올라 온 나는 마침 내 세배 인사 임무는 거의 완료하여가는 단계이었기

러브호텔에서의 하룻밤

때문에, 같이 전 선생님 댁으로 묻어가기로 얼결에 자원하였던 것이다.

우리들이 몰려간 선생님 댁에는 이미 앞서 온 그분의 제자들도 있었다. 같이 온 친구들이 나를 선생님 앞에 새삼 소개해 드렸으나, 어느새 늙은 그분은 나를 전연 기억해 내지 못하는 것 같았다. 물론 그분이 나를 기억해 내지 못하는 것은 당연하였다. 지금도 그렇지만, 그 당시 대학생이었던 나는 아주 소심하고 평범한 학생에 지나지 않았기 때문이었다.

그 때 옆에서 누군가가 구원투수 역할을 하는 것처럼 나를 거들고 나섰다.

- 선생님, 아, 이 친구, 제인에아 강독 시간에 '푸살름, 푸살름…'하고
  읽었던 국어과 학생 아닙니까.

그러자 그 선생님은 이제야 생각나는 듯이, "그렇군…그리고 보니. 자넨 아직도 초셔 시대 고대영어 '푸살름'을 고집스럽게 고수하고 있나?" 하면서 너털웃음을 지어 보였다. 나는 천연스럽게 이렇게 선생님께 대답해 드렸다.

- 네! 그런데, 학설을 '살름'으로 잠시 바꿨다가 나중엔 다시 '싸암'
  으로 수정했습니다.

그러자 별로 신나는 이야기꺼리를 찾지 못하고 있던 새배꾼들이 마침 잘 되었다 하는 듯이, 킥킥거리며 웃어대기 시작하였다. 그들은 25여 년 전 용두동 강의실에서도 나를 쳐다보며 그렇게 노골적으로 웃어댔던 것이다. 옆에 있던 다른 영문과 출신 하나가 또 이렇게 거들었다.

- 선생님, 그래서 우리는 지금까지 이 친구를 '푸살롬, 쌀름'이라고
  부른답니다.
그러자 좌중에는 또 한번 요란한 웃음소리가 흘러 넘쳤다.

대학 2학년 1학기, 내가 선택 과목으로 신청한 영문과 강의 제목은
<19세기 영소설 강독>이었다. 강의 담당으로 들어온 교수는 그 당시 30
대 초반의 젊은 미남이었으며, 그래서 그런지 내 눈에도 무척 냉정하고
건방져 보였다. 그분은 첫 시간에 멋도 모르고 수강하러 들어온 다른 학
과 수강생들을 겁을 주어서 솎아내는 일부터 시작하였다. 학점은 매우
짜게 주겠으니, 타과 학생들은 점수 잘 받으려고 이 강의 들을 생각은
아예 하지 않는 것이 좋다. 주일 마지막 시간마다 어려운 쪽지 시험을
쳐서 기준에 이르지 못하는 학생은 퇴짜를 놓겠다… 등등.
과연 이러한 엄포가 주효해서 그런지 다른 학과 수강생 몇 명은 다
음 시간에 이내 강의를 포기하고 잠적해 버렸으나, 나 혼자만은 끝내 사
수해 내었다. 게다가 나는 강의 교재 제목을 듣고, 나도 모르게 회심의
미소를 흘리기까지 하였던 것이다. 그 교수가 지정한 강독 교재는 샬롯
브론테의 『제인 에어』(Jane Eyre)와, 몇 편의 난해한 근대 단편들이었기 때
문이었다.
나는 고등학교 때부터 번역본 『제인 에어』를 읽고, 그녀를 짝사랑하
는 애인이 되어 버렸던 것이다. 그리고 그 소설을 곁에다 두면서 생각
만 나면 다시 읽어서, 어느 페이지만 펼쳐도 눈을 감고도 앞뒤 이야기

러브호텔에서의 하룻밤

의 전개를 훤하게 꿰어 차고 있었다. 작중 인물들의 대사 한 마디까지
도…

내가 대학에 들어와서 1학년 겨울 방학 때 영어 원서로 읽어보려고
작심하고 구입한 책도 바로 포켓북 『제인 에어』였던 것이다. 그리고 방
학 내내 내 딴에는 아주 착실하게 열심히 사전을 찾아가며 절반 정도
읽었던 것이다.

귀찮은 타과 학생인 내가 다음 시간에도 수강을 포기하지 않을 뿐
만 아니라, 『제인 에어』라는 읽어내기 아주 어려운 19세기 교재 이야기
를 듣고, 나도 모르게 흘린 미소를 노려 본 그 교수는 몹시 자존심이 상
한 표정을 지어 보였던 것이다.

그 대가는 철저하게 타과 학생을 강의에서 무시해 버리는 것으로
돌아왔다. 교재의 일정 분량을 수강생들이 출석 순서대로 낭독하고, 해
석해 내는 작업에서 나는 철저하게 소외되었다. 아무리 미리 부지런히
예습을 해와도 한 번도 나를 지적해서 시켜주지 않으니, 아무 소용이
없었다. 소설의 본문 낭독을 잘 하기 위해서 중학교 때 외웠던 단어도
사전에서 미리 다시 찾아보고, 악센트 위치와 발음을 꼼꼼하게 확인하
는 지루한 고역을 감수해야만 하였다.

그러다가 전연 예상치 않게 나에게 기회가 모처럼 찾아오게 되었다.
그러나 불행하게도 그날따라 나는 늘 준비했던 철저한 예습을 전혀 한
자도 못하고 그 강의실에 초조하게 나와 앉아 있었던 때였다. 그 전날
학교 써클 선배의 군 입대 환송 모임으로 막걸리 판 술자리가 늦게까지

이어졌기 때문이었다. 수원에서 기차 통학생이었던 나는 서울발 천안행 정시 통근 기차를 놓치고, 서울역에서 우리가 애용하던 개구멍으로 낮은 포복으로 들어가서, 저녁 9시 장항행 일반 기차를 숨어 타고 수원 집에 늦게 도착하였다.

따라서 다음날 제1교시에 있을 『제인 에어』 강독 수업의 예습을 준비할 시간적 여유가 없었던 것이다. 그러나 나는 마음은 약간 졸였으나, 수업 시간 내내 태연할 수 있었다. 원래 나에게는 지적당할 기회는 오지 않을 것을 잘 알고 있었기 때문이었다.

마침 내 앞에 있는 학생이 읽고 해석할 차례가 되자 그는 쩔쩔매기 시작하였다. 그도 전혀 예습 준비가 되어있지 않은 모양으로, 제인 에어를 소경처럼 더듬거리고 있었다. 그러자 그 젊은 교수는 얼굴이 붉어지며, 분노하였다. 그리고 그 차례는 운도 나쁘게 바로 뒤에 앉은 나에게 곧 돌려지게 되었다.

예습 한 자 안 해온 나는 무척 당황하였으나, 『제인 에어』의 자칭 전문가로서 위기에 대처할 자신이 어느 정도 있다고 확신하고 곧 일어났다. 그리고 앞의 학생이 끝을 못 맺은 부분부터 먼저 큰 소리로 자신 있게 낭독하기 시작하였다. 그러나 몇 줄 읽어내려 가는 도중, 전혀 예상치 못한 심각한 문제가 복병처럼 나타나는 것이었다.

자기 핏줄도 아닌 천덕꾸러기 조카를 남편의 유언 때문에 집에서 억지 춘향으로 키워야 하는 숙모는 제인 에어가 7살이 되자, 멀리 떨어져 있는 악명 높은 자선학교 기숙사에 넣어버리려고 계획한다.

러브호텔에서의 하룻밤

그리하여 그 학교 이사장이라는 위선적인 인물 '브로클헐스트' 앞에서 어린 제인 에어가 면접을 보게 되는 상황이 전개되는 대목이었다. 그 둘 사이의 오가는 대화 가운데, "얘야, 너는 착한 아이라면 성경의 시편을 좋아 하느냐?" 하면서 '시편'(psalm)이란 단어가 텍스트에서 모두 6차례나 출현하는 것이다.

그 당시 나는 psalm이란 쉬운 단어의 뜻도 알고 있었고, 전개되는 대화의 맥락도 훤하게 꿰어 차고 있었음은 물론이다. 그러나 이 단어의 정확한 발음은 나에게 전연 생소한 것이었다. 그것은 미리 사전을 찾아서 그 단어의 발음을 확인해 보지 못한 나의 불찰이요, 동시에 나의 불행의 시작이었다.

그리하여 할 수 없이 첫 번째와 두 번째에 연속되는 이 단어를 독일어식 발음으로 철저하게 읽었다. "푸살름!"[psalm]. 그러자 순간 교실이 조용해진 것 같았다. 얼핏 강단에 있는 교수를 곁눈질해 슬쩍 보니, 그분은 얼굴이 하얗게 질려 있었다. 곧 이어 수강생들의 참았던 "풋!" 소리가 터짐과 함께, 일제히 "킥킥" 웃음소리가 내 귀를 아프게 때렸다. 이내 나는 정신을 똑 바로 차렸으나, 텍스트에는 예의 단어가 다시 연이어 출현하는 것이었다.

그러자 나의 머리는 고맙게도 그런대로 빨리 회전하였다. "흠…그렇다면 영어에서 psychology에서 첫 소리 p는 묵음이 되니, 이번에는…" 이렇게 생각하면서 발음을 수정해서 연이어 4회 연속 "살름"을 열창하였다. 그러자 그 교수의 얼굴은 더 창백하게 되어갔으며, 수강생들은 노골적으로 몸을 크게 비틀고 웃어대었다. 그리고 그날의 수업은 내 차례를 마지막으로 끝났다.

그 교수는 나에게 한 마디도 하지 않았다. 수업이 끝나자마자, 나는 부리나케 도서관으로 올라가서, 그곳 중앙에 늘 비치되어 있는 육중한 영어사전을 펼쳤다. psalm의 발음은 지금도 생생한 [saːm]이었다. 한 줄기 써늘한 진땀이 나의 등줄기를 타고 흘러내렸다.

러브호텔에서의 하룻밤

7. 좁쌀선생의 복수

좁쌀선생이 아직도 의무 논문은 쓰지 못하고, 계속 고민만 하며 결국 자신도 늙어간다는 처량한 생각에 빠져 있었던 어느 날. 그는 대학 시절 은사였던 남궁 교수님의 정년퇴임식에 참석하려고 모처럼 서울 나들이를 하게 되었다.

그가 대학에 입학하던 60년대 초에 30대 중반의 나이에 전임강사로 부임한 그 교수님은 중늙은이들로 구성된 학과의 다른 선생님들 사이에서 유독 젊고 신선해 보였다. 서로 같은 해에 대학에 들어온 인연으로 남궁 교수님과 좁쌀선생의 입학 동기들은 쉽게 친근해 질 수 있었다. 재학생과 군복무 마치고 들어온 복학생 사이에 언제나 술과 난투극으로 마감했던 학과 소풍에서나, 그 당시 끊일 새 없었던 데모의 와중에서 끈끈한 유대감으로 맺어지게 되었던 것이다.

대학 졸업 후, 좁쌀선생은 전공이 달라서 그 교수님과 특별한 관계를 유지해 오지 못했다. 그래도 1년에 한두 번씩 학회장에서나, 다른 교수님들의 회갑 또는 정년 축하 식장 등에서 조우할 때가 있었다. 그

때마다 그 교수님의 나이를 초월한 미소 띤 동안(童顔)과, 좁쌀선생이 신입생 시절 감명 깊게 느꼈던 풋풋한 학문적 정열을 여전히 느낄 수 있는 것 같아서 그에게 아련한 대학의 꿈과 추억을 불러 일으켜 주었다.

영원한 청년으로 남아 있을 것 같았던 남궁 교수님의 정년퇴임 소식은 좁쌀선생에게는 생각지도 않았던 충격을 주었다. 문득 그는 책상에서 일어나서 거울에 자신의 얼굴을 새삼스럽게 비추어 보았다. 영락없이 50대 초반에 들어선 반백의 어느 낯선 중년 사내가 피곤하고 매우 걱정스러운 표정으로 그를 쳐다보고 있었다.

너는 누구냐 하며 좁쌀선생이 노려보자 그 중년의 남자는 갑자기 친숙한 모습으로 변해서 위로의 표정을 지어 보였다. 그는 절망과 무력감으로 한동안 어찌할 줄을 몰랐다. 거울 속의 그 남자는 멋쩍게 웃었다. 그러자 옛날 중학교 시절 늙은 한문선생님의 회초리 장단에 맞추어 의미도 잘 모른 채 암송했던 “少年易老 學難成”이라는 한시 구절이 잔인할 정도로 선명하게 그의 뇌리를 스쳐 가는 것이었다.

남궁 교수님의 정년퇴임 기념식장은 서울 강남에 위치한 최고급 호텔 국제 홀이었다. 어느새 좁쌀선생은 완전한 시골쥐가 되었기 때문에 천신만고 끝에 이곳을 찾아 왔지만, 이미 시간은 한창 지나서 기념식이 진행 중에 있었다.

그는 입구에 서성이고 있던 몇몇 선후배들과 수인사를 나눈 후에, 기념 논총을 접수부에서 받아 들고 축하객들로 만원을 이룬 실내로 들어와 맨 뒷줄에 서서 짧은 목을 한껏 앞으로 내어밀었다. 화려한 화환

러브호텔에서의 하룻밤

들로 빈틈없이 장식된 귀빈석 한 가운데에는 오늘의 주인공인 남궁 교수님 내외가 가슴에 꽃을 달고, 약간 상기된 표정으로 어떤 원로 교수의 축사를 경청하고 있었다. 거리가 멀어서 인지는 몰라도 오랜만에 뵙는 남궁 교수님은 전혀 늙어 보이지 않았다. 다음 차례로 연단에 올라간 또 다른 늙은 교수의 추억담이 지루하게 계속되었다.

좁쌀선생은 그 곳을 슬그머니 빠져 나와 휴게실에 앉아서 기념 논총을 펴고 거기에 실려 있는 자신의 논문을 대충 확인한 다음, 맨 앞 페이지에 수록된 남궁 교수님의 오랜 연구 업적과 화려한 경력 등을 꼼꼼히 살펴보았다. 지금까지 남궁 교수님이 발표한 논문 편수는 무려 100편이 넘었다. 좁쌀선생은 자신도 모르게 한숨을 쉬었다. 그가 지금까지 발표한 논문은 30 편이 될동말동한데, 앞으로 부지런히 공부한다고 해도 자신의 정년까지 짐작컨대 여기에 20 편도 채 첨가되지 못할 것 같았다.

그 기념 논총은 가족 소식까지 상세한 배려를 아끼지 않았는데 장남은 사업을, 차남은 캐나다에서 학위 과정을 밟고 있으며, 장녀는 서울의 유수한 대학의 조교수로 봉직하고 있다는 것이다.

좁쌀선생은 또 다시 땅이, 아니 국제 홀 대리석 바닥이 꺼져라 한숨을 내리 쉬었다. 그는 늦장가를 갔기 때문에 이제야 그의 큰 놈은 한창 사춘기 초입에 드는 고등학생, 둘째는 초등학생이었다. 자신도 모르게 그애들 지금의 나이에다가 십 몇 년을 보태어 보아도 도무지 신통치 못했다.

그러자 좁쌀선생은 몇 년 전에 간신히 끊었던 담배를 갑자기 다시 피우고 싶은 맹렬한 충동을 느꼈다. 담배 연기를 찾아서 그가 열심히 고개를 두리번거리자니, 마침 밖으로 나오는 어느 선배의 얼굴이 눈에 들어 왔다. 좁쌀선생이 반색을 하고 그 선배 이름을 불렀더니, 그는 자기를 순수하게 반가워하는 줄 알고 아주 기분 좋아 했다. 오랜만에 좁쌀선생의 폐에 깊숙이 들어 온 담배 연기는 제 고향을 찾아 온 것 같이 좋아 날뛰었다. 그는 눈물까지 흘리며 몇 번 기침을 발작적으로 하였다.

그 선배는 이제는 기념식이 끝나고 칵테일파티가 시작되었으니 어느 구석에 끼여서 시원한 맥주로 목이나 축이자고 그를 이끌었다. 칵테일파티 장에는 내로라하는 위엄 있는 많은 석학들과, 젊고 아름다운 제자들이 오늘의 주인공을 둘러싸고 환담이 끝없이 계속되고 있었다. 좁쌀선생이 감히 접근해서 교수님과 눈도장 찍어 두는 일도 그리 수월하지 않을 성 싶었다.

아까부터 좁쌀선생 쪽을 눈독 들여 보고 있던 어느 중년의 뚱뚱한 부인이 칵테일 잔을 한 손에 들고 수많은 사람들 사이를 마치 수영하듯 헤치며 그를 향해서 천천히 접근하여 왔다. 그런 줄도 모르고 좁쌀선생은 혼자 맥주 한잔을 가득 따라서 마시는 중이었다.

좁쌀선생 뒤쪽으로부터 다가 온 그녀는 서슴없이 그의 어깨를 툭 치며 "봉 선배님! 맞지요? 이거 얼마만인가요?" 하면서 반색을 하면서 손을 그에게 내밀었다. 그는 너무나 놀란 나머지 잔의 맥주를 와이셔츠칼라에 조금 흘렸다. 그리고 입가에 묻은 거품을 얼른 닦은 다음, 비상하

러브호텔에서의 하룻밤

게 머리를 굴렸지만, 종시 그녀의 정체가 파악되지 않았다. 그녀는 좁쌀 선생에게 여전히 손을 내밀고 있었고, 살찐 이중 턱의 얼굴에는 제법 반 갑다는 미소까지 번지고 있었다. 그녀가 악수를 청하고 있다고 생각되 어 좁쌀선생은 어색하게 그녀의 손을 잡아서 건성으로 몇 번 흔들었다.

그는 애매한 미소를 어색하게 지으며 "아, 네에. 나는 또 누구시라 고…" 하면서 슬쩍 얼버무렸다.

그녀는 좁쌀선생의 심정은 생각도 않고 자신만만하게 응수하여 왔 다.

- 아유, 봉 선배는 대학 때하고 전연 변한 것이 없네요!

그녀의 목소리에는 억지로 만든 콧소리가 들어 있었고, 거기에 수반 되는 약간 과장된 몸짓에는 이국적 냄새를 풍기는 것 같았다. 이 뚱뚱 한 여인네가 누굴까? 대학 시절의 과 동창은 아닐 테고…

그 때 좁쌀선생의 2년 후배 아무개가 그들 사이에 불쑥 끼어 들어서 정체불명의 여인하고 대화가 시작되었다. 그 순간 그녀의 관심은 새로 들어 온 후배에게 쏠렸고, 그들은 서로 반말을 쓰며 즐거워 죽겠다는 시늉을 하였다. 후배가 무슨 재미있는 말을 했는지 그녀는 우스워 못 참겠다고 둔중한 몸을 소녀처럼 꼬았다. 그리고 그녀는 주책도 없이 입 을 크게 벌리고 웃었다.

그 때 좁쌀선생의 눈으로 그녀의 붉게 립스틱 칠한 입술 사이로 언 뜻 보이는 상아빛 덧니가 확대되어 들어 왔다.

그러자 좁쌀선생은 귀신이라도 본 것 같은 표정을 지었다.

대학교 4 학년인 좁쌀 씨는 수원 시외버스 정류장 종점에서 서울에서 출발하여 수원으로 들어오는 버스 속 승객들의 얼굴을 정성스럽게 살펴보고 있었다. 이러한 그의 행위는 아침 열시부터 시작되어 점심도 거른 채 두 시간 동안 줄곧 계속되고 있었다.

대학 들어 와서 처음으로 모처럼 맞게 되는 데이트를 떨리는 마음으로 그는 며칠 전서부터 고대하며 내내 기다려왔던 것이다. 토요일 오전 10:30분에 시외버스에서 내리는 그녀와 함께 농대 옆 청춘의 광장인 푸른 지대 딸기밭으로 가리라 계획을 세웠다.

그러나 그녀는 11시가 지나가도 시외버스에서 내리질 않았다. 그녀가 탄 버스가 혹시 도중에 사고 난 것이 아닐까…이런 불길한 생각이 들자 그는 안절부절 어쩔 줄 몰라 했다. 혹시 서로 길이 어긋난 것이 아닐까.

그는 주체할 수 없이 초조하고 안타까운 마음으로 연이어 정류장 종점으로 진입해 오는 시외버스 속 승객들을 계속 뚫어지게 응시하였다.

좁쌀 씨가 약간 말을 더듬으면서 학교 도서관 뒤 모퉁이로 불러 낸 같은 과 2년 후배인 그녀에게 몇 주일 동안 번민했던 데이트 신청의 말을 쏟아 놓자 그녀는 방긋 웃었다. 그러자 작고 예쁜 그녀의 입술 사이로 하얀 덧니 하나가 얼핏 그의 시야에 들어 왔다. 그녀는 많은 여학생들 가운데 왜 자기를 선택했느냐며 전연 의외라는 표정을 지

러브호텔에서의 하룻밤

으며 그에게 반문하였다.

그가 그녀를 처음 본 것은 몇 년 전 재학생들 앞에서 하는 신입생 신고식 때였다. 그 때 그는 수많은 신입생들 가운데 유독 그녀의 이름을 외워 두었다. 이름을 기억하여서 그녀와 어떻게 하자는 구체적 의도는 전연 없었다. 그 당시 단과 대학 캠퍼스는 매우 협소했기 때문에 그들은 무심코 서로 복도에서, 교정에서, 도서관 열람실에서 마주치곤 하였다.

먼빛으로 그녀를 볼 때마다 그의 젊은 가슴은 왠지 파르르 떨리는 것 같았다. 좁쌀 씨는 학과 선배를 빙자하여 그녀에게 몇 마디 말을 붙여보고 싶었지만, 이상하게 그녀 근처에만 얼씬거리면 혀가 굳는 것 같았다. 그래서 말을 심하게 더듬을 것이 분명했다. 그렇기 때문에 그는 엄두도 내지 못했다.

이런 벙어리 냉가슴 상태로 세월은 흘러 그가 대학 4학년 1학기에 이르자, 번민은 이상하게 증가하였고, 이번 학기가 지나 버리면 그것으로 그녀와의 관계가 완전히 소멸될 것 같은 조바심에 잠 못 이루는 밤이 많았다.

그녀는 그의 데이트 신청에 선뜻 응해주었다. 그녀는 오전 10시 30분에 시외버스를 타고 수원에 도착하기로 했고, 좁쌀 씨는 그 시간에 정류장에 나와 그녀를 맞기로 약속하였다.

그는 오전 10시 훨씬 이전부터 정류장에 나와서 가슴을 두근거리며 그녀가 반가운 미소 지으며, 그리고 1시간 동안의 버스여행에 약간 지친 표정으로 버스에서 내려오기를 기다리고 있었다.

그러나 그녀는 그 날 끝내 좁쌀 씨에게 나타나지 않았다. 드디어 그는 한참이나 지난 후에 기다림의 고행을 끝내고, 연신 뒤를 돌아다보며 허기진 배를 끌어안고 집으로 향하게 되었다.

좁쌀 씨의 첫 데이트는 이렇게 완전히 허무하게 장식하고 말았다. 그의 마지막 학기의 대학 생활 역시 그러 하였다. 좁은 학교 동네에는 좁쌀 씨가 아무개한테 바람 맞았다는 소문이 한참 동안이나 설득력 있게 회자되었다.

- 그러찮아요, 봉 선배님?…

좁쌀선생의 첫 데이트의 주인공이었을 뻔했던 그 부인은 학과 동기와 입씨름을 벌리다가 문득 그에게 응원을 청하며 호들갑스럽게 웃었다.

- 암, 그렇고 말구요. 추ㅇㅇ 씨.

그의 입에서는 오랫동안 잊고 있었던 그녀의 이름이 자신도 모르게 자연스럽게 흘러 나왔다. 그는 아직도 자기가 그녀의 이름을 수십 년이 흐른 후에도 잠재의식 속에서 소중하게 간직하고 있었다는 사실에 흠칫 놀랐다. 그러면서 좁쌀선생은 살찐 그녀의 얼굴과 불어난 중년의 몸매를 의미심장하게 감상하면서 문득 자신도 모르게 회심의 미소를 지었다. 그것은 그의 복수가 드디어 이루어졌기 때문이었다.

러브호텔에서의 하룻밤

대학 4학년 마지막 학기를 보내면서 좁쌀 씨는 그녀와 학교 복도에서, 교정에서 그리고 도서관에서 마주칠 때마다 "너는 나중에 돼지처럼 살이나 쪄라!" 하는 주문을 속으로만 수없이 걸었던 것이다. 그녀에 대한 이러한 끔직한 저주는 아마도 예전에 읽었던 영국작가 모음(Somerset Maugham)의 단편 <점심 초대>(The Luncheon)에서 암시를 받았었던 것 같았다.

그러나 좁쌀선생이 오랜만에 맛본 복수의 뒤끝은 허탈과 비애로 서서히 차 올라오는 것이었다.

8. 윤오영(尹五榮) 선생님의 추억

　며칠 전 내가 받아본 학교 동창 회보 가운데, 권두언으로 실린 회장의 인사말 끝에 조선 중기 한 시대를 살았던 신흠(申欽)의 시 한 수가 전문 그대로 인용되어 있다. 그 시는 임진왜란과 그 이후를 거치는 혹독한 시련과 대혼란의 와중에서도, 간난의 시대를 견디어 내며 불굴의 의지와 앞날의 희망의 끈을 놓지 않았던 당대의 한 지식인의 비장한 각오를 읊은 내용이었다.

　회장이 인사말 말미에 이 시를 옮겨놓은 의도는 아마도 오늘날의 현실에 비추어 다시 한 번 우리도 이러한 비장한 마음의 날을 세워 보자는 독려에 있었을 것이다. 그 시는 조선 중기 16세기 후반과 17세기 초반의 대학자이며, 문장가인 신흠(申欽: 1566~1628)의 "失題"(시의 제목이 없음)라는 칠언절구이다. 자연물인 '오동나무'(桐), '매화'(梅), '달'(月), 그리고 '버드나무'(柳)를 대상으로 빌려와서 선비의 불굴의 기개와 지조를 노래한 것이다.

　호가 상촌(象村)인 신흠은 『야언(野言)』, 『상촌집(象村集)』 등의 문집을

러브호텔에서의 하룻밤

후대에 남겼으며, 당대의 송강 정철, 노계 박인로, 고산 윤선도와 더불어 조선 4대 문장가의 한 사람으로 손꼽히는 문사이다.

失題(실제)

－ 신흠(申欽·1566~1628)

桐千年老恒藏曲(동천년노항장곡)

오동나무는 천년 늙어도 항상 가락을 품고 있고

梅一生寒不賣香(매일생한불매향)

매화는 일생 추워도 향기를 팔지 않네.

月到千虧餘本質(월도천휴여본질)

달은 천 번을 이지러져도 원래의 모습을 간직하며

柳經百別又新枝(유경백별우신지)

버드나무는 수백 번 꺾여도 새 가지가 다시 올라오네.

나는 정말 오랜만에 이 한시에 접하면서, 나도 모르게 문득 반세기를 거슬러 옛날의 혜화동 1번지로 돌아가, 바로 윤오영 선생님과 국어 시간을 떠올렸다. 그분이 우리들에게 이 한시를 칠판에 적어주며 그 뜻을 자상하게 해설하면서, 우리들에게 암송하게 했던 것이다. 첫 연에서 늙은 오동나무가 품고 있는 곡조는 바로 거문고 가락이라고 선생님은 우리에게 알려주었다.

지금도 나는 이 한시의 첫 두 연만큼은 잊지 않고 외우고 있다. 따라

213

서 내가 이 한시와 처음으로 만난 것은 60년대 초, 고등학교 1학년 고전 문학 시간인 셈이다. 그 당시 교과 담당으로 들어오신 50대 중반의 윤오영 국어 선생님은 이미 수필가로 명성을 날리기 시작하였으며, 중후하고 넉넉한 인품과, 고금의 동양과 서양의 문학을 넘나드는 박학다식한 학식, 그리고 한 시대를 걱정하고 앞날을 예견하는 우국지사의 기개로 어린 우리들의 존경과 흠모를 한 몸에 받고 있었다.

윤오영 선생님은 이미 1959년에 『현대문학』에 수필 「측상락(厠上樂)」을 발표하면서 작품 활동을 시작하였다. 그분은 수업을 하시면서 때로는 옷 속주머니에 있던 수필 원고를 꺼내서, 득의의 미소를 지으면서, 우리들 앞에서 가만가만한 목소리로 낭독해 주곤 하였다. 그분이 밤새워 쓴 따끈따끈한 수필을 첫 번째 독자로 선보여 주는 행운을 우리는 더없이 즐겼던 것이다.

나는 당시에 그분이 읽어주셨던 수필 「찰밥」과 「달밤」에 흠씬 매료되어 있었다. 그렇게 삶에 진솔한 내용과, 아름다운 서정적인 문장은 윤오영 선생님만이 쓸 수 있겠거니 하고 지레 짐작하기도 했었다.

우리가 그 시절 겪었던 60년대라는 시간은 혼란과 격변의 시대였다. 고등학교 1학년 4월에 4.19 학생혁명이, 그리고 그 이듬해에는 5.16 군사 변란이 연이어 꼬리를 물었다. 그 이후, 군사정권이 들어서면서 혁신이라는 이름으로 사회 정화 운동이 회오리바람처럼 전개되었다. 그 가운데 하나가 무자격 교사를 교단에서 축출해 내는 일이었다. 이 와중에 정식 교사 자격증이 없었던 윤오영 선생님은 20여년 몸담고 있던 학교

러브호텔에서의 하룻밤

에서 물러나게 되었다. 참 안타까운 일이었다.

어린 우리들의 거센 항의와 데모도 서슬 퍼런 군사정권 앞에서 한 낱 무용지물이었다. 윤오영 선생님과의 마지막 국어수업은 온 교실이 그대로 우리들의 울음판이 되었던 것으로 지금도 기억한다. 나중에 군 사혁명정권의 특별 배려로 윤오영 선생님은 다시 학교에 복직하여 얼 마간 근무했다는 소식은 후문으로 들었다.

선생님은 학교에서 퇴임하고 비로소 시간의 여유를 얻기 시작하면 서 너무나 뒤늦게 1970년대 초부터 정력적인 작품 활동과 수필문학의 이론 확립에 전념하였으며, 1976년에 후두암으로 투병 끝에 69세의 아 까운 나이로 별세하였다.

요즈음 현대문학, 특히 수필문학계에서 치옹 윤오영 선생의 수필의 세계와, 그분이 정립한 수필문학의 이론이 새롭게 인식되어 주목받고 있음은 너무나 때늦은 감이 있다고 생각한다. 그러면서 나는 한 때 그 분 밑에서 감수성 강했던 어린 고등 학생으로 2년 간 국어 수업을 받았 던 시간들을 소중한 추억으로 안고 있다.

끝으로, 나는 윤오영 선생님의 글 가운데, 특히 "글을 쓰는 마음" (『곶감과 수필』, 윤오영 수필선, 태학사, 2000)에서 아래와 같은 그분의 진솔한 고백을 내 흔들리는 마음의 지표로 삼고 있다.

- 나는 결코 진실한 사람이 못 된다. 매일매일 허위와, 뜻
  아닌 자세와, 비루한 타협과 같이 살아가야 하는 저속한

제3부 − 황금 연못

인간임을 스스로 안다. 나는 의리와 용기를 잃은 비겁한 존재임을 스스로 안다.

그러나 어찌하랴. 여기서 벗어날 줄을 모르는 비참한 존재다. 글은 나에게 허위를 요구하지 않는다. 진실이 그리울 때면, 나는 원고지에 붓을 달린다.

러브호텔에서의 하룻밤

9. 수퍼맨과 좁쌀맨

이번 아내의 비구상 중심의 일주일 간 한국화 개인전이 드디어 막을 내렸다. 그는 자신의 환갑 기념으로 제7회 전시회를 공 들여 오랫동안 준비해 온 것 같다. 나는 아내의 경제와 정신적인 면에서 최고의 후원자이지만, 정신없이 준비하는 모습만 곁에서 보면서도 내가 도와줄 일은 이번에 별로 없었다. 능력이 없으니 주로 몸으로 때운 셈이다. 간혹 전시장 지킴이 노릇도 하고, 비숙련 무보수 시다 노릇도 했다. 주로 무거운 물건 옮기는 작업은 전부 내 몫이었다.

아직도 내 허리가 멀쩡한 것이 신기하기만 하다. 아내는 나에게 이번 참에 아예 전시장 지킴이 알바로 나서라고 등을 떠밀었으나, 나도 내 일이 아직은 있는 몸이다.

아내는 전시회 공식적인 개막식은 번거롭기에 따로 열지 않았다. 그 대신, 그의 대학과 고등학교 동창 여러 명이 서울에서, 일산에서 그리고 울산에서 모처럼 날을 잡아 참석해 주었다. 아내와 그 옛 친구들이 그동안 쌓였던 회포를 마음 놓고 우리 집에서 풀라고, 나는 사무실로 쓰고 있는 내 골방으로 하룻밤을 자진해서 철수하여 주었다. 그러나 골방 소파에서 새우잠을 꼬부리고 잤더니, 다음 날 아침에 그야말로 낡은 온몸이 쑤셨던 것이다.

아내의 친구들이 전시장에 처음 도착하던 날. 그림이 전시된 실내 여기저기를 호기심으로 둘러보고 있던 친구들이 축하용 화분 몇 개를 기웃거리다가, 보낸 사람이 '좁쌀맨'이라고 달려 있는 명찰을 보고, 좁쌀맨이 누구냐고 아내에게 물었다. 아내는 그냥 심상하게 "응, 우리 남편.." 이라고 응답했다. 그러자 그들은 왜 하필이면 좁쌀맨이냐고 또 묻는 것이었다.

아내는 회심의 미소를 지으며, 이렇게 응답하였다.

- 응, 좁쌀맨은 수퍼맨의 반대니까…

그러자 아내 친구들은 키들키들 고소하게 웃어대기 시작하였던 것이다.

전시회를 끝내면서, 아내는 입구에 있던 화분들을 같이 수고한 몇몇 사람들에게 모두 나누어 주었다. 그러나 그녀는 좁쌀맨이 보낸 것만은 집으로 안고 와서, 아파트 베란다에 소중하게 옮겨 놓는다. 그리고 그 화분에 매달린 명찰은 아직 때버리지 않고 있는 것이다.

10. 안타까운 현실

오늘은 부활절 아침이다. 어제 집안 사정이 있어서, 아내와 나는 밤 늦게 서울에서 지쳐서 내려오느라고 오늘 새벽 부활절 축하 공동 예배는 참석하지는 못했다. 그 대신, 2부 예배를 마친 후에, 우리는 그래도 개인적으로 부활절을 기념하는 의미에서 완주 소양면에 있는 대통밥 1번지에 가서 점심을 먹은 후에 위봉 산성에 올라가서 위봉폭포의 시원한 물줄기를 감상하자고 했다.

호젓한 송광사 입구에 줄지어 서있는 늙은 벚나무들의 가지에는 한껏 물이 올라와 있었다. 울긋불긋한 꽃봉오리에서 금방이라도 꽃잎이 터져 나올 것만 같았다. 역시 지금은 만물이 부활하는 시간이다. 위봉폭포 위태로운 계곡 밑에까지 꼬불꼬불 설치되어 있는 나무계단을 타고 폭포에서 내리는 차가운 물줄기에 손을 담가보기도 했다. 회색의 깊은 계곡은 아직 겨울잠에 잠겨 있지만, 기대에 찬 봄을 준비하는 수선스러움과 두런거리는 소리가 사방에서 들려오는 듯했다. 우리보다 먼저 찾아온 가족나들이 상춘객들도 있었다.

이어서 우리는 시내로 다시 한 시간 동안 차로 달려 나와서, 농협 하나로 마트에서 장보기 순서에 들어갔다. 아내가 일주일치 생필품들을 꼼꼼하게 고르는 사이에 나는 혼자 밀차를 밀며 이리저리 기웃거리며 마트 진열상품들을 구경하다가 문득 즉석 한과 만들어 파는 판매대 앞에서 발걸음을 멈추었다.

건빵에 버터를 발라 튀겨 놓은 고소한 냄새가 나를 붙잡았던 것이다. 먹음직스러운 건빵 봉지와 한과들이 수북하게 쌓여 있었다. 그러자 판매대 안에 있던 주인아주머니가 간절한 소망을 품고 침을 꿀떡 삼키면서 눈독을 들이며 그 앞에 얼쩡거리고 있는 나를 발견하고, 얼른 맛보기로 버터건빵 몇 개를 건네주며 자기 상품을 세일한다며 홍보하기 시작했다.

나는 샘플을 맛있게 음미한 다음, 자제력을 상실하고 얼른 건빵 한 봉지를 들어서 내가 끌고 있던 밀차에 숨겨 넣으려고 했다. 그러자 그때까지 안 보이던 아내가 갑자기 내 뒤에서 얼른 나타나서 유치원 어린애 야단치듯 하며, 다시 건빵봉지를 찾아서 원위치 시켜버린다. 그리고 나를 멀찍하게 끌고 가서 이렇게 주의를 준다.

- 트랜스 지방이 있어서 안돼요…그리고 버터도 아니고 그냥 마가린으로 튀긴 것 같은데…오래 놔두면 좋지도 않고.

아내에게서 건빵봉지를 무력하게 뺏긴 나를 한과 주인아주머니가 바라보며, 비시시 웃는다. 나는 변명하듯 그에게 이렇게 말한다.

- 제가 요새 우리 집에서 이렇게 끗발이 없답니다.

러브호텔에서의 하룻밤

그러자 그 주인아주머니는 나에게 동정하는 듯이 빙긋 또 웃는다. 대충 장보기를 끝내고 밀차를 밀며 매장 입구로 나가다가, 아내는 다양한 봄꽃으로 장식되어 있는 꽃가게 앞에서 저절로 발걸음을 멈춘다. 그는 이 꽃 저 꽃들을 요리조리 살펴보고 한참 비교하다가 탐스럽게 피어오르는 수국 화분을 가리키며 나에게 이렇게 동의를 구한다.

- 저 수국 화분이 좀 비싸지만, 청보라 색이 참 좋네.

큰 맘 먹고 저걸 살까. 여보, 어때?

그러자 나는 나도 모르게 음흉한 미소를 짓는다. 복수할 절호의 기회를 맞이했기 때문이다. 그러나 이내 내 입에서 다음과 같은 응답이 자연스럽게 흘러나오는 것이었다.

- 음…자기는 원래 수국을 좋아하잖아. 지금 안사면 기회가 없을 테
  니 좋다면 얼른 사라고.

내가 생각해 보아도 정말 안타까운 현실이다.

11. 추억의 도시락에는 국물이 없는 이유

오늘은 정신을 집중해서 끝내야 할 일이 있어서 오전에 학교에 볼 일로 나간 김에 곧장 도서관 3층 열람실로 향했다. 그대로 내 골방으로 돌아오면 피곤하니 잠깐 쉰다는 핑계로 그럭저럭 점심때까지 혼자 빈둥거릴 것이 분명했다.

그곳에서 오후까지 작업을 하다가 나중에 퇴근 시간에 맞추어 석양 무렵에 직접 집으로 가려고 작정했던 것이다. 젊은 학생들 틈에서 같이 책을 보노라면, 그들의 순수한 학구열에 전염되어 나도 어느새 모르게 그들처럼 덩달아 공부가 잘 되기 마련이다.

그러나 어제 밤새 몰아치던 세찬 비바람이 잦아지고 여름으로 향하는 화창한 날씨 덕분인지, 일에 손이 좀처럼 잡히질 않는다. 억지춘향으로 엉덩이를 의자에 붙이고 버티자니, 어느새 친근한 졸음이 슬슬 찾아온다. 그래도 도 닦는 심정으로 견디어 보려고 하는데, 이번엔 그 다음 복병으로 배가 슬슬 고파오기 시작한다.

조금 더 참았다가 할 수 없이 근처 가까운 학생식당으로 가려고 밖으로 나오니, 다시 정신이 맑아지고 새삼 기운이 나서 한심한 생각이 들기도 한다. 학생식당에서 제공하는 다양한 오늘의 식단 차림표 가운데 모처럼 <추억의 도시락>을 선택한다. 이것은 우선 요새 말로 가격도 착하고(2,500원), 맛도 훌륭해서 간단한 한 끼 식사로 충분하다.

그리고 이것은 무엇보다도 글자 그대로 나의 옛 도시락 추억을 새삼 불러일으킨다. 나는 동그마하니 혼자 떨어져 혼밥을 하면서 그동안 나의 뇌리에서 숨어있던 도시락의 추억을 저 아득한 망각의 늪에서 소환해볼 참이다.

배식구에 <추억의 도시락> 주문 밥표를 내밀자, 즉석에서 양은도시락에 더운 밥을 퍼 담고, 몇 가지 반찬을 밥 위에다 차례차례 얹어준다. 삶은 김치와 소시지튀김, 돈육볶음, 그리고 맨 위를 장식한 계란지짐이 단연 돋보인다.

나는 초등학교 때 어서 4학년으로 진급하기만을 내내 고대하였다. 4학년부터는 비로소 수업이 오후까지 연장되고 도시락을 싸와서 학교에서 친구들과 같이 먹을 수 있기 때문이었다. 어머니는 우리들의 도시락 반찬에는 특별히 신경을 많이 써 주었다. 다른 친구들과 함께 먹어야 되기 때문에 집에서처럼 편하게 반찬을 마련할 수 없다는 것이 어머니의 생각이었다. 어머니가 시장에 가면 꼭 도시락 반찬을 따로 사오곤 했다.

지금도 생각나는 것이 콩자반, 오징어볶음, 어묵, 단무지(다꽝) 등이었다. 반찬으로 콩자반을 싸오는 날에는 반 친구들은 이렇게 콩자반 타령을 가락을 붙이며 얻어먹었다.

- 콩자반, 염소 똥, 일 원에 12 개!

나중에 내가 고등학교 3학년이 되면서부터는 학교에 도시락 두 개씩을 싸들고 다녔다. 하나는 점심으로 먹지만 남겨둔 다른 하나는 저녁밥으로 대신했던 것이다. 그 당시 고등학교 시절만 해도 대학 진학하는 것이 요즘처럼 그렇게 치열하지는 않았던 것 같다. 운이 안 좋으면 재수하며 1-2년 고생하면 각자가 원하는 학과나, 대학에 그럭저럭 들어갈 수 있었다.

고등학교 3학년 가을부터 학교에서는 기본 필수과목 중심으로 오전 수업으로 끝내 주었고, 오후에는 각자가 진학하는 대학 입시요강에 맞추어 공부하도록 학생들을 풀어주었다. 어느 대학에서는 국어 시험에 명사라는 용어를 사용했고, 또 어느 대학에서는 이름씨로 통했기 때문이었다.

우리는 학교 도서관 지정석에 앉아서 각자 공부를 하다가, 저녁에는 끼리끼리 모여서 도시락 또 하나를 풀어먹었다. 추운 겨울에는 싸늘하게 식어버린 도시락을 먹기가 어렵기 때문에, 교문 밖에 있는 문방구에서 파는 따뜻한 멸치국수 국물을 사서 찬밥에 말아 먹었다. 국수국물만 파는 여러 문방구들 가운데, '국물 있사옵니다!' 라는 걸개를 앞에 걸어놓은 집으로 이왕이면 찾아갔던 기억이 난다. 도서관 문을 닫는 저녁 10시에 학교를 나와서 전차를 타기 위해서 혜화동 로터리에 이르면 제법 오늘 공부를 많이한 것 같은 착각이 들어서 스스로 마음이 뿌듯하였다.

러브호텔에서의 하룻밤

오늘 이렇게 구내 학생식당에서 <추억의 도시락>으로 혼밥을 하면서, 내가 총각 시절까지 변함없이 정성으로 도시락을 싸준 우리 엄마를 생각한다. 올해도 어버이날은 어김없이 돌아왔지만, 어디에도 엄마는 이제는 안 계신다.

어버이날에는 언제나 어머니가 가까이 계실 것으로 당연하게 생각했는데… 집으로 전화라도 자주 하라고 이 불효자를 채근도 하셨는데… 지금도 서울 옛날 우리 집에 어머니가 계시는 것만 같다. 어린 애들을 이끌고 신대방동 골목으로 들어서면 어머니가 손자 이름을 부르며 금방이라도 나올 것만 같다.

어느새 이렇게 늙어버린 나는 혼자 추억의 도시락을 혼자 씹으면서 어린애가 되어 저절로 목이 메어지는 것이다. 그래서 추억의 도시락에는 국물이 없다.

12. 다시 찾은 〈결핵 요양소〉

내가 영국의 저명한 이야기꾼 서머싯 몸(1874-1965)의 단편소설을 처음 접한 것은 대학 교양영어 교과서에 실려 있던 〈안다니 氏〉(Mr. Know-all)였다. 그 이후로 그의 자서전적인 성장소설 〈인간의 굴레〉(Of Human Bondage) 작품을 구해서 편도만 2시간씩 걸리는 수원- 서울 기차 통학 차 안에서 사전을 뒤적이면서 골똘하게 탐독하였다.

알량했던 나의 대학 생활을 되돌아보면 지금도 여전히 생각나는, 그 시절에 읽었던 잊지 못할 소설 작품 몇 편이 떠오른다. 장편 소설 〈인간의 굴레〉도 여기에 늘 포함되어 있다(그러나 나는 나중에 대학생이 된 자식들에게는 그 책을 구태여 권하지는 않았다. 이미 전공과 세대 차이가 있으며, 시대적 상황이 지금과 판이하게 다르다고 느꼈기 때문이었다.).

그러다가 73년 여름 모처럼 얻은 군 정기 휴가 기간에 시내 서점에서 우연히 그의 단편 전집 4권 가운데 제2권을 집어 들었다. 바로 그 책에 단편 〈결핵요양소〉(Sanatorium)가 실려 있었다. 그 당시 나는 이 단편 이야기 하나 속에 서머싯 몸의 걸출한 문학적 장인의 솜씨와, 인간 본

성에 대한 예리한 통찰력에 바탕을 둔 긍정적인 이해가 온통 응축되어

있다고 생각했었다. 나중에도 20세기 초반의 다양한 이국적 배경을 갖

춘 그의 단편을 여럿 접해 보았다. 그래도 처음에 내가 읽었던 <결핵요

양소> 작품이 마음속에 들어와 어딘가 구석에 오래 자리 잡고 있었다.

최근에 벼르던 책장 정리를 하다가, 낡고 거의 파손된 상태의 조그

만 포켓- 북 한 권이 뒤로 넘어가서 지금까지 용케 눈에 안 뜨이고 숨어

있는 것을 발견하였다. 어렵게 손을 뻗어 그것을 집어내서 먼지를 털고

보니, 바로 73년도의 서머싯 몸의 단편집 제2권이었다. 일찍이 행방이

묘연해서 나는 그만 까맣게 잊고 있었다.

그 동안 직장에서의 정년과 이사를 거듭하면서 전공서적만 빼고 여

타의 헌책들은, 귀신 나올 것 같다는 아내의 푸념과 절대 공간 부족으

로 어쩔 수 없이 대부분 버리게 되었다. 그러면서 내가 대학 시절부터

보물처럼 소중하게 간직해온 대부분 포켓- 북들과 정말 아쉽게도 헤어

지게 되었던 것이다.

예전에 폐기처분이라는 일대 숙청을 다행히 면했으나, 파손 상태에

있는 헌 포켓- 북을 살살 다시 구슬려서 대강 원래대로 페이지를 맞추

었다. 그리고 먼저 그 <결핵요양소> 단편을 정말 오랜만에 다시 펼쳐보

았다.

거의 60 여년 만에 다시 두리번거리며 내가 찾아들어간 외지고 한

적한 스코틀랜드 산 중턱 언덕 위에 세워진 결핵 요양소 내부와, 그곳

에서 세속과 단절되어서 서로 아웅다웅 거리며 살아가는 그곳 장기 입원 환자군상들이 너무나 익숙하고 친근한 모습으로 다가와서 나는 너무 놀랐다.

17년간 요양소 최고 장기입원 동기이면서 마주치기만 하면 서로 못 잡아먹어서 늘 원수처럼 다투며 싸우는 맥로드(McLord)와 캠벨(Camphell), 두 고집쟁이 영감들. 8년 동안 폐결핵 치료를 받으면서 이곳저곳을 떠돌다가 마침내 이곳 요양소에 정착한 가장 젊고 어여쁜 비숍(Bishop) 양. 사회에서 허랑방탕한 생활을 실컷 즐기다가 갑자기 결핵 마수에 걸려 모든 것을 포기하고 이곳에 입원했으나, 회복의 가망이 없는 결핵 말기의 40대 전직군인 템플톤(Templeton) 소령.

그리고 착실한 50대 중반의 헨리 체스터 씨(Henry Chester), 그는 사회에서 사업을 일구어 성공했으며 알뜰하고 살림 잘 하는 매력적인 부인과 잘 성장한 자식들을 키우며 교외에 번듯한 주택을 마련해서 세상 살만 하였다고 한다. 그러나 전혀 예상치도 못했던 결핵에 걸려 모든 것을 뒤로하고 요양소에 홀로 들어와 그는 자신의 운명을 몹시 비관하며, 억울해 하였다. 그의 아내는 매달 꼬박꼬박 충실하게 그를 찾아오며, 또한 그는 사랑하는 그의 부인이 면회 오는 날만을 언제나 손꼽아 기다리는 것이 요양소에서 그의 유일한 낙이다.

그러던 헨리 체스터 씨는 그렇게 기다리던 아내가 밝고 건강한 모습으로 찾아와서 그 동안 집안에 있었던 일과 자식 근황, 가족 일정 등을 이야기하면, 갑자기 돌변해서 아내를 미워하면서 괴롭히며 심한 마

러브호텔에서의 하룻밤

음의 상처를 주기 시작한다.

이러한 부부의 안타까운 모습을 옆에서 가까이 지켜보면서 눈물 흘리는 부인의 하소연을 들어주며, 이야기 전개를 이끌고 있는 주인공, 단기 입원환자 어센든(Ashenden). 그는 MI6 영국정보부 전직 요원 신분에 걸맞게 요양소 내부의 모든 상황과 분위기, 그리고 입원 동료 환자들의 동정을 따뜻한 눈으로 세심하게 구석구석 관찰한다. 헨리 체스터 씨는 주인공 아센든에게 면회 오는 정말로 사랑하는 자기 아내를 갑자기 증오하며, 심한 상처를 주고 괴롭히게 되는 어쩔 수 없는 이유를 고백한다.

자신은 이곳에서 혼자 양쪽 폐를 결핵균으로 침식당하며 아무 죄도 없이 서서히 죽어가지만, 아내는 저 혼자 언제나 건강하고 더 행복해진 모습으로 오래 사는 것이 정말 참을 수 없이 원통하기 때문이라고 한다. 그래서 자신이 절망스럽고 한 없이 괴로운 만큼, 그 고통을 아내에게 되돌려 주고 싶다는 것이다.

요양소 환자들 신변에 숨겨진 사소한 비밀에까지 어느새 귀신같이 꿰고 있는 맥로드 영감이 젊은 비숍 양과 40대 한량 템플튼이 서로 숨어서 서툰 애정 행각을 벌리고 있다는 소문을 주위에 까발린다. 주위의 입원 동료들은 그들의 사랑 놀음이 정말 무책임하고 사려 깊지 못하며 미친 짓이라고 서로 쑥덕이며 못마땅해 한다. 주인공 아센든은 그 둘 사이의 은밀한 관계가 깊은 절망 속에서 진실한 사랑으로 변하고 있다고 생각한다.

그렇게 조용하고 무료하게 요양소 세월이 흘러가던 어느 날. 양숙인 동료 켐벨과 내기 카드 게임을 하던 맥로드 영감이 모처럼 통쾌하게 승리하면서, 너무 흥분한 나머지 심장발작을 일으켜 돌연 사망하는 사건이 일어난다. 평소에 인기 없었던 맥로드 영감의 갑작스러운 죽음은 당시엔 충격이었으나 시간이 지나면서 입원 환자들의 뇌리에서 서서히 사라졌다.

그러나 그 후유증은 예상외로 주위의 환자들에게 강하게 파급되어 왔다. 오랜 앙숙이었던 그의 짝 켐벨 고집쟁이 영감은 자신의 투쟁 상대가 없어지면서 이젠 모든 삶의 의미와 전의를 상실하고 의기소침하다가, 결국에는 폐인이 되어갔다. 서로를 향한 은밀하지만 절망적인 사랑을 키워오던 두 연인, 비숍 양과 결핵 말기의 템플톤 소령은 드디어 결혼을 결심하며 요양소 주치의 레녹스 씨 앞에서 신고한다.

주치의가 제안한 두 사람의 건강진단에서 예비신랑은 결혼하면 짧은 6 개월, 그렇지 않으면 그럭저럭 2- 3년 생존 가능성으로 판명된다. 그럼에도 예비신랑과 신부는 결혼하려는 결심을 굳힌다. 죽음에 도전하는 그들의 결혼 감행 소식이 요양소 환자들의 마음을 조금씩 훈훈하게 감동시킨다. 봄바람에 겨우내 얼어 쌓였던 눈이 녹아 들 듯이. 결혼식 일정이 일주일 후로 잡혀진 봄날, 예비신부 비숍 양은 헨리 체스터 씨에게 그의 부인도 참석해서 같이 축하해 주기를 청한다.

드디어 신랑과 신부가 입원 환자들이 베풀어주는 따뜻한 축복과 환호를 받으며, 순간의 짧은 사랑과 곧 이어올 죽음이 기다리는 그들만의 보금자리로 떠난다. 그러자 헨리 체스터 씨는 곁에 서먹하게 있는 자기

러브호텔에서의 하룻밤

아내의 손을 어색하게 잡으면서 이렇게 말하며 눈물 흘린다

- 용서해 주오 여보, 내가 당신에게 너무 못난이로 굴었소.
그 동안 내가 견디기 어려운 고통을 겪었기에 당신을 그
만큼 괴롭혀 주고 싶었소.
방금 결혼해서 떠난 두 사람을 보내며 이제 나는 죽음이
전혀 두렵지 않다는 사실을 알았소. 우리에게 무엇보다
중요한 것은 사랑이라는 것도 비로소 깨달았소.
이제 나는 당신이 건강하게 살아서 행복하기 바라오. 죽
는 쪽이 당신이 아니고, 나라는 사실이 너무 다행이요.
나는 당신이 이 세상에서 누구보다 더 행복하기를 바라
오. 당신을 정말 사랑하오.

내가 인생을 미쳐 몰랐던 젊은 풋내기 시절에도 이 단편의 끝맺음
여기 구절에 이르면, 언제나 콧마루가 시큰했었다. 이제 반세기 넘는 오
랜 세월이 물처럼 흘러 어느새 인생 막바지의 끝자락에서, 새삼스럽게
이 구절에서 헨리 체스터 씨처럼 눈물이 나오려고 한다.
요즘 나의 감정이 조금 헤퍼진 탓도 있으려니와, 역시 위대한 명작
이란 시간을 초월하는 것인가 보다.

13. "이름 없는 들풀로 사라져 버림도…."

　- 그대 아끼게나 청춘을

　　이름 없는 들풀로 사라져 버림도

　　영원에 빛날 삶의 영광도

　　젊은 날의 쓰임새에 달렸거니

　　오늘도 가슴에 큰 뜻을 품고

　　젊은 하루를 뉘우침 없이 살게나.

　위의 <젊은 하루>라는 시는 서울대 농대 원예학과 유달영 교수 (1911~2004)가 1960년대에 지은 것이다. 그분은 수원 고등농림학교 출신으로, 평생을 농업 교육과 농촌 운동, 그리고 농촌 사상가로 헌신하였다. 그분이 젊은 시절, 심훈의 장편소설 <상록수>의 주인공으로 등장하는 채영신의 실제 인물이었던 최용신(1909~1935)과 함께 농촌 계몽운동에 참가하였다.

　농대가 서울 관악 종합 캠퍼스로 옮겨가기 이전에 수원 서둔동에 있었을 적에는 도서관 정문 앞에 세워진 우람한 너럭바위에 유달영 교수의 이 시가 새겨져 있었다고 한다. 당시 도서관을 드나들던 모든 농대 학생들이 이 시를 가슴 속에 깊이 간직하고 있었고, 농대로 진학했던 나의 고등학교 동창은 그 어둡고 어려웠던 시절에 그 시를 처음 접했을 때 마음속에 느꼈던 한없는 감격과 분발을 지금까지 잊지 못한다고 한다.

나는 농대를 다니지는 않았으나 당시에 수원에서 성장하였고, 같은 종합대학에 소속된 학생이었기 때문에 중간이나 기말 시험 때는 내 집처럼 농대 도서관을 수시로 이용하였고, 또 책도 대출받을 수 있는 행운을 누렸다. 그곳 도서관에서 빌린 책들은 마지막 뒷면 안쪽에 독서카드를 끼워넣는 마분지로 만든 누런 종이봉투가 붙어 있었다.

내가 다니던 사범대 도서관 책들은 그 봉투 앞면에 짤막한 경고, 예를 들면, "책장에 침을 바르지 마시오!" 등과 같은 실용적이지만 멋없는 문구가 인쇄되어 있는 것이 보통이었다. 그 대신에, 농대 도서관 책들에는 매우 신기하게도 그곳에 바로 위의 시 구절이 인쇄되어 있었던 것이다. 그 당시에 나는 그것이 유달영 교수의 시라는 것도 몰랐다. 그러나 수없이 방황하고 좌절하고 있었던 당시의 나의 어린 가슴에 이 시가 주는 메시지가 화살처럼 와 박혔던 그 충격을 지금도 기억한다.

나의 젊은 시절 내내 이 시는 언제나 마음속에 있었고, 나를 지탱하여 주는 큰 기둥이 되었다. 그리고 내가 학교 선생이 되어 젊은 신입생들 앞에서 교양국어 첫 강의 시간을 시작할 때는 언제나 유달영 교수의 이 시를 칠판에 외워 적어놓았다. 언젠가는 철학과 늙은 신입생 한 명이 손을 들고 일어나서, 내가 칠판에 적어 놓은 이 시에 대해서 이렇게 철학적으로 심각하게 질문을 던진 적이 있었다. "이름 없는 들풀로 사라져 버림"은 무엇이며, 이에 대비되는 "영원에 빛날 삶의 영광"은 그 시를 쓴 분이 어떤 기준과 근거를 두고 구분하는 것인가? 너무 세속적인 판단이 아닌가….

그러자 당황한 나는 둥근 달을 바라볼 것이지, 그 달을 가리키는 손가락은 쳐다보지 말라고 적당히 둘러대었던 것이다.

요즈음 나는 우리 엄마 꿈을 자주 꾼다. 젊디젊은 어머니는 언제나 수원 집에 계신다. 나는 서울서 자취하던 어린 고등학생으로, 때로는 군복무하던 강원도 사창리에서 첫 휴가를 받아서, 때로는 전주에서 어린 자식들과 차로 우리 수원 집에 애써 찾아가면 부엌에서 일하시던 어머니가 반갑게 내 손을 잡아주는 것이다. 꿈속에서 나는 언제나 어렸고, 우리 어머니도 새댁처럼 곱고 젊어서, 새벽 꿈자리에서 일어나 아침 운동을 나가면서도 여전히 생생하기만 하다.

이젠 어머니는 몇 주일 전서부터 일산 요양원에 계신다. 90대 초반인 어머니와 첫 아들인 나와의 나이 차이는 20세에 불과하다. 어머니는 최근까지는 그런대로 건강을 유지하고 계셨으나, 갑자기 지병이 악화되어 몸을 의지대로 운신할 수 없게 된 것이다.

요양원에 손님처럼 들러 어머니를 조금 위로해드리고 내려온 이후 내내 마음이 조금도 편치 못하다. 어머니를 뵙고 내려오는 밤 고속버스

안에서 내가 어머니하고 보냈던 이러저런 추억을 실타래처럼 꺼내어 보았지만, 어머니의 사랑을 아낌없이 받은 아들로서 너무 무력해서 정말 죄송스럽고 슬프기만 했다.

그러자 내가 젊은 시절에 외웠던 유달영 교수의 이 시가 별안간 떠올랐다. 그리고 교양국어 시간 중에 나에게 질문했던 구절과 그 철학과 학생의 얼굴도 떠올랐다.

- 이름 없는 들풀로 사라져 버림도/영원에 빛날 삶의 영광도….

그리고 정말 오랜만에, 무수한 세월이 물처럼 이렇게 흐른 이후에 그 학생의 질문에 답을 이렇게 나에 비추어 찾아보는 것이다.

〈늙은 하루〉

그대 아끼게나, 늙음을
이름 없는 들풀로 사라져 버림이
고대 찾아오리니,
영원에 빛날 삶의 헛된 영광은 원래
바라지도 않았으니, 말고
늙어서도 삶의 존엄과 가치를 잠시
잃지 않게 하다가
뉘우침 없이 떠나가게나.

14. 러브호텔에서의 하룻밤

'러브호텔'이 언제부터 생겨났는지 당장 알 길이 없지만, 아주 매력적인 말이다. 그것은 나에게 금단의 열매여서 그런지 은근한 호기심이 때로는 작동하기도 했다.

지금으로부터 오랜 전의 일이다.

드디어 정년을 맞으면서도 학교에서 단체로 베풀어주는 퇴임식에는 참석하고 싶은 마음이 나는 전혀 없었다. 우선 격식적인 자리가 싫었고, 새삼스럽게 넥타이 매는 것도 질색이었다. 근무 경력에 따라서 정부에서 무슨 훈장을 준다고도 했지만 그것으로 엿도 못 바꿔먹고, 따로 써먹을 데도 없을 것 같아서 반갑지도 않았다. 무엇보다, 그 날 나를 위해서 억지로 그 자리에 나올만한 사람들도, 생각해 보니 별로 없을 것 같기도 했다.

한 직장에서 변함없이 30 년 넘게 근무하며, 내가 적성에 맞아서 즐기는 일을 후회 없이 하였다. 더욱이 그 동안 박봉이지만 꼬박꼬박 월급 타서 별 탈 없이 먹고 살며 가족을 건사해온 것도 큰 행운이었고, 아주 감사한 일이었다는 생각만 들었다.

그리하여 퇴임식에 참석하는 대신, 나는 나름으로 머리를 굴려서 다른 작전을 구상해 내었다. 그것은 아내와 단 둘이서 오랜만에 홀가분하게 '퇴임기념여행'을 떠나는 일이었다. 미리 학교 책임자에게 궁색한 변명으로 양해를 구했다. 그리고 뜨악해 하는 아내를 살살 구슬렸던 것이다.

처음에는 제주도 여행을 계획하였으나, 며칠 동안 계속되는 눈과 강풍이 동반되는 그곳 겨울 기상 악화로 부득이 취소할 수밖에 없었다. 그 대신 따뜻한 남쪽 경주와 포항 일대를 천천히 차로 같이 돌아보기로 급히 여정을 변경했다.

당일 출발하는 전주에서도 여전히 겨울비가 스산하게 내리고 있었다. 비안개가 차오르는 젖은 고속도로를 조심스럽게 달리며 남쪽으로 우리는 한없이 내려갔다. 마지막 순간에 일어난 일정 변경으로 우리가 첫 번째 도착지로 정한 천년 고도 경주에서 하룻밤 묵을 숙소인 교육문화회관 호텔에는 따로 예약을 미처 못 했다는 생각이 뒤늦게 들었다. 그래도 그곳은 우리가 그 전에 겨울철에 회원신분으로 두어 번 체류한 경험도 있었고, 방학 비성수기에는 대부분 한적해서 구태여 미리 예약 신청을 할 필요까지 없을 것이라고 지레 짐작하고 일단 안심하였다.

우리가 드디어 경주에 도착해서 시내 모롱이에 자리한 교육문화회관 호텔에 이를 때까지, 차가운 겨울비는 추적거리며 계속 뒤를 따라오고 있었다.

그러나 그곳에서의 우리의 운수는 좋지 않았다. 그곳에는 마침 경남 지역 중등학교 교장단 합숙 연수가 연일 진행 중이어서 우리가 묵을 방은 없었다.

밖은 차츰 어두워지고, 지리는 서툴고 겨울비는 시름없이 내리는데, 우리는 그곳에서 허무하게 발길을 돌리게 되었다. 호텔 안내원이 우리에게 친절하게 알려준 근처 동네 숙박지역을 기웃거리며 어둠 속에서 돌다보니, 어느 모텔건물이 문득 눈에 들어왔다,

그 아담한 모텔은 휘황찬란한 불빛으로 화려하게 장식되어 있었다. 그리고 마치 어느 서양 동화에 나오는 자그마한 궁전 같은 형태를 갖추고, 배고프고 지친 우리를 손짓하는 것이었다. 정해진 주차장에 차를 세우면서 주위를 둘러보니, 몇 대의 고객 차들의 번호판이 조심스럽게 가리개로 씌워 있었다.

그러자 아내가 웃으며 이렇게 말했다.

- 여기가 바로 러브호텔인가보다….

구수한 토박이 말씨를 구사하는 여주인이 반색을 하며 우리를 숙소로 얼른 안내하였다. 따뜻하고 아늑한 방에는 화려하고 큰 침대가 황송하게도 한 가운데 놓여 있었다. 그 주위에 은은한 조망 불빛은 어쩐지 비밀스럽고 신비로운 분위기를 발산하고 있는 것 같았다. 그러자 방안 이곳저곳을 꼼꼼하게 점검하고 난 후, 아내는 이렇게 최종적으로 평가했다. -

- 그런대로 괜찮네…

러브호텔에서의 하룻밤

이내 우리는 그곳에서 너무나 포근하고 달콤한 단잠으로 정신없이 떨어졌다. 아내도 푹 자느라고, 내가 코 고는 소리도 들을 새가 없었다고 자랑하였다.

그 다음 날 아침, 다행히 밤새 비는 그쳐 있었으며, 창밖으로 반가운 해가 올라와 있었다. 우리가 다음 일정으로 불국사를 거쳐 토함산 쪽으로 방향을 잡고 여행 가방을 들고 모텔 1층 입구로 나오자니, 가까운 사무실 접수대에 주인 영감님이 앉아있는 모습이 보였다. 나는 별 생각 없이 문을 열고 들어가서 그분에게 하룻밤 아주 잘 쉬고 간다는 하직 인사를 공손하게 전했다.

그리고 관광지도를 펴보면서 천천히 주차장 쪽으로 걸어 나오는데, 누가 뒤에서 서둘러 우리를 부르는 소리에 얼핏 몸을 돌렸다. 내가 방금 인사했던 그 영감님이었다.

우리가 무엇을 놓고 나왔나 하면서 궁금해 하노라니, 그 영감님은 숨 가쁘게 우리에게 다가와서 이렇게 말했다.

- 여보, 내가 시방 이 숙박업을 6년 째 하고 있는디….

아침에 퇴실하면서 이렇게 인사꺼정 허고 가는

손님은 이번이 처음이요.

15. 어느 노시인에 대한 회상

지난 토요일 오후. 비록 백수이지만 그래도 오늘만큼은 몸은 오래된 관성으로 잊지 않고 알고 있다. 골방 책상 위에서 연신 몸을 꼬다가 오후에 일찍 집으로 와서 며칠 밀린 신문을 이리저리 훑어보노라니, 문득 오탁번 시인의 별세 소식이 실려 있다.

그의 나이 금년 80세라고 한다. 그의 이름 앞엔 "한국문단의 천재", "신춘문예 3관왕" 등의 수식어가 화려하다.

나는 갑작스러운 그의 부고 기사를 읽으면서 오랜 상념에 잠겨 보았다. 그는 나보다 대략 3년 연상이며, 그는 나를 모른다. 그와 나는 전혀 다른 지역과 세상에 살아왔으며, 적어도 지난 가까운 세월동안 우리는 서로 한번 만난 적도 없다. 그리고 그 유명하다는 그의 시 작품 하나 나는 변변히 읽어본 적도 없다.

그러나 나는 언젠가 초등학교 시절부터 혼자서 그의 이름을 알고 있었다. 기독교 계통의 어린이 잡지 『새벗』에 배정되어 있던 문예 독자 란에 독특한 그의 이름이 투고된 동시 작품과 함께 자주 등장하곤 하였다. 지금 생각하니, 초등생 시절부터 일찍이 그의 뛰어난 문학적 재능이 개화하기 시작한 것이다.

내가 초등학교 4학년 때쯤이었을 것이다. 국어시간에 동시를 배우고 나서, 숙제로 언제까지 집에서 각자 동시 한 편씩 써서 제출하라는 지상 과제가 우리에게 떨어졌다. 지금도 역시 그렇지만, 문학적 재능이나 소질이 별로 없었던 나에게 그 숙제는 실로 감당하기 어려운 최고의 난제였다. 그래도 제시된 기한 내에 주어진 숙제를 마무리하기 위해서 며칠 동안 머리를 싸매고 끙끙거려도, 동시를 작성할 만한 소재나 시적 감흥도 내 마음속에서 도모지 일어나지 않았다.

이윽고 숙제 제출일이 차츰 코앞으로 다가오면서, 나름대로 심각한 번민에 휩싸이게 되었다. 나는 다른 재주는 없어도 궁하면 통하는 생존 기술은 어릴 적부터 익혀온 것 같다.

혼자서 며칠 궁리 끝에, 과월호 잡지『새벗』몇 권을 이리저리 뒤져보다가 문득 <독자란>에 실려 있던 동시 가운데 한 편을 그대로 슬쩍 베끼게 되었다. 그 동시의 작가는 초등 6학년 오탁번이었고, 제목은 <염소>였다. 거의 70여년이 흐른 지금에까지, 나는 그때 내가 표절했던 그 동시의 첫 연을 이렇게 기억하고 있다.

<염소>

오탁번

염소는 하얀 두루마기를 입은

241

할아버지.

앉음새도 점잖아….

내가 지금까지 이렇게 분명하게 기억하고 있는 사실은 내가 그만큼 양심적인 사람이어서는 절대 아니다. 우선 그의 이름이 아주 독특하게 생각되었으며, 그 이후에 중학생이 되어도 그의 이름이 잡지 <학원> 문예란에 계속해서 다시 등장했기 때문이었다. 나중에 내가 대학생이 되어 우연히 친구가 가지고 있던 『현대문학』 문예지를 슬쩍 넘겨보았더니, 여기에서도 그의 이름과 시작품이 게재되어 있어서 반갑고 놀라웠다. 어느 대학 영문과에 재학하던 그는 어느새 어엿한 기성 시인으로 문단에 이름을 날리고 있었다.

그와 나와의 사연은 여기서 간단하게 끝나지 않았다. 나는 군복무를 마치기 위해서 대학시절 학훈단 지원에도, 별 수 없이 졸업 후에 자원한 공군간부후보생 시험에도 아주 이상하게 운이 따르질 않았다. 나중에 알고 보니, 무거운 연좌제에 묶여 있었다. 그러한 사실도 채 모르고 나는 나중에 육사 교관요원 선발 시험에 응시하게 되었다. 국어과 선발 인원은 단 1명이었다.

그러나 나중에 알고 보니 응시생은 나 이외에 다른 학교 출신인 또 다른 지원자가 한 명 더 있었다. 육사에서 치른 전공 필기고사와 집중 면접(그 중에 영어 면접도 있었다.), 체력 측정과 건강진단이 연속되는 며칠 동안 그와 나는 아주 쉽게 친숙해지게 되었다. 그는 사람 좋은 아저씨

러브호텔에서의 하룻밤

같은 인상으로, 너털웃음을 잘 웃었다. 그와 시험장에서 처음 만나 어쩔 수 없는 선의의 경쟁을 하기로 약속하며 서로 통성명을 했다.

그는 바로 다름 아닌 오탁번 시인이었다. 그 자리에서 아주 예전에 『새벗』 잡지에 실렸던 그의 동시를 표절해서 국어 숙제로 냈었던 사실을 이실직고 하며 오래 묵은 사죄를 하였다. 그 때 그의 반응이 어떠했던가, 이제 지금은 나의 기억에 없다.

늦었으나, 그의 명복을 빈다.

16. 파카 51 만년필

나에게는 예전에 이미 제 기능을 다한 남청색 낡은 파카 51 만년필이 늘 책상 한 귀퉁이 필통에 담겨져 있다. 고색창연한 백제시대 골동품 같기도 하다. 나는 필기도구 가운데 유독 만년필을 좋아해 왔다. 그렇다고 내 경제력으로 만년필 수집가나 호사가 수준은 아니지만, 내 손에 맞는, 잘 길들여진 싸구려 만년필이 하나만 있으면 마음이 든든하여 좋았다.

주로 문서 작업을 하는 사람들은 서양의 역사를 가르는 분수령 B.C.를 농담으로 Before Computer로 부르기도 한다. 1980년대를 전후해서 글쓰기 작업에서 타자기를 거쳐 컴퓨터 시대로의 혁신적인 전환은 만년필 전성기 시대의 퇴조를 초래하였다.

내가 학생 시절인 60년대 초반만 해도 남방이나, 양복 윗주머니에 마음에 드는 좋은 만년필 하나 정도는 꽂고 다니는 것이 당시 신사의 멋이기도 하였다. 혼잡한 출 퇴근 전차나 버스 속에서 신사들의 윗주머니에 머리를 내밀고 있는 고급 만년필만 전문으로 노리는 소매치기들도 있었다. 동대문 운동장 뒷담을 끼고 라이터와 만년필을 팔고 수리하는 상인들이 전방을 차리고 성업을 누리고 있었다.

내가 고등학생 시절이었을 때, 수필가 윤오영 선생님은 당신이 최근에 작성한 수필 한 편을 국어수업 시작하면서 우리에게 읽어주시곤 하였다. 그 가운데 만년필로 쓰신 「온돌의 정」이라는 제목의 따끈따끈한 원고를 득의의 미소를 지으며 가만가만한 목소리로 낭독하여 주시던 그분의 목소리가 지금도 새롭게 떠오른다.

- 책은 손때 묻은 책이 정겨웁고, 붓은 손에 익은 만년필이
  좋다. 손에 익은 붓이 하얀 원고지 위에 솔솔 흘러내리는
  푸른 글씨가 나를 기쁘게 하기 때문이다.

만년필에 대한 이러한 풍조와 사랑은 시대를 더 소급해 내려가면, 보편적으로 확산되어 있었을 것이다. 대학원 시절의 스승이었던 일석 선생님의 추모문집 맨 앞장에는 그분의 흑백 사진이 실려 있다. 반짝이는 은빛 파카 21 만년필을 빼어들고 카메라를 정면으로 응시하면서 책상 위에서 집필하기 직전의 단아한 모습을 보여주고 있다. 그분의 표정이 너무 진지하고 경건해서, 마치 무사가 번쩍이는 칼을 온몸으로 뽑아들고 대결하고 있는 자세 같기도 하다.

그리고 대학 시절의 은사님이었던 해암 선생님을 기리는 제자들의 기념문집에 실려 있는 그분의 경성제대 학창시절의 사진에도 만년필을

제3부 – 황금 연못

빼놓을 수 없다. 양복 윗주머니에 반짝이는 금장 만년필을 꽂고 자랑스럽게 가슴을 펴고 있는 사각모 청년의 미소가 인상적이었다.

이런 예전의 모습들은 학문이나 문필을 업으로 삼는 사람들에게 만년필이 단순한 필기도구 이상의 의미가 있었음을 나타낸다. 나의 아버지도 여러 종류의 다양한 만년필을 수집해 갖고 늘 애용했던 기억이 새롭다. 그분이 외국에 출장 나갔다 올 때에는 고급 만년필을 두어 개씩 사가지고 오곤 하여서 내가 군침은 흘렸지만, 감히 하나 달라고는 못해봤다.

생각해 보면, 아버지는 아들인 나에게 만년필만은 인색하게 굴었다. 그럴만한 이유가 있었다. 그분이 간혹 마음이 너그러워질 때, 나에게 소장품 중에 하나를 어렵게 희사하기는 하였다. 그때마다 나는 그걸 얼마 못쓰고 금방 잃어버리곤 하였다. 그러면 아버지는 내 대신 몹시 아까워하면서, "네가 돈 벌어서 그걸 사면 절대 안 잃어버릴 것"이라고 예언한 바 있다. 따라서 나의 파카 51 만년필은 아버지의 예언이 드물게 적중한 한 가지 예에 속한다.

이것은 1973년 봄에 종로 신세계 백화점에서 알토란같은 내 돈으로 구입한 것이다. 이 만년필의 제작 연대는 알 수 없으나, 나와 함께 지낸 세월만 벌써 45년이 훌쩍 지났다. 그해 나는 군에서 제대를 하고 다시 어느 학교에 국어교사로 임시 발령을 받아서 근무를 하고 있었다. 그러나 신원조회가 계속 지연되어서 교육청으로부터 정식 발령장은 몇 개월째 아직 받지 못하고 있었다.

러브호텔에서의 하룻밤

그 당시 나는 심각한 연좌제에 묶여 있어서 군대 생활에서도 심하게 고생했지만, 특히 신원조회 때마다 그 조사 기간이 다른 사람들의 경우보다 오래 소요되었기 때문이었다. 따라서 학교에서 기다리던 월급날이 되어도 나는 그걸 아직 타지 못했다. 그렇지만, 학교 서무과에서 약간의 기성회비는 지급되었다.

월급이 나오는 족족 적금 부어서 내 장가 밑천을 삼자고 벼르고 있던 어머니에게는 이건 비밀이어서 그대로 나의 요긴한 기밀비가 되었다. 그 당시 내가 받은 기성회비는 대략 8.000원이었던 것 같다.

이 군자금을 품에 안고, 나는 한 달 동안 수고하고 땀 흘린 노력에 대한 작은 위로를 나에게 스스로 보내기 위해서, 근무하는 상도동 골짜기에서 모처럼 시내로 진출하였다. 그리고 신세계 백화점에 호기 있게 들어가서, 화려한 색채로 반짝거리며 나를 기다리고 있던 최신형 고급 파카 51을 4.000원을 선뜻 지불하고 구입했다. 그걸 양복 윗주머니에 조심스럽게 꽂으며, 가슴을 쭉 펴고 회심의 미소를 지었던 것이다.

이것으로 나는 대학원 석사논문을 썼고, 어렵게 턱걸이하며 통과했다. 그 후, 자료를 모으고 카드를 작성해서 쓴 초기의 논문들은 전부 이 펜 끝에서 흘러 나왔다. 먼저 대학 노트에 어지럽게 초고를 잡고, 몇 번 정서한 다음에 비로소 원고지에 정성스럽게 써 올리는 지루하지만 무척이나 행복한 작업이었다.

그러나 컴퓨터가 등장하면서 문서 편집의 혁명이 서서히 시작되었다. 내가 그것을 처음 접한 해가 1987년 가을이었다. 그와 동시에 이 만

247

년필의 펜촉이 너무 닳아서 더 이상 쓰지 못하게 되었다. 너무 아까워서 파카 만년필 판매점에 펜촉을 교체해 달라고 주문해 보았다. 그러나 그 상품은 오래 전에 더 이상 생산되지 않아서, 부품의 재고가 없다는 회신만 보내 왔다.

결국 이것은 사실상 은퇴를 한 셈이어서, 이제는 내 필통에 그냥 하나의 추억꺼리로 보관되어 있다. 나는 이것을 꺼내어 가끔 만지작거려 본다. 내 푸른 젊은 날, 나의 지질한 공부, 수없는 학문상의 절망과 고민을 함께 한, 내 땀이 스며있는 정든 친구이고 마음의 동료이다. 이제는 제 충실한 기능을 소진하였고, 그 화려했던 빛깔도 오래 전에 탈색되어 있다. 그 이후 어찌어찌하여 나의 소속으로 편입된 다른 만년필들에 비하여 어쩐지 촌티가 나는 것 같기도 하다.

눈이란 간사하기만 한 것이다. 그러나 어쩌랴, 이 파카 만년필이 이젠 바로 나의 모습인 것을.

러브호텔에서의 하룻밤

17. 새벽에 만난 사람들

그전부터 나에게 운동으로 골프를 권하는 친절한 사람들이 있다. 나이 먹어서도 골프만한 운동이 따로 없다고 했다. 그러나 나는 사양한다. 운동 감각도 별로이지만, 그걸 할 만한 경제적 여유도 없다. 그리고 골프를 치는 일로 시간 보내기 너무 아깝다는 생각도 든다.

내가 유일하게 규칙적으로 하는 운동은 집에서 출발하여 삼천 천변 길을 따라 갔다가 되돌아오는 한 시간 반 정도의 빠르게 걷기이다. 봄부터 하절기에는 새벽 4:30분에, 동절기에는 새벽이 춥고 어두워서 주로 오후 늦게 나가곤 한다.

지금은 동절기로 시간을 조절해야 될 임계점에 와 있다. 아침에 운동을 끝내버리면 나중에 안심하고 볼 일을 보기에 편하기도 하고, 여전히 일찍 잠이 깨지는 습관으로 아직 새벽 시간을 고수하고 있다.

부지런히 걷는다는 것은 시간만 낼 수 있다면 따로 경비도 안 들고, 혼자 할 수 있어 편안하고도 동시에 신기한 운동이다. 우선 체중이 일정하게 유지되어 몸이 가벼운 것 같고, 밤에 편안한 꿀잠을 잘 수 있다.

걸으면서 하고 있는 작업을 다시 정리하거나, 해결되지 못한 문제들을 골똘하게 생각해 보아서 좋다. 이렇게 건강하게 걷는다는 것이, 살아서 활기차게 움직인다는 것이 때로는 행복하고 감사하기도 하다는 느낌이 자꾸 드는 것은 덤으로 얻는 걷기의 부수 효과일 것이다.

오늘 새벽 삼천 천변 길은 짙은 안개와 어둠으로 지척을 분간하기 어려웠다. 그러나 익숙한 산책로 외길은 나에게 포근하고 정답기만 하였다. 그 때, 어둠 속 맞은편에서 그림자같이 불쑥 나타나서 걸어오던 한 사람이 나를 향해서 쾌활한 목소리로 "안녕하세요!" 하며 지나갔다. 나는 순간 당황하였으나, 이내 그분 뒤를 향해서 자동적으로 같은 인사로 화답하였다. 그리고 기분이 좋아지면서, 내가 먼저 그분에게 인사를 건네지 못한 아쉬운 마음이 들었다.

내가 새벽에 나오는 시간대에 평화동 인도에서 거리 청소를 하는 환경미화원 아주머니와 늘 마주치게 된다. 그분은 언제나 나보다 일찍 나와서 정성스럽게 낙엽을 쓸어 모으거나, 버려진 쓰레기를 정리하고 있다. 사실, 나는 언제나 그분에게 수고하신다는 아침 인사를 전하고 싶었다.

그러나 정신없이 바쁘게 자신의 일을 하는 그분에게 가벼운 인사나 하고 지나가는 한량인 내가 너무 무책임하거나 소홀한 것 같다는 생각이 들어서 지금까지 미안한 마음만 안고 슬쩍 지나쳐 갔다. 나도 내일 새벽부터는 그분에게 수고하신다는 아침 인사를 밝은 마음으로 전하며 지나가야겠다는 생각을 한다.

삼천 천변에서 반환점을 돌아 다시 집으로 향하는 길에도 여전히 어둠과 짙은 안개는 채 가시지 않았다. 그러자 동네 근처 교회건물에서 새벽 예배를 마치고나오는 듯한 어느 중년 부인이 마주 걸어오는 나를 향해서 이렇게 큰 소리로 외친다.

- 아저씨, 예수 믿고 천당 가세요!

나는 씩 웃으며 "네, 그래야지요, 감사합니다." 하고 바로 응답하였다. 그러자 그 부인은 나를 되돌아 향해서 두 손을 머리 위로 모으며 어색하게 하트 모양을 내면서 "아저씨, 사랑해요..!" 하였다.

집에 돌아와서 아침을 먹으면서 아내에게 오늘 걷기운동 길에 어떤 여자가 나를 아저씨라 부르며 나에게 사랑해요 하더라고 슬쩍 자랑을 하였다. 주방에서 분주하게 손을 놀리던 그는 별 관심 없다는 표정을 짓더니, 이내 심드렁하게 "그래서?" 하고 쳐다보지도 않는다.

아니…이 여자가 나이를 먹더니 이젠 남편을 향한 질투심도 늙어버렸나 하는 생각이 들었다. 그러면서 나도 모르게 공연히 뒷입맛이 씁쓰레 해오는 것이었다.

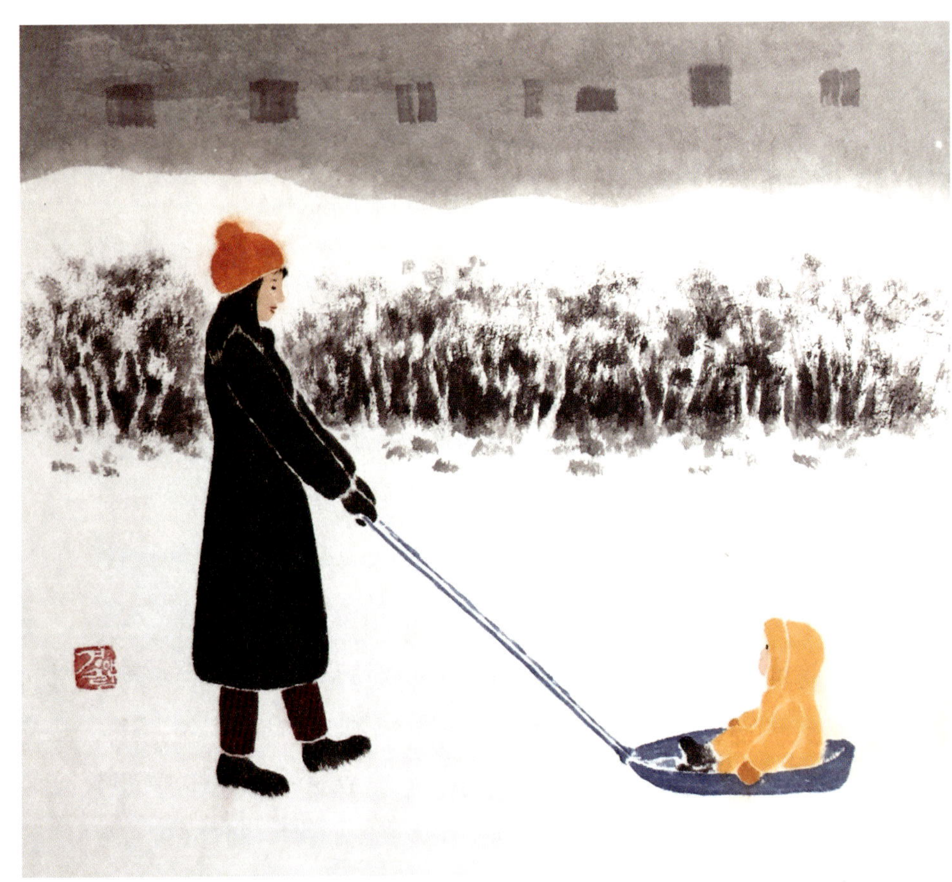

겨울 속의 母子 (41×52cm 2023)

제4부 — 하느님과 하나님

1. 기원 전의 방언학자들: '쉽볼렛'

우리가 살고 있는 지구 안에서 현재 사용되는 언어의 총 수효는 지금까지 정확히 알려진 바 없다. 미국에서 간행되는 *National Geographic* 잡지의 작년 8월호는 "지구상에 사라지고 있는 다양한 문화"라는 특집 기사에서, 지상의 여러 언어들을 대략 6000 여 개로 추정하였으며, 이 중에서 앞으로 100년 후에 살아남을 언어는 그 절반도 채 되지 못할 것으로 예측하였다.

세계화와 단일화 그리고 첨단의 디지털 과학 기술의 혁명과 보급 앞에 다양한 문화들이 맞이하는 멸종의 위기를 이야기하면서 언어가 주제가 되는 것은 여러 민족의 문화를 가장 확실하게 대변해 주는 표지가 바로 언어이기 때문이다. 그리고 그 언어가 이것을 사용하는 민족과 국가들의 정체성과 고유성, 동시에 다양성을 그대로 나타내기 때문이다.

우리 주위에서 행하여지는 자연 환경의 오염과 무분별한 파괴 그리고 인공적인 건설이 수많은 진귀한 생물들의 멸종을 초래하고 있음은 잘 알려져 있다. 이와 마찬가지로 오늘날의 추세로 미루어 보면 지구상의 많은 소수민족의 언어들도 곧 영원히 사라지게 될 것이 분명하다. 언어가 사라진다고 하는 것은 그 민족이 사라진다는 것이고, 민족이 사라지면 그 민족이 가지고 있었던 전통과 역사 즉, 문화도 함께 운명을 같이 하게 된다. 따라서 어떤 민족의 과학과 문화가 우수하고 막강하면 그 민족이 사용하는 언어도 여기에 상응하는 팽창력을 구비하게 됨은 물론이다. 그리고 그 언어의 힘은 그 언어를 사용하는 사람들의 수효에 비례한다.

한국어를 모국어로 사용하는 화자들의 전체 수효는 1980년대를 기준으로 하면 대략 6천만으로 권위 있는 <언어 백과사전>에 등록되어 있는데, 이 수치는 모국어 화자들을 기준으로 선정한 상위 20개 언어들 가운데 16위를 차지하고 있음을 보여준다. 이 가운데 1위와 2위는 말할 것도 없이 각각 중국어와 영어가 점령하고 있으며, 일본어는 1억 2천만 명으로 9위에 올라 와 있다. 이번에는 각각의 언어를 단일 공용어로 쓰고 있는 화자들의 숫자를 기준으로 등급을 설정한 표를 보면, 한국어는 이탈리아어 다음으로 15위에 있다. 따라서 우리의 모국어도 세계의 유수한 언어들과 어깨를 나란히 하며, 우리 민족의 다양성과 역사 그리고 문화를 빛내고 있는 것이다.

우리가 일상생활에서 쓰는 말은 단순한 의사소통의 기능만이 있는 것은 아니다. 우리가 입고 있는 옷이 단지 추위에서 우리를 보호해주는 기능만이 있는 것이 아니라, 자신의 직업과 취미 또는 경제 정도 그리고 멋과 유행을 나타낸다. 이와 똑 같이, 우리는 말을 통해서 자신의 출신 지역과 사회 계층 그리고 연령 등을 자신도 모르게 드러낸다. 또한, 우리는 하루의 생활을 하는 가운데 똑같은 말씨만을 언제나 사용하지 않는다. 누가 무슨 내용을 누구에게 어떤 분위기에서 이야기하는가에 따라서 우리들이 쓰는 말씨는 한결같지 않다.

한국어라고 해서 우리나라에서 통용되는 말이 한가지로 똑같을 수는 없다. 여러 지역에 따라서 그 문화와 전통과 풍습이 다르듯이 그 지역에서 쓰는 말도 한국어의 큰 틀 속에서 또한 다양성을 보이는데, 이것을 우리는 사투리 또는 방언이라고 한다. 그 지방의 문화와 사회 그리고 전통을 파악하려면 우리는 먼저 그 지방의 사람들이 쓰는 방언을 이해하여야 한다.

우리말의 방언은 그 지방의 고유한 어휘와 종결어미 그리고 억양을 갖고 있는데, 그 지방 토박이가 나중에 다른 방언사용 지역으로 이주해 간다고 하더라도 자신이 언어 형성기에 습득한 방언만큼은 쉽게 버리지 못한다. 특히 일정한 방언 지역에서만 사용되는 발음은 다른 방언 지역의 사람들이 흉내 낼 수 없는 경우가 많다.

예를 들면, 성장기를 경북, 특히 대구 등지에서 보내고 전주나 서울에 와서 사는 사람들이 지금까지 고향의 말씨를 갖고 있어서 우리말의 'ㅅ'와 된소리 'ㅆ'이 들어간 단어를 구별해서 발음하지 못하고 같게 발음하는 것도 이러한 사정을 잘 말해 준다. 그래서 "살(쌀)집에 갔더니 살(쌀)금이 살금살금 올라 있더라"와 같은 우스개 말도 있다. 그러나 한국어의의 여러 지역 방언들이 갖고 있는 이와 같은 고유한 특성 역시 우리말의 다양성과 맛을 보이는 것이기 때문에, 그 지역에 특유한 전통과 풍습 등이 그대로 보존되어야 하는 것과 마찬가지의 논리로 우리의 방언도 보존되어야 한다.

특정한 지역의 사람들이 사용하는 방언의 특질, 특히 다른 지역 화자들이 좀처럼 흉내낼 수 없는 고유한 발음상의 차이는 일상의 생활에서 주목의 대상은 될지언정 의사소통에 큰 문제를 야기하지 않는 것이 통상적이다. 그러나 구약성서의 <사사기> 제 12장 5절부터 7절까지는 방언의 발음상의 차이가 사람들의 생사를 좌우하는 결정적인 열쇠가 되는 불행한 사건이 다음과 같이 전개되어 있다.

> - 길르앗 사람이 에브라임 사람 앞서 요단 나루턱을 잡아 지키고 에브라임 사람의 도망하는 자가 말하기를 청컨대 나로 건네게 하라 하면 그에게 묻기를 네가 에브라임 사람이냐 하여 그가 만일 아니라 하면 그에게 이르기를 십볼렛이라 하라 하여 에브라임 사람이 능히 구음을 바로 하지 못하고 씹볼렛이라 하면 길르앗 사람이 곧 그를 잡아서 요단 나루턱에서 죽였더라. 그 때에 에브라임 사람의 죽은 자가 사만 이천 명이었더라.

구약성서의 <사사기>편은 여호수와 사후부터 왕정 시대가 시작되기 이전까지 걸치는 중간 단계에 이스라엘 여러 부족의 지도자들이 이

러브호텔에서의 하룻밤

방 민족의 압제로부터 민족을 구원했던 고난과 투쟁의 역사를 담고 있다. 가나안 땅을 분할해서 점령한 각 이스라엘의 지파들은 이민족들로부터 끊임없이 고통을 당했으며, 동족과의 분쟁과 생존의 치열한 싸움이 많이 일어났음은 잘 알려진 사실이다. 그리고 그들의 투쟁은 부족의 운명을 건 것이었기 때문에, 지금이나 예나 우리들의 정서에는 잘 맞지 않는 살육과 복수의 장면들이 나온다.

위에서 인용한 성서의 구절은 이러한 상황에서 길르앗 사람 입다가 이끈 군대가 공연한 시비를 걸고 위협하는 에브라임과 전투를 벌려서 격파하게 된 이후의 과정을 말하고 있다. 길르앗 사람들은 인근 지리에 익숙하였기 때문에 도망가는 에브라임 사람들 보다 지름길로 먼저 와서 요단 강 나루에 잠복해 있을 수 있었다. 도망가던 에브라임 사람들이 요단 강 나루에 이르러 우군인 길르앗 사람인 것처럼 행세하며 강을 건너 주기를 청했다. 그 때, 길르앗 사람들은 단 하나의 낱말의 발음을 시험하여 적군과 아군을 예외 없이 식별해 낼 수 있었다는 것이다.

그 낱말의 발음은 히브리어로 '곡식의 이삭'을 뜻하는 '쉽볼렛'(shibboleth)이었다. 그것은 길르앗 사람들이 자기들과 거주 지역이 다른 부족인 에브라임 사람들이 '쉬'(shi) 발음을 생리적으로 내지 못하고, 그 대신 '시'(si)로만 발음한다는 방언적 사실을 알고 있었다는 사실을 전제로 한다. 이러한 이유로 구약의 길르앗 사람들은 현대 언어학 책에서 방언 연구의 선구자들로 칭송을 받게 된다. 그리고 길르앗 사람들은 그들이 알고 있는 방언적 사실을 전투에 효과적으로 사용한 최초의 사람들인 셈이다.

여기서 '쉬'와 '시'의 발음상의 차이는 'ㅅ'[s]을 구개음화 시키는가 아니면 시키지 못하는가에 따라서 결정되는데, 모국어인 방언을 어릴 적에 습득할 때 구개음화를 몰랐던 에브라임 사람들은 적군이 시험어로 내놓은 '쉽볼렛'을 길르앗 사람들처럼 그대로 발음해 낼 수 없었다 (우리는 이 발음은 아기 오줌 누일 때 어머니가 흔히 하는 소리인 '쉬이'와 같이 하면 자연스럽게 나온다). 그 결과 그들은 끔찍한 죽음을 맞이하게 된 것이다. 이러한 연고로 '쉽볼렛'이라는 단어는 중동과 유럽의 많은 언어에서 원래 히브리어에서의 '곡식의 이삭'(또는 강)이라는 의미는 없어지고, '암호' 또는 '시험어'라는 바꿔진 뜻으로 새롭게 사용되었다.

그런데 내가 여기서 지적하려고 하는 사실은 이 부분에 대한 성서 번역상의 문제이다. 개신교에서 쓰는 개역 성서에서는 shibboleth를 발음하는데 일어나는 이스라엘 두 지파 간의 차이를 된소리 '씹볼렛'과 평음 '십볼렛'으로 구분하고 있다. 이러한 번역은 원문의 의미를 십분 전달하려는 의도에서 나온 것인 줄 알지만, 길르앗 사람은 평음으로 발음하는데, 에브라임 사람들이 이것을 평음으로 흉내 내지 못하고 된소리로 발음했다는 것은 일반 언어학의 원칙에 합당하지도 않으며, 평음과 경음에 대한 우리나라의 방언적 사실과도 전연 부합되지 못한다.

따라서 성서에서 이 부분을 읽는 독자들은 이 낱말의 발음이 이스라엘 지파에 따라서 차이가 있다는 것만을 이해할 수 있지만, 그 차이가 어떠한 것인지, 그리고 왜 일어났는지에 대해서 쉽게 납득할 수 없

러브호텔에서의 하룻밤

는 불편이 따른다. 굳이 이 낱말에서 평음과 경음에 따른 방언적 차이를 고수하려면, 길르앗 사람이 된소리를 사용한 반면 에이브라임 사람들은 그 된소리를 발음하지 못하고 평음으로 응답했다고 번역해야 앞에서 언급한 우리나라의 방언적 발음의 현실과 부합할 수 있다.

그렇게 번역하면 '쌀'을 '살'로 발음하는 지역 방언을 사용하는 화자들이 마음이 혹시 안 좋을 수도 있다. 그 해결은 결국 원문에 충실할 수밖에 없다. 그 대안은 이미 신 구교가 공동으로 작업한 공동번역 성서에 옳게 제시되어 있다. 그것은 시험어 shibboleth에 대한 두 지파의 발음 차이를 내가 위에서 설명한 방식대로 구개음화된 발음 '쉬-'와 그렇지 못한 '시-'의 구별해서 옮기는 것이다.

오래된 묵은 관행을 준수하는 것도 기독교의 좋은 전통인 것 같지만, 불편한 것은 과감하게 바꾸려는 노력이 보다 더 나은 전통의 수립이라고 나는 생각한다.

2. 하느님과 하나님

우리가 사회생활을 하면서 매일 사용하고 있는 말 속에는 우리의 정신세계와 사회 전통, 그리고 지향하려는 집단의 의지가 담겨 있다고 일반적으로 규정한다. 말은 우리의 정체성과 본질을 그대로 비추이는 거울인 셈이다. 특히, 우리가 어떤 대상이나 사람에 붙이는 이름은 전통적으로 매우 의미심장한 상징성을 띠고 있음을 누구나 다 알고 있다. 구약과 신약성경에 등장하는 인물들의 이름과 그 유래를 살펴보면, 당시 사람들에게 이름이 얼마나 중요하고 신비스럽게 작용하고 있는가를 알 수 있다. 왜냐하면, 이름은 단순히 호칭만을 뜻하는 것이 아니라, 그 이름을 소유한 사람의 실제적인 인격과 미래의 예언 등을 가리키는 중요한 표식이기 때문이다.

오늘날 개신교에서 히브리어 '야훼'를 '하나님'으로, 천주교에서는 똑같은 신(神)의 이름을 '하느님'으로 따로 구별하려는 관습과 의지는 신학적인 타당한 해석이라기보다는, 독특한 신앙적인 이념에서 나온 측면이 강하다고 생각한다. 그리하여 동일한 신과 교리를 믿고 따르는 어떤 기독교 신자가 히브리어인 '야훼'를 우리 '하나님'이라고 부르면 그는 개신교 신자이고, 우리 '하느님'이라고 하면 틀림없이 천주교 신자임이 분명하다.

이러한 명칭상의 구분이 기독교 교회를 벗어나 일반화되어, 통상적인 국어사전 부류에서도 '하나님'과 '하느님'에 대한 설명이 달리 풀이된 사실은 우리나라에서만 있을 수 있는 매우 특이한 일이다. 한글학회에서 엮은 『새 우리말사전』(1992)에서 '하나님'은 "개신교에서 '하느님'을 이르는 말"로, '하느님'은 첫 번째로 전통적인 민족 신앙적인 의미 이외에, 두 번째의 뜻으로 "가톨릭에서 신봉하는 유일신, 성부, 천주"와 같이 정의되어 있다.

원래 개신교에서 부르는 '하나님'이라는 이름이 지향하고 있는 뜻은 "하나뿐인 님(분)"이라는 유일신이라는 개념이 강하다. 그러나 원래 '야훼'라는 이름은 명사가 아니라, 움직이는 동사라고 한다. 즉, '야훼'의 뜻은 "나는 스스로 있는 자이다"와 같이 해석될 수 있기 때문에, 우리가 생각하는 유일신과는 거리가 멀다. 따라서 개신교에서 부르는 '하나님'은 숫자를 말하는 '하나'(一)에 '아버- 님, 어머- 님'과 같이 존칭을 나타내는 '- 님'이 첨가된 것이 아니다. 우리 국어에서 단어가 새로 만들어질 때, 숫자에 존칭의 '- 님'이 연결되어 쓰이는 예는 지금까지 따로 찾을 수 없다.

그렇기 때문에 '하나님'은 역사적으로 '하느님'을 우연하게 잘못 사용한 것이 분명하며, 오늘에 와서는 움직일 수 없는 개신교 전통이 되어 버린 셈이다. 다 아시는 바와 같이 '하느님'은 '하늘'(天)에 '- 님'이 연결된 단어로, 이러한 방식은 '아들님→아드님, 딸+님→따님'과 같은 단어들에서 쉽게 확인된다.

그렇다면 왜 유독 개신교에서만 '하느님'에서 '하나님'으로 잘못 옮겨 오게 되었을까? 어떻게 해서 우리나라에 고유한 재래식 '하느님'이 이스라엘 민족의 유일신, '야훼'로 부분적으로 변신하게 되었을까? 이 것은 지금으로부터 대략 100여 년 전에 개신교 외국어 성서가 우리말로 번역되고, 개화기 당시에 외래 종교였던 그리스도교가 우리나라에 전파되어 토착화하는 우여곡절의 과정 속에서 부수적으로 일어난 중요한 "사건"이었다.

원래 우리말에서 '하느님'은 '하늘'(天) 사상과 연관된 민족 고유 신앙에서 통상적으로 쓰이던 일반 명사이었다. 즉, '하느님'은 예전에 스님도, 도학자도, 양반이나 쌍놈도, 아녀자도 아무나 가리지 않고 쓸 수 있는 매우 민주적인 일상의 말이었다. 예를 들면, 눈먼 아버지에게 광명을 안겨 드리기 위해서 공양미 삼백 석에 몸을 팔아 인당수에 끌려간 효녀 심청이가 험한 파도에 뛰어 들어가기 전에, 두 손을 합장하고 일어나서 다음과 같이 하느님께 비는 애끓는 기도 좀 들어 보자.

- 비나이다 비나이다. 하날임 전에 비나이다. 심청이는 죽
  는 일은 추호라도 섧지 아니하여도, 병신 부친의 깊은
  한을 생전에 풀려 하옵고 이 죽음을 당하오니 명천은 감

러브호텔에서의 하룻밤

동하와 침침한 아비 눈을 명명하게 띄여 주옵소서.

여기서 심청이가 비는 말 가운데 바로 '하나님'이란 단어가 등장하였음을 주목해 주기 바란다. 오늘날로 보면, 우리의 효녀 심청이는 천주교가 아니라, 개신교를 믿는 그리스도인이었을까? 이런 사실과 연관하여, 김진홍 목사님의 어느 설교 가운데 다음과 같은 구절이 생각난다. 예전 국제금융 환란으로 나라 경제가 뒤숭숭할 때, 김진홍 목사님은 걱정하는 주위 사람들에게 이렇게 설파하는 것이었다. "우리나라 애국가에 '하나님이 보우하사 우리나라 만세' 하였으니, 우리 주 만군의 하나님 여호아께서 독실한 기독교 국가인 우리나라를 손 놓고 가만 계시겠는가?"

19세기 말엽에 영국의 선교사 존 로스는 중국 봉천에서 그의 동료인 존 맥긴타이어와 더불어, 대원군의 완고한 쇄국정책을 결사적으로 뚫고 한국에 개신교 교리를 전파하기 위해서, 그 첫 사업으로 신약성서를 한국어로 번역할 준비를 하기 시작하였다. 이 선교사들의 유일한 한국어 교사는 극심한 평안도 의주 사투리를 거침없이 구사하는 몇 명의 청년들(이응찬, 서상륜, 김진기, 백홍준, 이성하 등. 이 분들 가운데 몇몇은 나중에 개신교 최초의 장로가 되었다.)이었고, 번역의 원전은 영어와 한문본 신약성서이었다.

오랜 시간에 걸친 시행착오와, 천신만고 노력 끝에 완성된 최초의 한글 성서는 1882년에 만주 심양에서 어렵게 간행된 쪽 복음서 『누가

복음젼서』이었다. 이 복음서에서 비로소 '야훼'에 대한 이름으로 우리의 전통적인 '하느님'이라는 단어가 처음으로 선정되었다. 이 '하느님'은 한문본에 있는 '神'(신) 또는 '天主'(천주)를 그대로 따르지 않고, 그 대신 순수한 고유어인 우리말을 골라서 썼다는 데 큰 의의가 있다고 생각한다. 예를 들면, "하느님의 나라이 너의게 님하엿너니라"(누가복음 11장).

그 당시까지 낯설었던 이스라엘 종교의 중심인물인 '신' 또는 '야훼'라는 이름을 우리에게 전통적으로 친근한 '하느님'으로 번역하고 받아들였다는 사실은 성서 번역의 세계 역사에서 가장 의미 있고 중요한 사실로 인정하고 있다. 바로 이 '하느님'이라는 번역어가 그 당시 새로운 종교인 기독교 교리를 당시 험하고 고달픈 삶의 멍에를 지고 살았던 착한 민중들 앞으로 쉽게 다가 설 수 있게 하는 촉매 역할을 톡톡히 하였기 때문이다.

존 로스와 그 일행들은 그 해 가을에 『요한복음』을, 그리고 그 이듬해에는 『사도행전』을 번역하여 간행하고, 1884년에는 쪽 복음서『마태복음』과 『마가복음』이 뒤를 이었다. 그리하여 1887년에 드디어 『예수성교젼셔』라는 책명으로 신약성서 전권의 번역이 완성되게 이르렀다. 1887년판 『예수성교젼셔』를 일명 "로스본"이라고도 하는데, 이 책이 오늘날 개신교 성경의 원조가 되는 것이며, 그 번역의 전통이 부분적인 수정만을 거쳐 오늘날까지 그대로 이어 오고 있다.

이러한 과정에서 한글 번역은 세련되어 갔지만, 초기의 이름 '하느님'이 오늘날과 같은 '하나님'으로 바꾸어지게 되었다. 그리고 '하늘' 역시 '하날'로 옮겨 가게 되었다. 그 예로, 1887년 판『예수셩교젼셔』마태복음 6장 9절에서 13절에 걸쳐 수록되어 있는 원조 "주기도문"을 한번 음미하여 보기로 하자.

> 우리 하날에 게신 아바님아. 아바님의 일홈이 셩하시며,
> 아바님 나라이 임하시며, 아 바님 뜻이 땅에 일우기를 하
> 날에 행하심 갓치 하시며, 쓰는 바 음식을 날마당 우리를
> 주시며, 사람의 빗 사함과 갓치 우리 빗을 샤하시며, 우리
> 로 시험에 드지 안케 하시며 오직 우리를 악에 구완하여
> 내소셔.

여기서 원래의 '하느님'과 '하늘'이 나중의 번역서에서 점차적으로 '하나님'과 '하날'로 바꿔지게 된 원인은 그 당시 혼란의 극에 달했던 표기법의 문제에 있었다. 예전부터 이 어휘들은 전통적으로 '하ᄂᆞᆯ'(天)과 '하ᄂᆞ님'이었다. 그러나 일반적으로 아래 '아'라고 부르는 'ᄋᆞ'는 그 음가를 상실해 버리고 첫 음절 위치에서는 '아', 그리고 둘째 음절 위치에서는 '으'로 변화되어 버렸다. 그럼에도 불구하고, 소리는 이미 예전에 변해 버렸지만, 표기는 습관에 의하여 끊임없이 사용되어 왔다. 그러나 이러한 사정을 잘 모르는 일반 사람들은 그 문자 'ᄋᆞ'를 단순히 '아'로 발음해 오게 되었다.

지금도 그렇지만, 문자가 먼저가 아니고, 발음이 먼저이나, 유식한

사람들은 문자가 발음보다 더 중요한 것으로 인식하고 '하놀, 하ᄂ님' 같이 쓰여진 말들을 실제 발음에도 '하날, 하나님'으로 쓰게 된 것이다. 이런 잘못된 관습이 오래 동안 지속되다가, 급기야 1933년에 공표된 우리나라 최초의 맞춤법 통일안에서 그 폐단이 제거된다.

따라서 오늘날 개신교에서 굳어진 '하나님'은 원래 '하ᄂ님'에서 출발하여, 그 발음이 '하느님'으로 변화되었으나, 표기에 그대로 '하ᄂ님'이 쓰이게 되어 나중에 발음이 문자 중심으로 잘못 바꾸어져 '하나님'으로 된 것이다. 예를 들면, 역사적으로 아래 '아'를 갖고 있던 '아돌'(子)이 '아들'로 자연스럽게 변화되었지만, 습관상 표기가 '아돌'로 사용되었기 때문에 발음마저 '아달'로 된 것과 마찬가지이다. 이런 경우에 어떤 개신교 신자도 '아달'이 올바른 말이라고 주장하지는 않는다. 그런데, '하나님'은?

초기에 개신교에서도 위와 같이 표기상의 혼란으로 야기된 '하나님'이라는 명칭이 불합리하다는 사실을 깨닫고, 원래의 '하느님'으로 돌아가려는 노력을 끊임없이 하였다. 그러나 전통적인 옛날식 표기 '하느님'도 다시 그 사이에 혼용되기 시작하여서 문제가 복잡하게 되었다. 그리하여 오늘날 현행 한글 성서의 완결판인 1956년 『개역 성서』에서 최종적으로 '하나님'으로 결정되어 지금에 도달한 것이다.

그렇다면 '야훼'에 대해서 우리가 '하느님'이라 하던지, 또는 '하나님'이라 하던지 간에 무슨 상관이 있단 말인가? 원칙적으로 우리가 사용하는 말에는 이름과 그 대상 사이에 필연적인 관계가 없기 마련이다.

러브호텔에서의 하룻밤

왜 우리가 '나무'(木)를 '나무'라고 부르는가? 그것은 우리 사회에 전승되어 온 하나의 약속이기 때문이지, 반드시 '나무'이니까 그렇게 부를 필요는 어디에도 없는 것이다. 그러나 이 글을 읽는 현명한 독자께서는 이 글의 시작에서 말은 우리의 정신세계를, 그리고 지향하려는 집단의 의지를 담고 있다는 지적을 상기할 필요가 있다. 이름도 마찬가지이다. 이름은 어느 집단의 관용과 포용성이 없는 이데올로기도 반영하고 있는 것이다.

이런 사실과 관련하여, 나는 한국 개신교의 큰 스승인 오리 전택부 선생님을 생각한다. 그분은 기회 있을 때마다 천주교와 개신교의 화합과 일치를 위하여 노력해 오셨다. 그리고 그분께서는 일찍이 그 화합의 첫 걸음은 원래의 '하느님'이라는 이름으로 돌아가는 데 있다고 주장하셨다.

제4부 – 하느님과 하나님

3. 조선의 토박이 하느님

기독교 개신교에서는 '하나님', 천주교에서는 '하느님'이라고 동일한 신(神)을 서로 달리 부른다. 그리고 서로 절대 타협하지 않는다. 우리 민족에게는 자고로 고유한 토박이 '하느님'이 있어 왔다. 스님이나 유학자에게도, 여염집 여인이나, 머슴에게도 모두 같은 평등한 하느님이었다. 개신교에서 이스라엘 민족의 유일신 '여호아'(야훼, Jehovah)라는 명칭을 고유한 민속적인 우리말 '하나님/하느님'으로 최초의 옮김은 번역의 역사에서 가장 획기적인 대사건이라고 일컫는다.

기독교의 번역어 '하느님'은 19세기 후기 영국 선교사 Ross와 일단의 평북의주 청년들이 만주 봉천에서 공동 작업해서 펴낸 최초의 한글 신약 번역서 『예수성교전서』(1887)에서 비롯된다. 한글 신약성서 이전 시기에 우리나라 조선에서 이 책에 버금갈만한 베스트셀러가 있었다.

그것은 『이륜행실도』와 『삼강행실도』를 합본해서 한글로 번역한 『오륜행실도』(1797)이었다. 자식이 부모에게, 신하가 군왕에게, 아내가 남편에게, 아우가 형에게, 친구가 친구에게, 어린이가 어른에게, 제자가 스승에게 바치는 정성과 사랑, 그리고 존경에 대한 유교적 가르침이 당시 국가와 사회, 그리고 가정의 기본과 조화를 이루었다.

조선 세종 때부터 새 문자 훈민정음으로 먼저 『삼강행실도』 번역에 착수하기 시작했으며, 이어서 후대 왕조에서 『이륜행실도』를 한글로 옮기는 일이 국가사업으로 꾸준히 진행되었다. 나중에 1797년, 정조 21년에는 왕의 명으로 한문과 한글 번역이 함께 실린 『오륜행실도』 결정판을 간행하였다.

『오륜행실도』, <효자도>에 실려 있는 다음의 이야기가 조선의 하느님을 대표한다. 18세기 후기의 한글 철자법으로 작성된 본문과 함께 실린 삽화는 조선 후기의 미술을 대표하는 궁정화가의 작품인데, 김홍도의 화풍을 연상시키는 섬세하고 미려한 목판화이다.

<권 제 1, 효자> 동영이 돈을 빌다(董永貸錢)
1. 동영은 漢나라 천승(千乘) 사람이다.
2. 아버지가 돌아갔는데도 장례를 치를 비용을 마련할 길이 없었다.
3. 이에 어느 부자에게 가서 돈 만 냥을 꾸고 이렇게 말했다.
4. "후에 만일 이 돈을 갚지 못하는 때는 제가 당신 집의 종노릇을 하겠습니다."
5. 그리하여 장례를 정성껏 치렀다.

6. 그가 약속대로 부잣집의 종노릇을 하러가는 도중, 길에서 갑자기 한 부인을 만났는데, 그 여인은 동영의 아내가 되기를 원하였다.

7. 그러자 동영은 이렇게 말하며, 애써 사양하였다.

8. "나는 가난하기 짝이 없는 몸으로, 이제 남의 종이 되려고 가는 길이오. 이런 몸이 그대를 어찌 아내로 삼으리오."

9. 그러자 그 부인이 이렇게 말하였다.

10. "저는 낭군의 아내가 되기를 간절히 원합니다. 가난하고 천한 것은 전혀 부끄러워하지 않습니다."

11. 동영은 더 거절할 수가 없었다.

12. 부인을 데리고 돈 주인에게 같이 가니, 주인은 동영의 아내에게 물었다. "당신은 무슨 일을 잘 하오?"

13. 부인은 서슴지 않고 말하였다. "저는 비단을 잘 짤 줄 압니다."

14. 주인은 이렇게 말했다. "그러면 잘 되었소. 비단 300 필을 짜 놓으면 당신들 내외를 돌려 보내주겠소."

15. 그러나 비단 300 필은 보통사람이 거의 한평생을 짜도 못 짤 만큼 엄청난 수량이다. 하지만 동영의 아내는 그 비단 300 필을 한 달 안에 다 짜서 주인에게 주니 돈 임자는 깜짝 놀라서, 약속대로 내외를 돌려보내 주었다.

16. 두 사람이 돌아가는 길에, 예전에 만났던 곳에 이르렀

러브호텔에서의 하룻밤

다. 이 지점에 이르자 여인은 발길을 멈추고 말하였다.

17. "저는 원래 하늘에 있는 직녀성(織女星)입니다. 그대의 지극한 효성에 하느님이 감동하시어 나를 내려 보내어 그대의 빚을 갚게 한 것입니다."

18. 말을 마치자 부인은 구름을 타고 하늘로 올라가 버렸다.

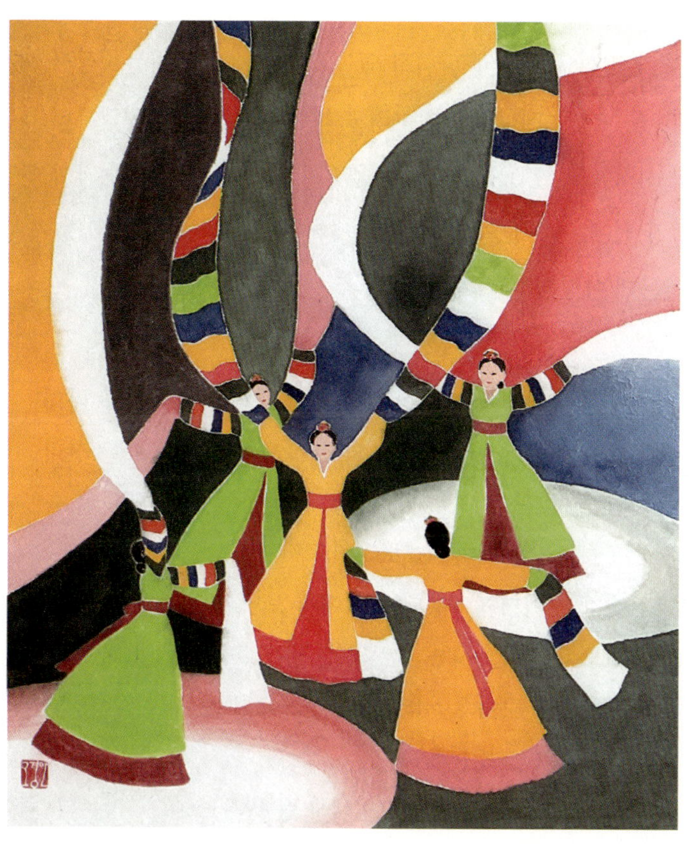

제4부 ─ 하느님과 하나님

4. 보혜사(保惠師)

내가 평신도로 오래 다니고 있는 교회에서 주관하는 <성서 새롭게 읽기> 운동에 늦게나마 동참하려고 게으른 나는 우선 신약부터 틈틈이 보기 시작하고 있다. 『요한복음』을 읽어가는 가운데, 예수님이 붙잡혀 가시기 전에, 제자들의 발을 몸소 씻어주며 전하는 마지막 몇 가지 설교 가운데 이렇게 '보혜사'란 말이 두 번 나온다.

- 내가 아버지께 구하겠으니 그가 또 다른 보혜사를 너희에게 주사 영원토록 너희와 함께 있게 하리니 그는 진리의 영이라… 그는 너희와 함께 거 하심이요 또 너희 속에 계시겠음이라(14장 16-17절).
- 내가 아버지께로부터 너희에게 보낼 보혜사 곧 아버지께로부터 나오시는 진리의 성령이 오실 때에 그가 나를 증언하실 것이요…(15장 26절).

우리말의 일상어에는 본시 '보혜사'란 말은 쓰이지 않는다. 국어사전에 이런 단어가 표제어로 등록되어 있지만, 기독교에서 쓰는 특수 종교어로 풀이되어 있다. 그렇다면, 다른 언어의 성서에서 우리의 '보혜사'란 말은 어떻게 번역되어 쓰이고 있을까 하는 생각이 들었다.

내가 가지고 있는 몇 가지 영어성서에는 counsellor (상담자, 변호사, 조언자, 법정 변론 변호사)와, comforter(위로하는 사람)으로 나온다. 또 paraclete(변호사, 조정자)라는 어려운 번역어도 등장한다. 영어어원 사전에서 이 단어는 그리스어 원전에 쓰인 parakletos를 그대로 차용한 것이라고 한다.

그 다음으로, 독일어 성서에서 '보혜사'에 해당되는 단어는 Stell-vertreter(대리인, 위임자), 그리고 마틴 루터 번역본에는 Troester(위로하는 사람)로 번역되어 나온다. 프랑스어 성서에서는 이 말은 영어의 counsellor에 해당하는 consolateur로 대응되어 있다.

19세기 후기에 간행된 우리말 최초 번역 성서의 원조인 Ross본 『예수성교젼셔』(1887)의 <요안내 복음>에서 오늘의 '보혜사'란 말은 "안위하는 쟈"로 번역돠어 있다. 여기에 처음으로 선을 보인 "안위(安慰)하는 쟈"란 말은 위에서 우리가 보았던 영어성서의 comforter(위로하는 사람)이라든가, 독일어판에서의 Troester(위로하는 사람)와 대체로 일치한다. 하나님 아버지께서 예수님 대신 우리에게 보내주시는 "또 다른 위로해 주는 사람"이란 말이 생뚱한 단어 '보혜사'보다 내 마음에 깊이 와 닿는다. 참 좋은 말이다.

그러나 Ross본의 여러 문제점들을 극복하고 성서번역 위원회에서 오랜 노력 끝에 완성된 20세기 최초의 개정판 『신약성서』(1990)의 텍스트에 '안위하는 자'라는 말은 비로소 '보혜사'란 용어로 교체되었다. 여기에 처음으로 등장하는 번역어 '보혜사'는 중국어 성서에 나오는 한자어 '보혜사'(保惠師)를 그대로 차용해온 것이다. 원래 우리말에는 '보혜', '보혜사'라는 수상한 한자어는 예전부터 쓰인 적이 없다.

언젠가 예전 주일날 온 가족이 둘러앉은 아침 식탁에서 당시 반항심 많은 중 3짜리 둘째가 제 엄마에게 이렇게 의도적인 질문을 던진 적이 있었다.

- 엄마, 엄마는 왜 교회에 지금까지 다니시는 거예요?

이런 불손한 둘째의 돌연한 질문에 그 날의 평화롭던 아침 분위기는 싸늘하게 식었다. 그 애는 자신의 의지와는 무관하게 천주교 학교에 배정되어 다니고는 있으나, 평소 학교의 종교의식에 대해서 불만이 많았던 터이었다. 그래서 주일학교 다니기를 부탁하는 제 엄마를 슬쩍 떠보려는 의도가 분명했다.

내가 먼저 흥분하기 전에, 아내가 둘째에게 타이르듯 이렇게 얼른 응답했다.

- 응, 우리가 그 동안 객지에 와서 아는 친척 하나 없이 너
  희들을 애써 키우고 살면서도, 교회 다니면서 한없는 삶
  의 위안과 마음의 안정을 얻었단다…

러브호텔에서의 하룻밤

5. 할머니의 '하꾸라이'(舶來)

기미년 3.1 운동 당시 처녀였던 우리 할머니는 초등학교 근처에도 못가보고 평생 사신 분이었다. 그래도 우리에게 보여주신 소박한 생활 철학은 어느 현명한 철인 못지않았던 것으로 지금은 회상한다. 그분은 일제의 36년 모질고 긴 세월 속에서도 일본어 구사는 전혀 못하고 통과 할 수가 있었는데, 그것은 애국심이어서가 아니라, 단순히 무식했었기 때문이었다. 고향에서 철이 하나도 없었던 어린 우리들은 그런 할머니 를 <유관순 누나>라고 놀려서 부르곤 했었다.

그래도 그분은 우리 손자들 앞에서 조금 유식해 보이는 외래어 몇 개를 간혹 구사하기도 해서 우리가 무척 신기해 하기도 했다. 그것은 '하이칼라', '나래비', '오모짜', 그리고 '하꾸라이'라는 단어인데, 대개 일본어에서 건너온 외래어였다. 이 말들은 나중에 거센 국어순화운동 으로 우리말로 대체되어 버렸지만, 이 가운데 나는 할머니가 애용하던 '하꾸라이'라는 단어의 뜻은 종시 알아차리기 어려웠다.

그래서 두고두고 이 말이 궁금해서 내 마음 속에 남아 있었다. 내가

제4부 – 하느님과 하나님

대학을 나와서 서울 변두리 학교에서 근무할 적에, 나이 많이 먹은 한문 선생님에게 예의 '하꾸라이'의 의미를 물어본 적이 있었다. 그 자리에서 아주 쉽게 그 단어는 한자어 '舶來(品)'의 일본식 발음 'はくらい'라고 알려주어서, 나의 오래 묵은 의문이 풀렸던 것이다. 일본어 '하꾸라이'는 "배로 물 건너 온 수입 명품"이라는 뜻인데, 원래 수입 외래품은 품질이 좋고, 국산품보다 우수하다는 그 당시의 사고에서 비롯된 단어인 것 같다.

우리 할머니는 평소에 이 단어를 "아주 멋있다/좋다"는 형용사로 사용하신 것이다. 사고의 연상 작용에서 바롯된 자연스러운 의미변화의 과정이 반영된 결과다.

- 그것 참말로 하꾸라이네.

이렇게 이 말은 궁금증이 풀리면서 나의 뇌리에서 이내 사라져 버렸다. 그래도 어린 시절 고향에서 보냈던 할머니의 포근한 품속을 생각할 적이면, 언제나 이 '하꾸라이'라는 말이 같이 붙어 나오곤 했다.

어제 오후 춘곤증에 시달리면서도 골방에서 현대국어 출발 단계에 속하는 20세기 초반의 언어자료들을 이리저리 뒤적여 보고 있는 가운데, 난데없이 우리 할머니의 '하꾸라이'라는 단어가 본문에서 튀어나와서 놀랍고, 신기했다. 그리고 무척이나 반가웠다.

1920년대 서울에서 선교사 Sauer 목사가 저술한 『Korean for

Beginners』(1925, 한국어 초보)라는 회화 중심의 한국어 학습서에 실린 아래와 같은 "저자 흥정"이 벌어지는 대화 예문에서 예의 '하꾸라이'가 등장하고 있다.

- 이것은 죠션서 제조한 것임니가?(Is this Korean made?)
- 아니오, 미국서 제조한 것임니다. 하꾸라이올시다.(No, this is made in America.)

이어서 이 교과서 주석에서 '하꾸라이'라는 말의 의미를 다음과 같이 부연해서 설명하고 있다. "요새는 상인들이 Hakurai라는 일본말을 통상적으로 사용한다." 이 말의 문자 그대로의 의미는 '배로 도착했다'(came by boat)는 것으로, 한국이나 일본에서 만든 상품이 아니라, 수입품임을 특별히 표시하기 위해서 사용하는 것이다.

지금은 이 외래어가 완전히 사라져버렸지만, 혹시나 하고 국립국어원에서 펴낸 『표준국어대사전』을 찾아보니, 예의 '하꾸라이'가 변신된 한자어 '박래'(舶來)가 표제항으로 그대로 올라와 있다.

- 【박래(舶來)】: 명사 ⇨ 다른 나라에서 배로 실어 온 물품.
  =박래품.

1920년대 우리말에서 일본어 차용어 '하꾸라이'의 외형은 단지 한

자어 '박래/품'(舶來/品)로 슬쩍 변장했을 뿐이라는 생각이 든다. 우리 고유의 것보다 배 타고 바다 건너 수입되어 온 소위 명품을 선호하는 우리의 일부 백성들의 속물근성은 오늘날까지 여전히 변하지 않고 지속되고 있는 것이다.

위키 <낱말사전>을 찾아보니, 이제는 '하꾸라이'라는 말의 의미도 부분적으로 변화하고 있다고 한다. 원래 해외에서 배를 타고 건너 왔다는 의미가 중심이었지만, 해외에서 불량하고 천박한 유행의 것도 같이 묻어오면서 "비정상적인, 엉뚱한, 가짜" 등의 부정적인 의미도 첨부되어 있다는 것이다.

러브호텔에서의 하룻밤

6. '없음'(無)와 '있음'(有)의 언어

오늘의 복잡한 사회를 살아가는 우리는 어떻게 보면 어느 정도 모순적인 존재들이다. 뜨거운 해장국을 먹으면서, 사람들은 시원하다고 한다. 쌀을 시장에 가서 돈을 내고 사려면서, 쌀 팔러 간다고 한다. 약국에서 우리가 흔히 찾는 '설사약'이나 '두통약'도 역시 그렇다. 세상에 설사나 두통을 일부러 일으키는 특수한 약을 판매하는 약국은 없다.

언어는 우리의 사회와 인식구조를 그대로 반영하는 거울이라고 한다. 그래서 이러한 앞뒤가 안 맞는 모순적인 말들은 우리가 일상에서 모순적인 주체라는 일면을 잘 드러낸다. 단어는 의사전달이 이루어지는 다양한 상황에 따라서 새롭게 만들어지기도 하고, 은유나 환유 같은 유추작용에 의해서 뜻이 다양하게 발전한다고 한다. 따라서 세대 간에도 말의 사용에 장벽이 생기기도 한다.

내가 예전에 학교에서 수업할 적에 2000년대부터 대학생들이 툭하면 쓰던 말 "(우와~~) 쩐다, 쩔어!"의 뜻을 여태 모르고 있다. 눈치껏 쓰이는 상황으로 파악하면, 그 말은 [대단하다!] 정도일 것 같지만, 그 반대

281

의 뜻도 있는 것 같다.

'시름없이'라는 말은 시름이 많아서 근심으로 기운이 없다는 의미
이다. 이러한 뜻으로 변화는 개화기 단계부터 일어난 것 같다. '우연찮
게'는 '우연'을 부정한 뜻이 아니라, '아주 우연하게' 라는 강조가 첨가
되어 있다. 전라도 말에 '오늘사 말고' 라는 관용어는 오늘을 부정하지
만, [오늘에야 하필]이라는 긍정의 의미로 쓰인다.

이러한 부정어 '- 말고'가 붙어서 긍정의 뜻을 강조하는 또 다른 표
현으로 종결어미로 쓰이는 '- - 하고 말고'가 있다. 1910년대 독일 베네
딕토 수도원에서 당시의 한국 원산 교구로 파견된 에카르트 신부가 독
일어 문법의 틀을 기준으로 저술한 『조선어교제문전』(1923) 한국어의
부정법 부분에서 '- 고 말고'라는 구성은 원래 뒤에 오는 "말할 필요가
없소. 나무 분명해서"라는 구문이 생략된 강조 긍정 표현이라고 설명한
바 있다.

이와 같은 일정한 구문이 생략되어 표면상으로 부정적 구문이지만,
강조의 긍정어로 쓰이는 또 다른 보기를 찾을 수 있다.

- 둘이는 좋아서 죽고 못 산다.
➡ 둘이는 (너무) 좋아해서 (떨어지면) 죽고 못 산다.

부정어 '없다'와 늘 붙어서 쓰였던 몇몇 긍정어가 인접한 부정어에
감염되어 독자적으로 부정의 의미로 변하게 된 단어들도 있다. '별로'

러브호텔에서의 하룻밤

라는 부사어는 한자어 '別'에 부사어로 만드는 접사 '- 로'가 연결된 단어로, 원래의 의미는 글자 그대로 [특별하게]에 해당된다. 그러나 부사어 '별로'에 부정어 '아니다/없다' 등이 자주 연결되어 쓰이면서 이제는 부정어 없이 '별로' 자체가 부정을 전담하게 되었다.

- 어머니: 어제 선 본 그 총각 으떠냐?
  딸: 흥, 별로야…

'칠칠치 못하다'에서 나온 '칠칠하다'의 의미는 [반듯하고 야무지다] 정도인데, 지금은 그 의미를 부정하는 말로 변했다. 여기에 오늘날 '엉터리'도 포함된다. 19세기 후기 Gale 선교사가 편찬한 『한영자전』(1897)에 '엉터리' 항목은 [원칙과 근본이 있는 대상]으로 등록되어 있다. 아직도 여전히 '엉터리+없다'와 같은 표현에서 원래의 뜻을 보존하고 있으나, 나와 같은 부류의 '엉터리박사'도 흔하다.

'주책'의 경우도 이와 같은 과정을 일찍 밟았다. 원래 '주책'은 [분명한 주장이나 판단력]을 의미하는 긍정어였으나, '주책+없다'에서 지금은 부정어 '주책 바가지'까지로 변하였다. 학술 논문에서도 등장하는 '- 인지도 모른다', 또는 '- - 이 아닐까 한다' 등과 같은 부정적 표현은 필자의 완곡한 긍정을 뜻한다.

예전에 미국 인디아나 동아시아 학과 시건방진 Krippes 교수가 역사 언어학 전문 학술지 Diachronica(6- 1, 1989)에 수원대학교 강길운 명예교수의 저서 『한국어 계통론 개설』(1988) 서평을 극히 부정적으로 실은 적이 있었다. 나중에 강길운 교수가 그 서평을 뒤늦게 찾아 읽고, 조목조목 반박하는 응답 글을 『한글』(231호)에 발표했다. 강 교수의 결론 끝 부분에 이런 표현이 나온다.

"- - 이 우습지도 않다."

어쩌다 공부하기 어렵다는 알타이 언어학 분야가 이렇게까지 되었을까 한편으로 안타까우면서, 예의 "- - 우습지도 않다"와 관련된 우리말 표현 방식의 이모저모를 생각해 본 것이다.

러브호텔에서의 하룻밤

7. 조선시대의 팁(tip): '신발값'

예전 2006년에 작고하신 서울대 명예교수 안병희 선생이 『주시경학보』 제1집(1988)에 게재한 논문 "최세진의 <吏文諸書便覽>에 대하여"의 글에서 우리말 이두문에 대한 주석을 보고 있노라니, 문득 다음과 같은 단어가 소개되어 있다. 脚費: 鄕言 신발값.(p.67).

16세기 조선시대에 '각비'(脚費; 다리품에 드는 비용)이라는 뜻으로 비유적로 '신발값'이라는 복합어가 사용되었다는 사실에 신기한 느낌이 들었다. 명사 '신'(履)은 원래 동사 '신- 다'에서 파생된 단어로 보인다. 여기에 사족으로 '빌'(足)이 첨가된 '신발' 형태가 비교적 이른 시대에 형성되어 있는 것이다.

이 '신발값'이라는 단어가 지금까지 오늘날에도 그대로 쓰이고 있을 것 같아서 『표준국어대사전』에 찾아보았더니, 다음과 같이 풀이되어 있다.

제4부 — 하느님과 하나님

- 신발값: 심부름하는 값으로 주는 돈.

그렇다면, 단어의 형태는 그대로 지속되어 왔으나, 그 의미는 어느새 그 동안에 점차적으로 변화를 입은 것으로 보인다. 아니면, 16세기 중세국어 시대 자체에서도 그 당시 대중들의 의미의 연상 작용으로 예의 '신발값'에 덤으로 주는 심부름 값이라는 제2의 뜻도 일상에서 파생되어 나왔을 것 같기도 하다.

내가 어렸을 적에 주변 어른들이 시키는 간단한 심부름을 해주고, 운이 좋으면, 심부름 값을 타기도 했다. 그 맛에 길 들여져, 집에서 나에게 떨어진 간단한 심부름에도 먼저 손을 내밀기도 해서 야단을 맞기도 했다.

그러고 보니, '신발값'과 같은 단어 만들기 방식으로 형성된 이와 비슷한 '담뱃값', '막걸리(술) 값'이라는 말을 예전에 가끔 들어본 적이 있다. 늦가을에 우리 집 초가지붕 이엉을 새로 이어주는 동네 용만이 삼춘한테 우리 할머니는 미리 약정된 비용에 덧보태서 고생했다는 인사로 담뱃값을 억지로 쥐어주곤 하는 모습을 나는 곁에서 지켜보기도 했다. 어떤 때는 힘든 집안일을 해주고 품삯 외에 은근히 기대했던 담뱃값이나 막걸리 값을 그 때 형편상 못 받으면, 노골적으로 투정하거나, 섭섭해 하는 일꾼들도 있었다.

우리말 '막걸리(술) 값'이라는 단어 구조와 똑 같은 말이 서양에도 쓰이고 있다. 독일어의 Trinkgeld(술+값/돈)가 여기에 해당한다. 사전을 찾

러브호텔에서의 하룻밤

아보니, 프랑스어에도 이와 비슷한 단어가 존재한다. 그것은 pourboire 라는 명사인데, 단어의 구조는 [술을 마시기 위해서] 정도에 해당한 다. 독일어의 Trinkgeld나, 프랑스어의 pourboire의 의미는 모두 영어의 '팁'(tip)에 해당한다.

그렇다면, 영어의 '팁'의 기원은 덤으로 주는 우리의 '신발값'이나 '막걸리 값' 정도로 소급될 것 같다. 영어의 '팁'은 원래 중세 유럽에서 상류층이나 귀족들이 시중을 드는 하인이나, 일꾼들에게 약간의 호의 를 베푸는 선행의 관습으로 출발하였다고 한다. 그리하여 '팁'이란 말 자체의 어원이 "소액의 선물"이라고 『옥스퍼드 영어 어원사전』에 나와 있다. 지금은 서양의 산업화 이후 서비스 산업에서는 공공연한 팁- 문 화로 성문화되었다.

최근에 우리나라 고급 음식점이나 술집, 그리고 카페에서 팁에 관한 실랑이가 발생하고 있다고 방송에서 전한다. 심지어 어떤 영업소에는 봉사료 팁에 관한 노골적인 요구 문구가 팻말로 걸려 있다고도 한다. 그러나 우리나라는 식품위생법에서 규정한 <최종지불가격 표시제>이 기 때문에, 서비스해주는 직원들에 팁을 주거나, 노골적으로 고객에게 요구하는 행위는 모두 불법에 속한다.

암만 그래도, 우리가 정말 마음에서 우러난다면 팁은 불법이니 말 고, 고마움에 대한 마음의 표시로 약간의 담뱃값이나 막걸리 값 정도를 서비스해준 직원에게 슬쩍 건네주는 것도 우리의 정일 것이다. 만약 그 직원이 술도 담배도 않는다고 한다면, 그 대신, '껌값'도 있다.

8. 낚시꾼들은 고기를
얼마나 잡아야 "안심"(安心)하나

우리나라에서 18세기 말엽에 간행된, 조선어와 중국어 그리고 만주어가 대조된 다중 언어사전인 『한청문감』 영인본 일부에서 자료를 찾기 위해서 살펴보다가, 문득 다음과 같은 표현이 눈에 들어왔다.

- 안심치 아니타; 生受了; 바니하(baniha) 6:47ㄱ.

한글로 음역된 만주어 '바니하'의 뜻을 사전에서 찾아보니, "감사하다, 사례하다" 등으로 나와 있다. 그리고 『한청문감』의 해당 본문에 만주어로 이렇게 부연 설명이 붙어 있다.

- 어떤 사람이 좋은 선물을 보내오면 <안심치 않다>라고
  말한다.

러브호텔에서의 하룻밤

이러한 사실을 보면, 고맙다 또는 감사하다는 의미로 18세기 후기 우리말에서 "안심치 않다" 와 같은 말이 일부 사용되었던 것으로 보인다. 다른 이로부터 생각지도 않았던 배려나 선물을 받으면, 받는 이의 입장에서 왜 마음이 안심치 못할까. 보통 우리가 일상에서 쓰는 '안심'(安心)은 원래 어떤 의미일까. '안심'(安心)이란 단어를 초등학생처럼 새삼스럽게 국어사전에서 찾으니 통상적인 일차적 기본 뜻 이외에, 이런 불교적 의미가 실려 있다.

> - 불법을 믿어 어떠한 충동에도 마음의 움직이지 않은 경
> 지에 이른 상태를 이름.

그러고 보면, '안심'(安心)이란 말은 원래 불교 용어에서 대중들의 일상어로 확산된 것으로 보인다. 애초에 불교에서 쓰였던 '천당, 지옥' 같은 단어도 나중에 그대로 기독교로 옮겨진 사연과 비슷하다. 그런데 국어사전에는 '안심'이란 똑 같은 단어에 항목을 달리해서 다음과 같은 뜻풀이가 따로 실려 있다.

> - 낚시꾼들이 물고기를 여덟 마리째 잡음을 이르는 말.

낚시꾼들이 낚시하러 가서, 대략 8 마리쯤 낚아낼 때이면 그제야 새벽에 서둘러 낚시하러 나온 체면도 서고, 구경하는 남에게 위신도 세울

제4부 — 하느님과 하나님

수 있으니, 비로소 마음의 평정 상태인 안심(安心)이 되는 단계에 이르는 모양이다.

그건 그렇지만, 남에게 과도한 호의나 선물을 뜻밖에 받게 되면, 고맙기는 하면서도 마음이 편치 못하고 폐를 끼친 느낌이 들어 거북할 것이 인지상정이다. 그 결과, 미안(未安)할 것이다. 우리말 '미안'(未安)이란 말 자체가 "안심치 못하다"로 옮겨진다. '미안'의 뜻은 국어사전에서 이렇게 풀이되어 있다.

- 남에게 폐를 끼쳐, 마음이 편치 못하고 거북함.

현대국어에서도 '안심찮다'라는 단어가 국어사전에 등록되어 있는데, 그 뜻은 "남에게 폐를 끼쳐서 미안하다". 로 풀이되어 있다. 그렇지만, 우선 국어선생인 나의 경우에서도 평소에 이런 표현을 사용해 본 적이 없어 생소하다 오늘날 전남과 전북 방언 일대, 그리고 함경도 방언 전역에는 '아심찬타, 아심찮이, 아심채이꾸마/아심채이오' 등과 같은 말들이 쓰이고 있다. 그 뜻은 대략 "미안할 정도로 고맙다"에 해당된다.

- 아심찮게 무슨 이런 걸 다 주시오(전남 강진).

이러한 지역에서 쓰이고 있는 '아심찮다/아심탠타' 부류들은 바로 18세기 후기 자료에 감사의 뜻으로 등장하였던 '안심치 아니타'로 소급

러브호텔에서의 하룻밤

될 여지가 있다. 그러나 '안심- >아심- '으로의 말소리 변화는 통상 생산
적인 음운규칙으로 설명되지 않는 특이성이 있다. 그렇다면, 한국의 남
부와 북부방언 일대의 순박한 노년층 화자들은 일상에서 다른 이들로
부터 뜻밖에 배려나 호의 또는 선물을 받으면, 정말 미안(未安)할 정도로
안심(安心)하지 않고 있을 것 같다.

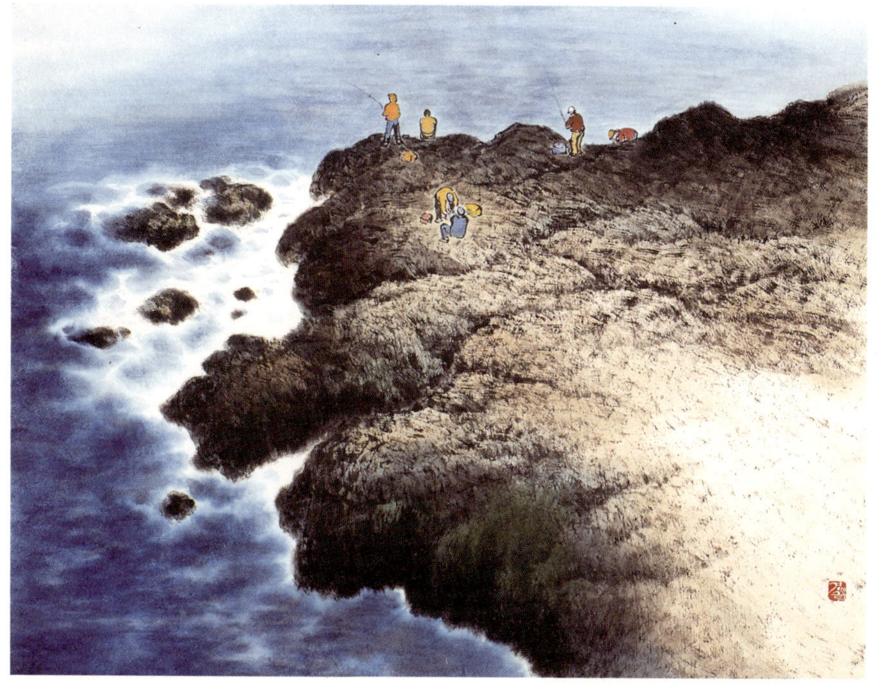

낚시하는 사람들(82×62cm 2004)

제4부 – 하느님과 하나님

9. 개화기 시대에 벌통바지를 입은 '논단이'

19세기 후반 캐나다 토론토 대학을 갓 졸업하고 25세의 젊은 나이에 YMCA 후원으로 조선 선교사로 파견되었던 저명한 제임스 게일 (1883- 1932, 한국명: 奇一) 목사가 편집한 한국어 문법서(1884, 辭課指南, Korean Grammatical Forms)에는 다양한 개화기 시기의 한국어 예문들이 나온다. 이 가운데 다음과 같은 문장이 흥미롭다.

- No. 372. 벌통바지는 논단이가 닙소.

(Bee- hive shaped trousers are worn by fast people.

영어 번역문에서 'fast people'은 사전을 찾아보니, "행실이 좋지 않은 사람"으로 나온다. 위의 예문은 그 당시에 게일 목사가 일본인 아메노모리 호오슈우(1668- 1755)가 18세기 후반에 작성한 한국어 학습서 『교린수지』(交隣須知)의 회화 텍스트에서 어휘 항목을 바탕으로 한 것이다.

러브호텔에서의 하룻밤

蜂: 벌은 제 통을 잘 찻삽네(교린수지 2.11ㄱ).

그러나 게일 목사는 원래의 원전 텍스트를 뛰어넘어서, 훨씬 더 다양한 개화기 단계의 시대상과 풍습을 반영하고 있는 한국어 예문을 작성하였다. 위의 예문이 바로 그러한 보기에 속한다고 생각한다. 우선, 위의 한국어 예문 No. 372에서 '벌통바지'라는 말이 신기하다. 개화기 시대에 유행하였을 것으로 보이는 '벌통바지'라는 옷의 모습은 물론 6각형의 벌통 형태를 갖춘 바지였을 것이지만, 얼른 상상이 되지 않는다. 인터넷 등에서 그러한 바자를 이리저리 검색하여 보았으나, 그만 헛일이었다. 게일 목사가 최초로 간행한 방대한 『한영자전』(1897)이나, 그 이후의 사전 등속에서도 '벌통바지'란 단어는 표제어로 실려 있지 않았다.

내가 50년대 중학생 시절에, 멋쟁이들이 입는 일짜- 바지, 나팔- 바지, 맘보바지 등이 유행한 적이 있었던 것으로 기억한다. 그런 유형의 바지는 예전 50- 60년대에도 대부분 남자들이 착용했지만, 19세기 후반 개화기 시대에 일부 계층의 여성들이 멋으로 벌통 형태의 바지를 입었다는 사실이 특이하다.

그 다음으로, 위의 예문 No. 372에서 눈에 뜨이는 것은 바로 '논단이'라는 말이다. 단어로서 '논단이'는 19세기 후기의 자료에서부터 20세기로 이어 등장한다. 그리고 20세기 초반에 인기를 끌었던 일련의 <신소설> 계통의 텍스트에서도 '논단이'란 말은 자주 등장하고 있다.

- 논단이: 遊女 (1895, 국한회어, 62).

　논단이: 노는 계집 (1938, 문세영의 조선어사전, 294),

- 대가집 규중녀자가 '논단이'로 노라나서 여러 사람 호리

　기와 관청에서 기생 불러 노름하기 (1908. 금수회의록, 19).

　이러한 '논단이' 항목이 오늘날의 국어사전 등속에서도 "웃음과 몸을 파는 여자를 속되게 이르는 말"라는 풀이와 함께 등록되어 있는 사실을 보면, 아직까지도 이 말이 여전히 쓰이고 있는 모양이다. '논단이'라는 단어는 중세나 근대국어에는 모습을 보이지 않기 때문에 개화기 시대에 만들어진 형태로, '놀(遊)러 다니는 이'와 같은 구조에서 축약을 거친 것으로 보인다.

　이러한 '논단이'와 관련해서 요즈음 근자에 만들어진 것으로 보이는 단어 '안다니'가 떠오른다. 국어사전에 의하면, '안다니'는 "무엇이든지 잘 아는 체하는 사람"을 일컫는다. '안다니'의 구조는 쉽게 이해되지는 않지만, 얼핏 보면 '논단이'를 기준으로 유추해서 만들어진 형태인 것 같기도 하다.

　그리고 보니, 연주회 공연장 등에서 들리는 '안다- 박수'라는 단어도 있다. 이 '안다- 박수'의 경우는 아직은 국어사전에 정식으로 올라와 있지는 않지만, 단어 만들기의 창조성은 우리 인간의 끝없는 유추작용에 의한 언어의 독창성에 근거하고 있다.

10. 건망증과 "니즘"의 사이

며칠 전에 도착한 <고도원의 아침편지>(4월 5일)에 '건망증'이라는 제목으로 문학평론가 김현의 유고집 『행복한 책읽기』에 수록된 다음과 같은 짤막한 일화와 해설이 소개되어 있다.

====

한창기 씨가 어느 날 갑자기 물었다.
" <건망증이 심하다>를 옛날에는 어떻게 썼는지 아십니까?"
옛날 이래 봤자 일제 강점기 얘기겠다.
"모르겠는데요."
"잊음이 많다'예요."
****

이제는 거의 잊혀져 가는 '뿌리깊은 나무'의 고(故) 한창기 사장.
아마도 근래 우리말을 가장 사랑했던 사람,

제4부 — 하느님과 하나님

잊혀진 옛말에서 본디 우리말을 애써 찾았고,
우리 말이 외래어에 오염되어가고 있는 것을 사무치게
가슴 아파한 사람. 한창기! 뿌리깊은 나무!
잊혀져 가고 있는 것이 아쉽습니다.
잊음이 많습니다.
=====- 강운구 외의《특집! 한창기》중에서 -

여기서 문학 평론가 김현(1942-1990)의 『행복한 책읽기』(1992, 문학과지성사)는 자신이 1985년 12월 30일부터 1989년 12월 12일까지 4년간에 걸쳐 작성한 일기 형식으로 남긴 유고집이다. 그 일기책은 한국 문학을 보는 그의 내면의 깊은 통찰력과 사고의 궤적, 그리고 꿈과 인간적 순수한 소망을 보여주는 김현 문학의 심층을 구성한다고 알려져 있다.

위의 일화에 나오는 『특집! 한창기』(2008, 창비)는 현대 한국문화사에 뚜렷한 족적을 남긴 고(故) 한창기의 타계 10주기를 기념하기 위해서, 그분의 아름다운 삶과 고귀한 행적을 회상하는 추모글 모음집이다.

그렇지만, 국어를 공부하는 한 사람으로서 내가 여기서 단순히 주목하고 싶은 사실은 어느 날 두 사람의 대화에 등장하는 "건망증이 심하다"라는 우리말 표현이 예전에 어떻게 쓰였는가 하는 것이다. 한창기가 김현에게 자랑스럽게 답으로 내놓은 표현 "잊음이 많다."는 옳은 말이다. 적어도 김현이 생각하는 1930년대 일제 강점기 시대의 서울말에서만 한정하면 그렇다는 것이다.

러브호텔에서의 하룻밤

　오늘날의 한자투성이 "健忘症이 甚하다"라는 구절이 1930년대 우리말로 순화된 "잊음이 많다"로 소급된다면, 이러한 표현은 이조시대에는 우리 선조들이 어떻게 썼을까? 이것이 지금 내가 가지고 있는 궁금한 관심사이다.

　예나 지금이나 사람 사는 세상에서 건망증 또는 잊음이 많다는 것은 나이가 들수록 참으로 답답하고 당혹스러운 인지상정이다. 그렇기 때문에, 이조시대에 살았던 우리 선조들이 나이 먹어가면서 구사하였던 당시의 일상어에 이와 같은 표현이 살아 있을 것이 분명한 일이다.

　1930년대 "잊음이 많다"에 그대로 해당되는 순수한 우리말 표현이 역사적으로 최초로 등장하는 자료는 역시 개인적 감정과 곡진한 사연을 담은 한글편지이다.(아래 '아'의 철자는 여기서 편의상 그 '으'나 '아'로 바꾼다.)

　- 이제는 니즘 헐고 이리 늘거디니 긔신(起身) 못해여 하노라(1565년, 순천 김씨묘 출토 한글편지, 153).

　위의 무덤 편지는 모두 192편으로 구성되어 있으며, 1977년 봄에 충북 청원군 북일면 일대에 비행장과 도로가 건설될 당시에, 파묘된 순천김씨의 무덤에서 나온 것이다. 그 부인의 여전히 생생한 미라와 함께 출토된 것으로 임진왜란 이전으로 소급되는 중요한 생생한 한글 자료에 해당한다.

　이 편지 사연에는 늙어갈수록 "니즘 헐고"라는 신세자탄 하소연이 나온다. 여기서 '니즘 헐다'라는 구절은 이렇게 풀이된다. '니즘'은 동사 '닞다'(忘)에서 파생되어 나온 명사이다. 동사 '닞다'는 어두의 자음 ㄴ이 떨어져서 오늘날의 '잊다'로 계승된다. 그리하여 '니즘 헐다' 또는 '니즘 헐하다'라는 구절이 바로 '잊음이 많다'를 시대적으로 앞선 우리말 표현인 것이다.

이러한 구절은 나중에 18세기 근대국어부터 여러 문헌자료에 자주 등장한다. 사적인 한글편지 글이 격식적인 간본 자료보다 시대적으로 거의 2 세기나 앞서서 우리말의 쓰임을 그대로 보여주는 사례이다.

니즘 헐한이=忘魂大的(1775, 『譯語類解, 補』, 19ㄱ).

忘魂大=니즘 헐하다(1778, 방언유, 신부방언, 24ㄴ),

忘性人=니즘 헐한 이(1790, 몽유보, 5ㄱ),

忘性=니즘 헐한이(한청문감, 8.29ㄴ),

늙은 사람이 니즘이 헐하매(1790, 인어대방, 10, 11ㄴ).

위에서 '니즘'에 따라오는 형용사 '헐하다'는 문맥에 따라서 그 뜻이 조금씩 다르지만, 대체로 오늘날의 쓰임과 거의 비슷하다.

(ㄱ) (병이) 헐하다⇨가벼워지다, (ㄴ) (값이) 헐하다⇨시세보다 싸다, (ㄷ) (일 따위가) 헐하다⇨ 힘이 들지 아니하고 수월하다, (ㄹ) (사람을) 헐하게 대하다 ⇨ 대수롭지 아니하거나 만만하다.(표준국어대사전).

이러한 사실을 보면, 현대국어에서 '헐하다'의 다양한 쓰임 가운데

러브호텔에서의 하룻밤

16세기 국어에 나오는 "(잊음이) 헐하다 ⇨ 쉽다" 와 같은 표현은 일상어에서 어느 새 사라져버린 것으로 보인다. 그렇다고 해서 "잊음"(忘却)이 현대인에게서 사라진 것이 아니고, 고유어에서 한자어 '건망증'(健忘症)으로 그만 대치된 것이다.

그러나 건망증에 대한 고유어 '니즘 헐타'라는 표현은 오늘날의 평안도 방언에서 여전히 사용되고 있다. 옛말 그대로 많이 보관하고 있는 그 방언에서 동사 '잊다'(忘)는 우리의 옛말 그대로 여전히 '닞다'이다.

그리하여 평안도 방언에서 여전히 쓰이는 단어 '니즘'과 관련해서 1910년대 주요한(1900- 1979)이 문예지 『창조』 창간호(1919.2)에 발표한 자유 산문시 <불노리>의 제3연 가운데 이렇게 등장하는 '니즘'이라는 시어가 떠오른다.

- - - 물결치는 뱃슭에는 졸음 오는 「니즘」의 形像이 오락
　　가락— 어른거리는 그림자 일어나는 웃음소리- - -
　　(주요한의 <불노리> 부분).

대동강에서 열리는 흥겨운 초파일 관등제 인파 속에서 느끼는 개인적 감정의 과잉 상태를 그대로 분출시킨 이 시는 주요한이 20세 약관의 나이에 작성한 것이다. 그가 당시에 19세기 후반 프랑스 상징주의 시인인 베를레느(Verlaine, P.), 폴 포레(Foret, P.), 보들레르(Boudelaire, C.) 등의 시를 읽고 큰 감명을 받아서 시험 삼아 시도해본 것이라 한다.

그런데 후대의 평론가들이 주요한의 <불놀이>의 시어를 해석하면서 많은 논란의 대상이 된 단어가 바로 "'니즘'의 形像이 오락가락" 부분에 나오는 '니즘'이다. 어떤 평론가는 이 단어를 '‑ism'(‑ 주의)에 해당되는 것으로 유식하게 해석하기도 했던 것이다. 그러나 이 시어 '니즘'은 바로 평안도 방언에서 쓰이는 '망각'에 해당되는 예전 우리말 '니즘'으로 보인다.

주요한은 바로 평안남도 평양 출신이기 때문에, 자신의 고향 말을 <불노리>의 시어로 그대로 살려 쓴 것이다.

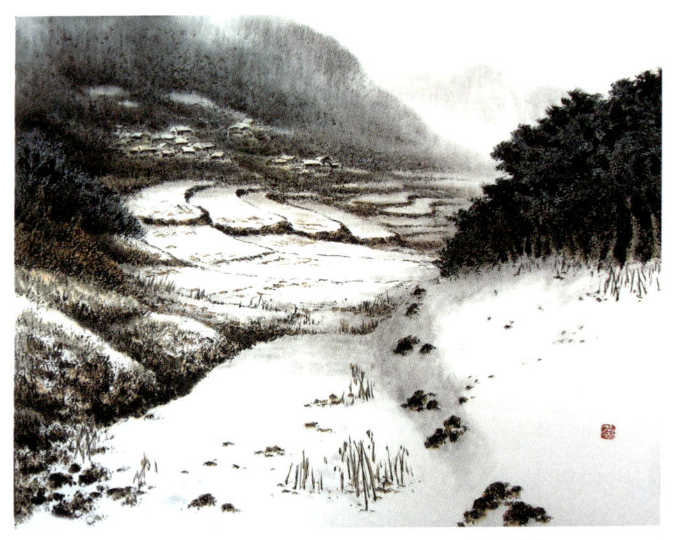

지난 겨울(82×62cm 2005)

러브호텔에서의 하룻밤

11. 세태 의식의 흐름과 '장광설'(長廣舌)

지난 토요일 오후, 며칠 밀려있던 일간지를 몰아서 한가하게 뒤적여 보노라니, "풀어쓰는 한자 성어"란에 '장광설'(長廣舌)에 대한 유래가 자세하게 풀이되어 있었다. 그 설명에 의하면, 원래 글자 의미로 하면 [길고 넓은 혀]라는 '장광설'은 깨달음을 얻은 부처님의 신체적 특징의 하나인데, 여기서 불쌍한 중생들을 인도하는 대자대비의 말씀을 뜻하는 불교 용어가 되었다고 한다. 그러다가 후대에 의미가 변해서 지루하게 끝없이 길게 하는 말을 가리키는 부정적인 뜻으로 변하게 되었다는 것이다. 아무리 유익하고 좋은 말이라도 자꾸 되풀이하여 장황하게 말하면, 대중들이 이내 지루해져서 곧 싫증을 느끼게 되는 원리가 자연스러운 경향으로 보인다.

이처럼 '장광설'이란 말이 시간의 흐름에 따라서 거치는 부정적 의미로의 변모는 대중들의 변덕스러운 마음의 흐름을 그대로 따르고 있다. '장광설'에 비견될 만한 의미의 타락은 또 다른 한자어 '사설'(辭說)에서도 찾을 수 있다.

원래 이 말의 의미는 긍정적! 점잖은 [말씀]이나 [좋은 이야기]로 예전에 쓰였다. 그러다가, 지금은 [잔소리]나 [푸념]의 뜻으로 바뀌어졌으며, 지역의 방언에서는 '세살', '새슬' 등으로 발음도 변해서 듣기 싫은 잔소리에서 심지어 [욕설]의 뜻으로까지 사용 가치가 떨어지게 되었다.

우리 사회에서 시간이 흐르면서 원래 보유했던 의미 가치가 가장 심하게 떨어진 말의 분야는 상대방을 지시하는 2인칭 대명사나 부름말(호칭어) 목록에서 찾을 수 있다. 중세국어에서 '당신'(當身)이란 말은 극존칭의 재귀대명사로 쓰였으나, 나중에 아주높임의 2인칭 대명사로 전용되었다. 그러다가 근대 후기 단계에는 한 등급 내려가 예사높임으로 사용되다가, 지금은 상대에게 이 말을 잘못 쓰게 되면 분위기가 안 좋거나, 당장 시비가 벌어지게 된다.

- 아니, 누구에게 시방 '당신'이라 그래?

우리말 '양반'이나 '마누라'의 경우도 원래 아주높임 신분으로 끝없는 의미 추락의 과정을 심하게 거쳐 온 경력을 보인다. 친근한 단어 '마누라'의 뜻은 국어사전에 이렇게 풀이되어 있다.

1. 아내의 속된 말, 2. 늙은 여자를 낮게 이르는 말.

그러나 이 단어가 속했던 신분은 예전에는 전혀 달랐다. 우선, '마누라'의 의미는 몇 단계의 변화 과정을 우리 사회의 시대적 변화와 함께

러브호텔에서의 하룻밤

거치게 된다. 먼저, 첫 단계에는 중세사회에서 주로 궁중에서 높은 분에만 향하는 극존칭의 뜻으로 사용되었던 시대가 있었다. '왕, 왕대비, 세자, 세자빈' 등을 가리키는데 이용되어, '대비 마노라, 웃전 마노라 선왕 마노라' 등으로 쓰였다.

이어서 우리 사회가 근대화되면서 '마누라'는 신분이 높은 벼슬아치나 그 부인 또는 상전을 남녀 구분 없이 부르는 말로 확대되어 넓게 쓰이게 되었다. 한편으로, 무속사회에서는 '산신마노라', '터주마노라' 등과 같이 신(神)의 의미로 발달하기도 하였다. 그러다가 실학 시대를 거쳐 18∞19세기와 같은 대중 사회의 산업화와, 사회 문화적 계몽기로 들어오면서, '마누라'의 의미는 일반 사회로 더욱 보편화 되어 가는 단계를 거치게 된다.

또한, '양반'(兩班)이란 말도 시대의 변화와 함께 '마누라'와 같은 연쇄적인 의미 하강 과정을 그 동안 거쳐 왔는데, 국어사전에 그러한 변화의 과정이 순서대로 반영되어 있다.

- 1. 고려·조선 시대에 지배층을 이루던 신분.
  원래 관료 체제를 이루는 동반과 서반을 일렀으나
  점차 그 가족이나 후손까지 포괄하여 이르게 되었다.
- 2. 점잖고 예의 바른 사람.
- 3. 자기 남편을 남에게 이르는 말.
- 4. 남자를 범상히, 또는 홀하게 이르는 말.

중세사회에서 아내 또는 여인을 지칭하는 대체로 점잖은 의미를 갖고 있는 '계집'(女)이나, '여편네'(女便), '아가씨'와 같은 말들도 현대국어로 이르면서 '마누라', '양반' 등이 거치는 상황과 비슷한 낮은 단계로의 의미의 변모를 시대적으로 밟아 왔다.

인칭대명사나 호칭어에 시간의 흐름과 더불어 나타나는 이러한 의미 타락의 경향은 우리나라에서만 한정된 현상이 아닌 것 같다. 독일의 저명한 역사 언어학자 루디 켈러 교수는 이러한 단어에 적용되는 의미 타락 과정을 인간의 의사소통 과정에서 작용되는 이른바 "보이지 않는 손의 원리"(또는 "제3의 현상")로 설명하려고 한다.

그는 1990년에 간행한 『언어변화』(부제: 언어에 작용하는 보이지 않는 손에 대하여)에서 위에서 언급한 단어들이 시간의 흐름과 더불어 보이는 의미 타락에 대해서 설명을 찾으려고 한다. 그는 말을 자연 현상이나 어떤 인위적인 대상이 아니라, "제3의 현상"으로 규정하고, 여기서 언어변화를 해석하는 원리는 "보이지 않는 손"에 의한 설명이 가장 적절하다고 한다.

말의 의미 변화에 적용시킨 "보이지 않는 손"의 기본적인 전제는 사람들이 말을 변화시키지만, 그렇다고 해서 어떤 의도를 가지고 계획적으로 바꾸는 것이 아니라, 무의식적으로 행할 뿐이라는 가정이다. 그리하여 루디 켈러 교수는 화자들의 의사전달 현장에서 이루어지는 호칭어의 의미 하강에서도 이러한 보이지 않는 손의 원리가 작용한다고 주장한다.

러브호텔에서의 하룻밤

우리는 만나는 미지의 상대에게 공손하게 대하라는 대화의 원칙을
예의상 지키려고 한다. 그리하여 어떤 상대를 부를 적에, 특히 그 상대
의 위신을 손상시키고 싶지 않는다면, 그 사람이 속한 사회 계층보다
한 단계 더 높은 호칭으로 불러주는 것이 사회적 관례가 되었다.

이러한 행위가 반복되면서 시간이 흐름에 따라서 원래의 대우 등급
이 높았던 명칭은 점점 보통의 의미로 내려오는 반면에, 그 후유증으로
예사높임의 명칭은 의미가 더 낮은 등급으로 떨어지게 된다.

이와 같이, 화자 개인들이 상대에 대한 호칭어나 2인칭 대명사를 구
사할 적에 공손의 원리에 따라서 상대를 한 단계 높여서 대접하려는 의
도가 계속 반복되면서 결국에는 그 말이 속했던 신분이 아래로 하강되
는 누진적인 현상이, 보이지 않는 손에 이끌려, 나타나게 된다는 것이
다.

12. '비싸다'(高價)와
'싸다'(廉價, 歇價)의 경제

독일어 소설책을 보다가 쉬운 단어 billig(값이 싸다)가 들어간 문장의 뜻이 아무래도 맥락과 맞질 않아서 헛심삼아 사전을 찾아보았다. 이 단어의 첫 번째 뜻은 예상하지 못했던 "적절하다, 타당하다, 이치에 합당하다"이었다.

그렇다면 이 독일어 단어는 "적절하다→(값이) 싸다"로 어느 새 변화 과정을 거친 것이다. 세상에 모든 적절하고 타당한 대상에 부여된 값이 점차 싸게 된다면 얼마나 좋을까.

그 독일어- 영어 대역사전에는 비슷한 의미로 영어 단어 resonable이 대응되어 있었다. 이 단어의 의미는 "합리적인, 합당한, (가격에 비하여)비싸지 않은"이다. 그런데 나열된 예문 가운데, "물건 값이 싸다" 로도 쓰이고 있다.

독일어나 영어가 속한 서부 게르만 어족에서 "(값이) 적절하다→싸다"와 같은 의미 변화가 예전에 일어났거나, 근자에 일어나고 있는 셈

러브호텔에서의 하룻밤

이다. 세상에 그 값이 타당하고, 적절한 것이라면 나중에 저절로 값이 싸지는 기분 좋은 원리가 게르만 어족에서만 일어났을까.

현대국어에서 '싸다'(廉價)와 그 반대어 '비싸다'(高價)란 단어가 가치 개념에서 정반대의 대립을 이루고 있다. 15세기- 18세기에 걸치는 우리 말에서 그 당시 '싸다'(아래 아)의 의미는 "(그 값에) 적절하게 해당한다, 값 이 나간다, 타당하다" 정도에 해당하였다.

오늘날까지 다음과 같은 관용구에 예전 '싸다'의 원래의 뜻이 화석 처럼 남아 있다.

- 그런 사람은 그렇게 당해도 싸다.

우리말 예전 '싸다'의 의미도 앞에서 말했던 독일어 billig나, 영어의 resonable과 유사한 과정을 밟아온 것이다. 이와 같은 "(물건 값이) 타당하 다, 적절하다→싸다, 염가이다"와 같은 의미 변화의 방향은 동서고금 인지상정의 시장경제 논리에서 나온 것일까.

오늘날 우리말 '비싸다'(高價)라는 말은 15세기- 16세기의 당시에는 그 형태와 의미가 달랐다. 이 말은 원래 '빋 ᄊ다'로 쓰였는데, 여기서 '빋'은 지금의 '값'(價)라는 의미와 '빚'(負債)이라는 2개의 뜻을 문맥에 따라 나타내었다. 따라서 '빋 싸다'는 예전에 그 뜻이 "값이 타당하다"이 었기 때문에, 단독형 '싸다'와 가치 평가에서 동일한 영역에 속했던 것 이다.

나중에 중세국어 '빋'(價)은 같이 쓰이던 단어 '값'으로 완전히 교체 되었지만, '부채'로서의 '빋'은 그대로 '빚'으로 지속된다. 그러다가 19

세기에 이르러 '싸다'의 의미에 오늘날에서와 같은 "염가, 헐가"로의 변화가 점진적으로 일어나게 되었다.

이와 같은 '싸다'의 의미에 일어난 "적절가→헐가"로의 변화에 대한 설명은 학자들마다 의견이 다양한 편이다. 19세기 후반에서부터 간행되어 나오는 외국인들의 선교용 대역 사전들과, 우리나라 최초의 국어 사전인 필사본 사전 등에서 '싸다'와 '비싸다'에 대한 뜻풀이는 현대국어의 쓰임에 도달해 있었다.

> 빗싸다=高價, Etre cher(한불자뎐 1880:329),
> 비싸다= 價高(국한회어, 1895:157),
> 싸다= 價歇(상동.173),
> 싸다: 歇價, 헐따, [반대어]: 비싸다,
>
> (Gale 한영자뎐 1897:520) .

'비싸다'와 동가(同價)의 '싸다'의 의미가 "헐가, 염가"로 떨어지면서, '싸다'와 비싸다'의 구분에 혼동이 오게 되었다. 그리하여 '비싸다'의 뜻은 '高價'의 영역으로 상승해 버린 것이다. 아마도 '비싸다'의 첫 소리 '비'를 대중들이 한자어 접두사가 들어간 '非- 싸다'로 잘못 이해하게 되었을 것이라는 주장도 있지만, 신빙성이 약하다.

요즘 물가가 너무 가파르게 올라서 생필품 값들이 너무 비싸지고 있다. 이러한 추세를 둔하고 비경제인인 나 같은 사람도 온 몸으로 느

러브호텔에서의 하룻밤

끼고 있다. 우리말 '비싸다'라는 말이 원래대로 "값이 적절하다" 또는 '싸다'(歇價)의 의미로 다시 돌아오기를 고대한다.

13. ‘아즉 이만’과 ‘또 있소’

며칠 전, 당시 주시경 선생의 제자들로 구성된 몇몇 학자들이 최초로 학술 동인지를 만들어 1920년대 후반에 어렵게 간행한 조선 어문잡지인 『한글』 영인본에 실려 있는 여러 학자들의 논문을 나는 조심스럽게 살펴보고 있었다.

이 동인지의 창간에는 이병기, 최현배, 정열모, 신명균, 권덕규 등 다섯 한글학자들이 참여하였다. 이들은 1927년에 첫 선을 보인 창간호 <첨내는 말>에서 이렇게 원대한 5가지 선언을 하였다.

- 갓난아이인 『한글』은 힘이 적으나 그 할 일인즉 크도다. (ㄱ) 아득한 속에서 묵은 옛말을 찾으며, (ㄴ)어지러운 가운데에서 바른 학리 법칙을 찾으며, (ㄷ) 밖으론 세계 어문을 참작하여 안으로 우리말과 글을 바로 잡아 통일된 표준어의 사정을 꾀하며, (ㄹ) 온전한 문법의 성립을 벼르며, (ㅁ) 훌륭한 자전의 실현을 뜻하니, 그 일이 엇지 끔찍하지 아니 한가.

러브호텔에서의 하룻밤

이 동인지 제1권 4호(1927)에 기고한 권덕규 선생의 논문 끝 부분에 괄호로 첨부되어 있는 "아즉 이만" 이란 표현에 나는 한참이나 눈길이 머물게 되었다. 처음에 나는 "아즉 이만"이란 말의 뜻을 언뜻 이해하지 못하고, 전후의 사정을 음미하여 보았다. 그러다가, 글쓴이가 비좁고 한 정된 잡지의 제약 속에서 자신의 소견을 충분히 기술하지 못하고, 부득 이 여기서 끝내야 함을 가리키는 '미완'(未完)에 해당되는 우리말 표현이 라는 느낌이 들었다.

우리말에 '아직'이란 부사어는 삶의 여운과 미련이 오롯이 담겨있 는 좋은 말이라는 생각이 든다. 국어사전에 실려 있는 이 부사어에 대 한 풀이는 다음과 같다.

  - 어떤 일이나 상태 또는 어떻게 되기까지 시간이 더 지나
    야 함을 나타내거나, 일이나 상태가 끝나지 아니하고 지
    속되고 있음을 나타내는 말.

이렇게 동인지로 출발했던 학술잡지 『한글』은 제2권 2호(1928)로 아 쉽게 막을 내리게 되었으나, 몇 년 후 1932년 5월에 <조선어학회>가 정 식으로 만들어져 동인지의 정신과 작업이 그대로 인계되었다.

오늘날 한글학회에서 정기적으로 간행하고 있는 국어학 전문 학술 지 『한글』은 일제 강점기 시절 1932년대로 소급되는, 가장 오랜 역사적 전통을 가지고 있다. 주시경 선생으로부터 한글 사랑이 다름 아닌 나라

제4부 – 하느님과 하나님

사랑임을 몸으로 직접 배운 일단의 젊은 제자들이 모국어에 대한 과학적 연구를 목표로 결성한 것이다. 학회의 명칭은 나중에 <한글학회>로 바뀌어졌다. 그 이후, 이 학회를 중심으로 의결된 <한글 맞춤법 통일안>(1933)과 <사정한 조선어 표준말 모음>(1936)은 드디어 오랜 우여곡절과 각고 끝에 『우리말 큰사전』 6권이 완성되는 원동력이 되었으며, 해방 이후 지속적인 언어 교육의 초석이 되어 왔다.

영인본 『한글』 학술지(1934, 제2권 제1/2호)에 실린 글 가운데 문득 우리의 유명한 민속극 <배뱅이굿> 극본을 나는 발견하고, 주의 깊게 읽게 되었다. 그 극본은 초기의 민속학자였던 김태준 선생이 평안도 민속극 공연을 그 지방 방언 그대로 2회에 걸쳐 사실적으로 옮겨놓은 소중한 자료이다.

그 민속극에 나오는 극중 인물들의 대화는 당시의 살아있는 평안도 방언으로 구성되어 있다. 그런데 제1회 게재분이 끝나는 마지막 부분에 "또 있소"라는 구절이 괄호로 첨부되어 있다. 물론 글쓴이가 여기에 붙인 "또 있소"는 "다음 호에 계속"이라는 순수한 우리말에 해당된다. 이런 표현이 독창적으로 여기서 처음으로 사용했는지, 아니면 1930년대에 일반적으로 쓰이는 관용구였는지 갑작스럽게 알 수는 없다.

그러나 적어도 나에게 "또 있소"는 아주 신선하고 감명 깊게 다가오는 것이다. 내가 지난 2010년 이른 봄 황방산 자락 골방에 둥지를 잡아 깃든지, 어느새 15년 세월이 흘러가고 있다. 퇴임 후 전반전이 별 탈 없이 지나가는 셈이다.

러브호텔에서의 하룻밤

나는 기억력이나 지구력이 차츰 떨어지는 것을 절감한다. 그래도 1920년대 최초의 한글 동인지에서 계승된 한국어의 역사에 대한 나의 작은 노력과 작업은(못내 터덕거리지만) 2024년 지금도 "아직 이만"은 아니고, 아직 "또 있소"임에 하늘에 감사한다.

부록

새끼줄 꼬듯 사는 삶

오경안

지난 여름, 나는 두 번째 개인전을 가졌다. 2년 전에 첫 개인전을 열었고 바로 전에 한국미술협회 회원 자격을 얻었다. 미술협회 회원이 되려면, 미대 졸업 후 3년만 활동 하면 되지만, 미대 출신이 아니면 12년간 작품 활동을 해야 회원 신청을 할 수가 있다. 나는 미대 출신이 아니므로 미협 회원이 되기까지 오랜 시간이 걸렸다. 막내가 유치원에 들어가고 나니 나의 자유시간이 많아졌으므로 늘 배우고 싶어 했던 한국화를 배우러 다니기 시작했다. 공공기관에서 여는 한국화 강좌도 듣고, 화실에도 다니고, 사회교육원도 열심히 다녔다. 그러면서 공모전에도 출품하고 단체전도 참여하다가 드디어 개인전까지 하게 되었다.

첫 개인전을 열 때, 가장 기뻐하고 흐뭇해 한 사람은 남편이다. 그는 내가 자연 풍경을 스케치 할 때 늘 함께 있었다. 나와 함께 드라이브하는 것이 취미인 그는 내가 그리고자 하는 장소에 몇 번이고 동행해 주기도 했다. 우리는 꽤 멀리 까지 다녔는데, 남편이 가자고 하는 곳은 다

나의 그림 소재가 되었다. 설악산, 동해안, 제주도, 보길도, 그리고 도내 가까운 곳은 수 십 차례 돌았다. 나는 집에서 작업을 하므로, 남편은 관심 갖고 참견을 잘 했다.

지난 번 두 번째 개인전 도록에는 남편이 평론을 써 주었다. 첫 개인전 도록에는 미술평론가의 평론을 받았는데, 두 번째에는, 국어학과 교수인 남편의 평론을 받으면 의미 있을 거라는 미대교수의 권유로, 극구 사양하는 남편을 졸라 평론을 받아냈다. 그는 글을 잘 썼으므로 조금 기대는 했는데, 며칠 후에 받아 보니 기대 이상으로 평론이 마음에 들었다. 그 평론을 읽은 사람들도 진짜 미술평론처럼 잘 썼다고 입을 모았다. 대체로 평론은 작가의 그림만 보고 평론을 쓰는데, 남편은 작가와 함께 그림소재가 되는 장소에 있었고 간단히 스케치하는 것도 보고 또 평소에 작업하는 과정까지 알고 있으니 성의 있게 잘 쓸 수밖에. 그리고 평론 값도 절약할 수 있었다. 일석이조인가 꿩 먹고 알 먹고 인가. 내가 흐뭇해 하니까 그는 '이제야 빚을 갚았다'고 한다.

85년도인가 컴퓨터가 보급되기 전, 남편의 박사학위 논문을 내가 손으로 또박또박 정서해 주었었다. 내용은 잘 모르지만 문장이 쓸데없이 너무 길거나 매끄럽지 못하고 어색하면 그 부분을 다시 써보라고 하기도하고, 틀린 글자 집어내고, 한자도 의심스러우면 옥편 찾아서 확인하여 쓰고 하는데, 논문의 양이 어찌나 많은지 정서하는데 몇 개월이 걸렸다. 아이들이 아직 어려서 엄마 손을 많이 탈 시기였으므로 틈틈이

러브호텔에서의 하룻밤

시간을 내어야 했다. 내가 열심히 내조하는 걸 보고 주위에서는 남편이 박사학위 받을 때 단상에 함께 올라가야겠다고 농담을 했다. 학위논문 심사 때 심사위원들이 문장이 매끄럽고 글씨도 보기 좋다고 한마디씩 했다고 그는 흡족해 하였다. A4 용지로 600페이지 이상 썼었는데, 이것이 후에 370쪽짜리 책이 되었다.

개인전을 끝내고 며칠 후, 독일에서의 초대전에 참가하는 유럽 스케치 여행이 있었는데, 이번에는 혼자가 아니고 남편과 함께 갔다. 그는 독일어를 부전공했으므로 평소에 독일 문화와 문학에 관심이 많았고 한번 여행해 보고 싶어 했었다. 그렇기 때문에 마침 좋은 기회였고, 여름휴가 기간인데다가 올해가 우리 부부의 결혼 25주년이 되는 해이므로 은혼식 기념 여행이 된 셈이다.

독일 괴테 문화원 초대전 개막행사에서 그는 문화원장과 독일어로 한참 대화를 나누었다. 무슨 얘기를 했냐고 물어봤더니, 자신을 미술 평론가라고 소개하고 한국미술과 독일 미술에 관하여 얘기했다고 한다. 그는 내 개인전 도록에 평론 한번 써 주고 미술 애호가에서 미술 평론가로 격상되었고, 그림쟁이 아내와 오래 살다보니 미술에 대해 풍월을 읊게 되었던 것이다.

전시회 관람중인 독일인에게 내 그림에 대해 물어봐 달라고 그에게 부탁했다. 이번 초대전에 나는 작년에 독일에서 스케치한 <노이쉬반슈타인城>을 한국화 기법으로 그려 출품했기 때문에 현지 독일인들이 어떻게 보는지 궁금했다. 그는 한 독일인에게 이 그림은 내 아내의 그림인데 어떤 느낌인지 물어보니, 그 독일인이 반색을 하며, 처음부터 눈에 띄었고 자기네 나라의 궁전을 동양적으로 표현한 것이 매우 신비롭다고 한단다. 남편은 내 통역관이 되어 주기도 하고 서점에서 필요한 책도 사면서 독일에 있는 시간을 즐겼다. 이어서 북유럽으로 여행하면서 다른 화가들과 내가 스케치하는 동안에도 그는 영어 실력을 발휘하며 나름대로, 아니 나보다 더 적극적으로 여행을 즐겼다. 열흘간의 여행을 끝내고 집에 오면서 그는 다음 스케치 여행에도 또 따라가겠다고 한다.

남편은 대학생을 가르치는 교육자이지만, 자녀 교육은 나를 따라오지 못한다고 생각한다. 작은아들이 6학년 때의 일이다. 중학 진학을 앞두고 있는 시기인데도 공부를 소홀히 하니 성적이 좋을 리가 없었다. 성적표를 받아보고 화가 난 남편은 나까지 불러 놓고 야단을 치기 시작했다. 아이 성적이 이 모양인데 걱정도 안 되냐 다른 엄마들처럼 극성스러울 정도로 교육열이 있어야 아이들이 공부하지 않겠느냐. 엄마 책임이 크다는 것이다. 아이는 주눅이 들어 풀죽은 모습이었다.

내 자신 보다는 아들을 변호할 겸 남편의 치우친 교육관도 바로 잡을 겸 몇 마디 해야 했다.

'공부는 자발적으로 하는 것이지 억지로 시킨다고 잘 하는 게 아니다. 공부를 못 한다 성적이 나쁘다고 하기 보다는 영국이나 미국에서처럼 학습에 흥미가 없다고 해야 옳다. 학습에 흥미가 없는 애들은 다른

러브호텔에서의 하룻밤

재주가 있고 흥미 있는 과목이 따로 있다. 성적만 가지고 아이를 평가하지 말고, 아이가 잘 하는 걸 칭찬해 주고 격려해 주어야 학습의 동기유발도 되지 않겠냐'고 했더니, 그는 더 화를 내며 말했다.

'여기는 외국이 아니고 한국이며 성적이 좋아야 좋은 대학도 나오고, 제대로 사람대접도 받으며 자기 앞가림도 하게 되는 것이다. 학생의 본분이 뭐냐 공부하는 것이다, 그런데 이 녀석은 조립식 장난감이나 만지고, 만화나 그리고, 공부는 하는 척만 하니, 이래서야 중학교 고등학교를 어떻게 다니겠나. 큰 문제네, 이 녀석이 문제야!' 그는 아들을 더 궁지로 몰았다.

나는 조용히 한 마디 했다. "어느 교육학자가 이런 말을 했어요. '문제 아동은 없다. 다만 문제 부모가 있을 뿐이다.' 라고." 그는 푸시시 웃고 말았다. 그 웃음은 승복을 한 웃음이었다. 아이는 안도의 한숨을 내쉬고 있었다.

작은아들은 고등학교에서도 공부보다는 그림에 열중했다. 책상 앞에서 공부하는가 보면 그림을 그리고 있는 모습이 어릴 때의 내 모습을 보는 것 같았다. 나는 그래도 공부해 가면서 그림을 그렸는데, 아들은 공부는 안 하고 그림만 그렸다. 아무래도 그림 쪽으로 밀어주어야 할 것 같아서 1학년 겨울방학 때, 방학 동안 미술학원에 다녀보겠냐고 했더니 아들은 좋아하며 다녔다. 그리고 아주 재미있어 하면서 2학년 때도 계속 다니고 싶고, 미대로 진학하고 싶다고 하기에 쾌히 승낙했다.

문제는 아버지의 허락인데 어떻게 말을 꺼내야 할까. 과연 남편은 펄쩍 뛰었다. 사내 녀석을 미술을 시키다니, 그림 그려서 뭣에 쓰냐는 것이다. 나는 차근차근 설명했다. 순수 미술을 하는 것이 아니다. 저 아이를 가만히 보면 디자인에 특기가 있다. 미술 숙제로 구성한 걸 보면 기가 막히더라, 선생님과 친구들 얼굴을 특징 잡아 만화로 그린 것 보고 당신도 감탄하지 않았는가, 저 아이는 손재주가 있으니 재주 있는 분야를 밀어주면 자기 앞가림 할 것이다....

그는 크게 양보해서 아들을 불러 이렇게 다짐해 두었다. "ㅇㅇ대 이하는 안돼. 그러려면 공부도 해야 된다, 알았지?"

아들은 지금 산업디자인학과에 다니고 있으며 만족스럽게 대학 생활을 하고 있다. 시각디자인 과제로 아버지의 모습을 여러 각도로 그려, 컴퓨터 작업을 거쳐 스크랩해서 아버지에게 선물하니 아버지는 흡족해서 아들을 자랑스럽게 여긴다. 아들은 교양 과목도 열심히 해서 성적도 좋고, 미술학원에서 입시생들 가르치며 용돈도 벌고, 대학내 하키동아리에 들어 하키선수로 활약하면서 자신의 뜻대로 대학 생활을 잘 하고 있다.

어릴 때부터 책을 많이 읽고 과학을 좋아했던 큰아들은 우주항공공학과에 다니고 있다. 아버지는 큰아들이 명문대에 들어가기를 기대했는데, 그렇지 못했으므로 늘 걱정을 한다. 저애가 졸업하면 취직이나 제대로 할까? 자기 앞가림이나 제대로 하려나? 하고. 그러면 나는 그에게

러브호텔에서의 하룻밤

이런 말로 위로한다. 한 사람을 제대로 평가하려면, 그 사람이 40대에 어떤 일 하며 어떻게 사는가, 그 때에 알 수 있다고 한다. 큰애는 이제 겨우 20대 초반이다. 40대쯤에는 저 나름대로 자기 삶에 충실할 것이고 자기가 하고 싶은 일하며 잘 살 터이니, 부모의 잣대로 아이를 재지 말고 그냥 지켜보자고.

십년 전쯤 일까, 내가 한국화를 배우며 작품 하나 둘씩 완성해갈 때, 남편의 연구실에는 내 졸작이 하나 걸려 있었는데, 놀러온 친구가 그 그림을 보고 참 좋다고 하면서 누구 그림이냐고 물어서, 오 화백 그림 이라고 했다는 것이다. 그 사람은 당연히 오 화백이 누구냐고 했다. "전 주에서 유명한 오 화백을 모르나?" 그 사람은 고개를 갸우뚱 하며 "이 름이 뭔데?" "오 화백을 모르는 사람이 이름을 댄다고 알까?" 이름을 영 안 가르쳐주니 그 사람은 계속 고개를 갸우뚱 할 수밖에. 지금은 세 번째 개인전을 준비하고 있는 나에게 이제야 몇몇 사람이 오 화백이라 고 불러주는데, 내가 가장 듣기 좋아하는 호칭이다. 그런데 남편은 이미 십년 전에 아리송한 유머로 이 호칭을 사용해 가면서 내게 큰 격려를 해주었다.

법대를 나온 나는 전공도 살릴 겸 사회봉사 함으로써 보람도 느낄 겸, <가정법률상담소>에 일주일에 한 번씩 나가고 있다. 법률 상담원으 로 봉사하면서, 우리 교회의 노인대학에서 어쩌다보니, '가정과 법률'이란 제목으로 강연을 한 적이 있다. 한 시간 강사료로 3만원을 받았는데 적은 돈이지만 생색나게 쓰려고, 남편에게 주면서 내가 번 돈이니 용돈으로 쓰라고 했다.

내게서 받은 얇은 봉투를 그는 양복 안쪽에 깊숙이 넣고, 친한 교수들에게 이렇게 자랑했다. "우리 집사람이 드디어 대학 강단에 서다!" "아, 그래, 어느 대학인데?" "대학이면 됐지, 대학 이름은 알아서 뭐해? 중요한 건 받은 강사료를 몽땅 나한테 가져왔단 사실이지".

남편은 내가 하는 일을 자랑스럽게 여기지만 드러내놓고 자랑은 못하고 알 듯 말 듯한 우스갯소리로 주위의 동료들에게 적당히 과장도 해가며 즐거움을 나타냈다. 그러니까 성미 급한 그가 평소에 화를 잘 내도, 나는 너그럽게 잘 참아내는지도 모른다.

내가 가장 존경하는 은사님은 우리나라의 훌륭한 법조인이며 교육자이신 고 이태영 선생님이시다. 법대 졸업반일 때 선생님이 운영하시는 법률 상담소에서 우리들이 법률상담 실습을 하던 시기였는데, 강의 시간에 이런 말씀을 하셨다. "부부는 새끼줄 꼬듯 살아야 한다. 어느 한 줄이 위로 올라 가 있는 것 같다가 어느 새, 다른 한 줄이 위로 오르고, 밑에 있는 것 같다가 올라가고 해서 두 줄이 그렇게 꼬이면서 튼튼한 한 줄이 되는, 그런 식으로 서로 의지하며 올려주고 내려가기도 하면서 평등하게 살아야 바람직한 부부이다."

그 분의 부군이신 정일형의원님과 그렇게 살아왔다고 덧붙이셨다.

러브호텔에서의 하룻밤

선생님의 말씀과 생활을 표본으로 삼아, 나는, 아니 우리 부부는 그
러한 마음가짐으로 살아가고 있다

<전주시 평등부부상 받은 글 2001>

글 **최전승**(崔銓承) jschoi@jbnu.ac.kr

전북대학교 명예교수(2010년~현재)
『한국어 방언사 탐색』(2014, 역락)
『어휘화와 언어 변화』(공동 번역, 2015, 역락)
『근대국어 방언사 탐구』(2020. 역락)

그림 **오경안**(吳璟安) ongang@naver.com

한국화 작가
개인전 8회, 그룹전 및 단체전 200여 회
한국 전업미술가협회 회원
『오경안 화집 1』(2014)
『오경안 화집 2』(2024)

러브호텔에서의 하룻밤

초판1쇄 인쇄 2024년 11월 5일
초판1쇄 발행 2024년 11월 18일

지은이   최전승
그린이   오경안
펴낸이   이대현
편집   이태곤 권분옥 임애정 강윤경
디자인   안혜진 최선주 강보민
마케팅   박태훈 김동건

펴낸곳   도서출판 역락
출판등록 1999년 4월 19일 제303-2002-000014호
주소   서울시 서초구 동광로 46길 6-6 문창빌딩 2층 (우06589)
전화   02-3409-2060
팩스   02-3409-2059
홈페이지 www.youkrackbooks.com
이메일   youkrack@hanmail.net

ISBN 979-11-6742-861-5 03810

정가는 뒤표지에 있습니다.
잘못된 책은 바꿔드립니다.